안스크 산　소사믹

테이칸 왕국

아르카스 해

게툰 연홥

마틸 산

레스틴 왕

타이백 산맥

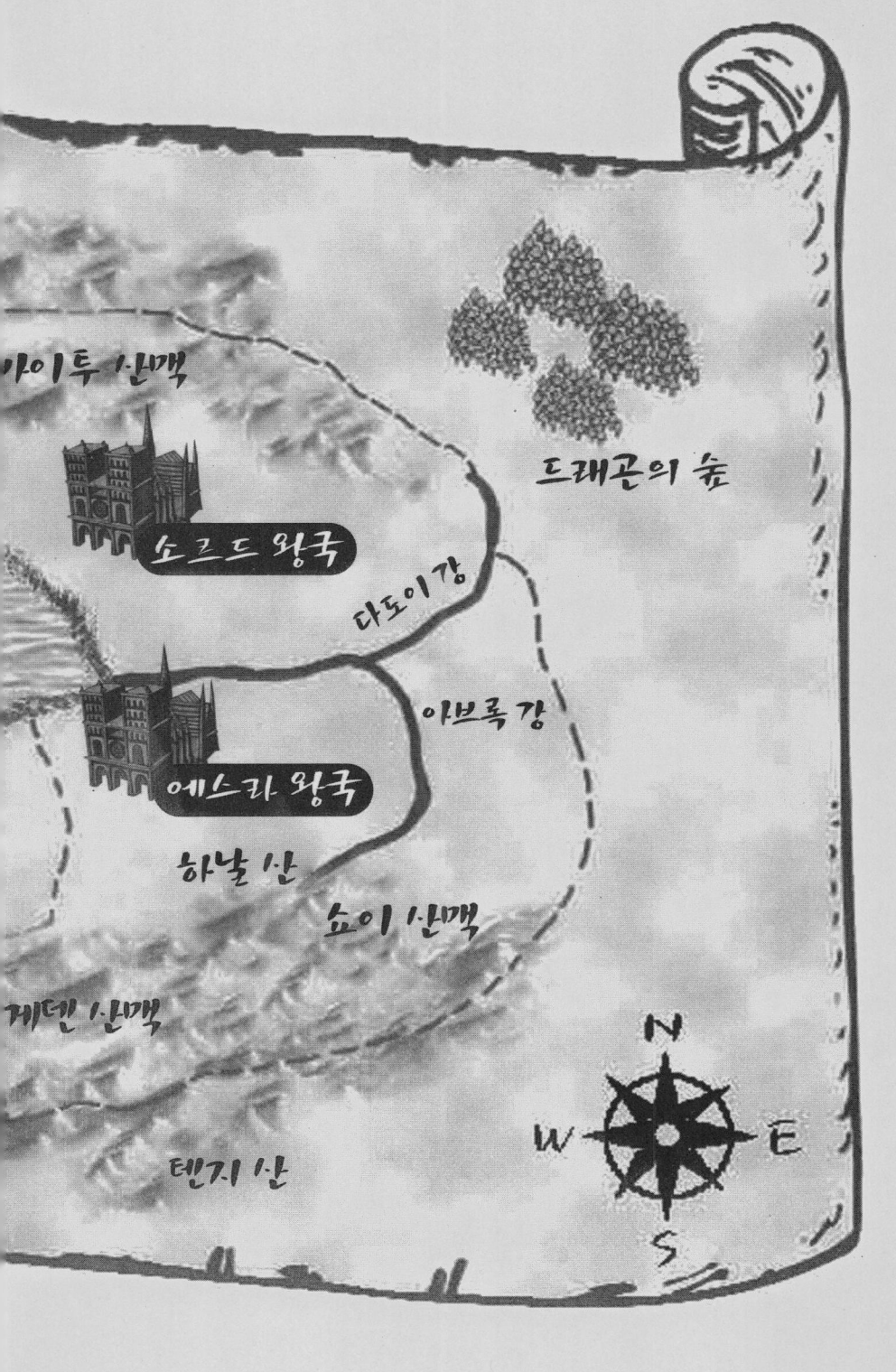

아린이야기
Arin's Story

아린 이야기 9
박신애 판타지 장편 소설

초판 1쇄 찍은 날 § 2001년 11월 20일
초판 1쇄 펴낸 날 § 2001년 11월 30일

지은이 § 박신애
펴낸이 § 서경석

편집장 § 문혜영
편집책임 § 권민정
편집 § 장상수 · 박영주 · 김희정
마케팅 § 정필 · 강양원 · 김규진

펴낸곳 § 도서출판 청어람
등록번호 § 제1081-1-89호
등록일자 § 1999. 5. 31
어람번호 § 제1-0170호

주소 § 경기도 부천시 원미구 심곡1동 350-1 남성B/D 3F ㈜420-011
전화 § 032-656-4452   팩스 § 032-656-4453
E-mail § eoram99@chollian.net

ⓒ 박신애, 2000

값 7,500원

ISBN 89-5505-022-4 (SET)
ISBN 89-5505-188-3 04810

※ 파본은 본사나 구입하신 서점에서 교환하여 드립니다.
※ 저자와 협의하여 인지를 붙이지 않습니다.

박신애 판타지 장편 소설

아린이야기
Arin's Story

결판

목 차

제23화 아린&애쉬 / 7
제24화 할아버지와의 재회 / 43
제25화 밴댕이 소갈딱지 국왕의 작전 / 83
제26화 브로클리 영지 / 113
제27화 안개 숲 / 165
제28화 결심 / 245
제29화 결판 / 275
제30화 그 후의 이야기 / 303

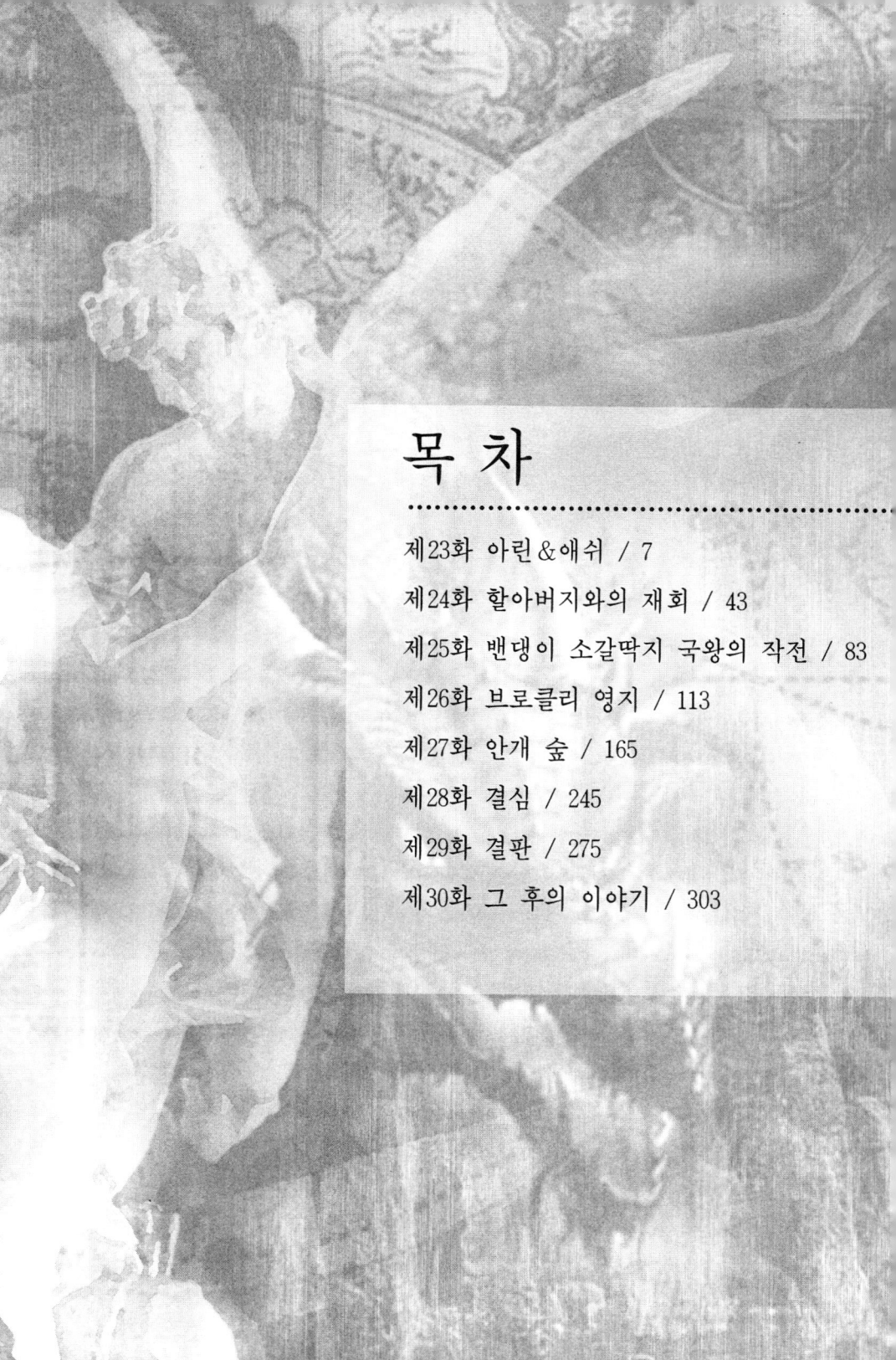

제23화
아린&애쉬

아린&애쉬

나를 돌아본 녀석의 눈빛이 흔들리고 있었다.
"그래요… 나는 아시리안 플레이져, 당신을 좋아합니다. …당신은… 어떤가요?"

몬스터들이 모두 물러가 버리자 마을 사람들은 안도의 한숨을 내쉬었다. 게다가 사망자도, 사상자도 전혀 없는 결과에 촌장은 꽤나 흡족해했다. 이제 남은 건 나머지 돈을 받고 우리를 내보내는 일뿐이었다.

촌장은 금화가 담긴 가죽 주머니를 건네받을 때 히죽히죽거리며 좋아 죽겠다는 표정을 감추려 하지 않았다.

"푸헐헐헐, 아무튼 당신들도 수고했소. 우리들이나 당신들이나 모두 좋은 결과를 가지게 되었으니 이거야말로 일거양득이로군."

그에 비해 애쉬는 담담한 표정으로 대응했다.

"사상자가 없어서 정말 다행입니다. 거기에 기물이 파손된 것도 없으니 그에 따른 손해 배상은 하지 않아도 되겠죠?"

"험험, 그렇게 되는군."

애쉬가 약간 날카롭게 꼬집자 촌장이 양심에 찔렸는지 머쓱한 표정으로 애쉬로부터 시선을 회피했다.
 "그건 그렇고, 저 방어책은 저희 때문에 만들어진 거니 저희가 가기 전에 없애드리겠습니다."
 애쉬가 마을 주위에 만들어져 있는 방어책 쪽으로 시선을 주며 말하자 촌장의 시선이 황급히 애쉬에게로 돌아왔다.
 "어어? 아니, 그럴 것까지는……"
 하지만 애쉬는 촌장이 말을 채 끝내기도 전에 중간에서 자르며 단호하게 입을 열었다.
 "아닙니다. 마무리도 깨끗하게 해야죠. 우리가 오기 전의 상태로 되돌려드리겠습니다."
 "허허허, 괜찮네. 모든 게 잘 해결되었으니 그 정도는 그냥 넘어가기로 하지."
 원래 깐깐해서 호탕한 모습을 보여주기가 힘겨웠는지 너그럽게 말하려 노력하는 촌장의 모습은 어색하기 그지없었다. 하지만 그의 그런 모습이 애쉬에게는 별 영향을 끼치지 못했는지 애쉬의 태도는 여전히 단호했다.
 "저희가 괜찮지 않습니다. 아무래도 저 방어책을 없애야 저희 마음이 편할 것 같군요."
 그러자 촌장의 눈썹이 한번 꿈틀거렸다. 그래도 그는 필사적으로 미소 짓고 있는 표정을 풀지 않고 말했다.
 "어허, 그런 수고는 하지 않아도 된다니까 그러네. 자자, 힘들 텐데 숙소에 가서 잠시 쉬고 있게나. 마을 사람들이 승리를 위한 잔치를 할 모양인데 피곤한 상태로 참여하면 안 되지 않나?"
 촌장은 거기까지 말하고 애쉬가 더 말하지 못하도록 그의 어깨를 붙잡아 숙소 쪽으로 몸을 돌리게 하고는 밀어댔다.

"자자, 모두들 가서 푹~들 쉬라고. 내 준비가 되는 대로 사람을 보낼 테니."

"하지만 우리는……."

애쉬는 촌장에게 안 밀리려는 듯 용을 쓰면서 끝까지 단호한 표정으로 뭔가를 말하려고 했지만 촌장이 그의 말을 중간에서 딱 잘라 버렸다.

"어허, 이제 자네들이 할 일은 끝났네. 나머지는 다 우리에게 맡기고 자네들은 푹 쉬고 잠시 후 잔치에 참여한 후 내일 떠나기만 하면 되는 거야! 알겠지?"

촌장이 더 이상은 양보할 수 없다는 듯이 눈을 부라리며 말하자 애쉬가 하는 수 없다는 표정으로 고개를 끄덕였다.

"알겠습니다. 그렇게까지 말씀하신다면야……."

애쉬는 촌장이 하도 강요해서 어쩔~ 수 없이 한다는 표정을 팍팍 지으면서 일행들을 이끌고 숙소로 향했다.

그의 뒤를 따라가면서 힐끔 돌아본 촌장의 얼굴 표정은 참으로 묘했다.

뭐랄까… 안도한 듯하면서도 왠지 그 뒷면에는 '당했다~!'라는 깨달음을 얻은 표정이 있다고나 할까?

숙소로 들어서자마자 그동안 기묘한 표정으로 촌장과 애쉬의 대화를 바라보고 있던 스와카와 반담이 결국은 참지 못하겠다는 듯 웃음을 터뜨렸다.

"푸하하하하~ 크크크… 레드포드 자작, 쿠쿠쿠… 대단합니다. 하하하, 대단해요, 대단해. 크크크~"

반담이 서서 쿠쿠 웃는 거에 비해—물론 평소 반담의 행동으로 보자면 그것도 크게 웃는 것이지만—스와카는 그 자리에 주저앉아서 땅을 치며 크게 웃어댔다.

하지만 그들의 그런 행동에 이해를 한 사람은 단지 애쉬뿐인 듯 다른 일행들은 황당한 얼굴로 스와카의 행동을 멀거니 바라보기만 하고 있었다. 그리고 잠시 후 그런 일행들의 심정을 대변해 마이터가 한마디를 던졌다.

"이기 미칫나?"

작게 말한 게 아니었으므로 분명히 스와카도 그 말을 들었을 테지만 그는 웃느라고 대답을 하지 못했고 대신 죠슈아가 그를 위해 변명 비스무리한 말을 했다.

"뭔가 사연이 있나 보지요."

"글쎄, 그 사정이 뭐길래 저렇게 미친 듯이 웃어대느냔 말야."

그래도 자기만 웃고 설명을 안 해주는—물론 안 해주는 게 아니라 못해주는 거긴 하지만—스와카가 못마땅한지 마이터가 눈살까지 찌푸리자 죠슈아가 그의 눈치를 살피면서 애쉬를 바라보았다.

"아마, 레드포드 자작이 알고 있지 않겠습니까?"

스와카를 보면서 자신도 피식피식 웃고 있다가 조슈아의 말을 들었는지 애쉬가 시선을 들고는 씨익 웃어 보였다.

"아아, 그게 말입니다. 혹시나 촌장이 우리가 마을 둘레에 방어책을 세운 거 가지고 또 트집을 잡아 돈을 우려내지 않을까 해서 미리 연막을 친 겁니다. 생각해 보면 그 방어책이 이 마을 사람들에게 해가 되기보다는 오히려 이익이 되지 않을까 했는데 제 생각이 맞아떨어진 것 같군요."

"오호라, 그래서 그 능구렁이 촌장이 필사적으로 당신을 막은 거였군요? 돈을 우려낼 생각은 하지도 못하고 말이죠."

자카르가 그제야 알았다는 듯이 입을 열자 애쉬가 고개를 끄덕이며 그의 말을 받았다.

"맞습니다. 왠지 돈을 받을 때 일거양득이니 일이 무척이나 잘 됐니 하는 걸 보고 불길한 생각이 들었거든요."

그러자 흄도 뭔가를 눈치 챘다는 듯이 한마디 거들고 나섰다.

"어쩐지. 그래서 전과는 달리 능글맞게 히죽히죽 웃으면서 나섰군요. 후후후, 하지만 자작께서 멋지게 그를 물리치셨네요."

흄이 낮게 웃음소리를 내자 일행들이 모두들 피식피식 웃기 시작했다. 아마도 처음에 촌장이 우리에게 틱틱거린 게 모두들 못마땅했었나 보다.

"후아~ 덕분에 정말 오랜만에 후련하게 웃었습니다."

겨우겨우 웃음을 그친 스와카가 눈가에 맺힌 눈물을 훔치면서 자리에서 일어났다.

"이제 우리에게 남은 건 잔치를 즐기고 수도로 돌아가는 것뿐인가요?"

"돌발적인 일이 일어나지 않는 이상 그렇겠죠."

스와카가 싱긋 웃으며 일행을 둘러보며 하는 말을 애쉬도 빙그레 웃으며 받아줬다.

일행이 한 고비 넘긴 안도감과 함께 긴장을 풀고 몸을 깨끗이 씻고 숙소에 모여 앉아 휴식을 취하고 있을 때 즈음 뉘엿뉘엿 넘어가는 노을을 배경 삼아 마을 청년 한 명이 숙소에 왔다.

"저, 저기요……"

튼튼해 보이는 몸에 걸맞지 않게 조심스러운 태도로 주저주저 하는 모습은 전혀 어울리지 않아 우리의 황당함을 자아내게 했다. 하지만 가만 보니 청년의 얼굴이 어디선가 많이 본 얼굴이었다.

마을 사람이 많지 않으니 마을에서 몇 번 마주치기도 했겠지만, 마법사들과 어울려 있다 보니 마을 사람들과는 그렇게 기억에 남을 만한 교류를 한 적이 없었던 나는 유난히 낯이 익은 청년의 얼굴에 고개를 갸웃거렸다.

"저기요, 우리가 어디서 따로 만났던가요?"

여전히 머뭇머뭇대는 태도로 이곳을 찾아온 용건을 말하지 못하는 청년이 도저히 기억나지 않아 내가 이렇게 묻자 청년의 얼굴이 흠칫하더니 하얗게 질렸다.

"저, 저기… 그게, 그러니까……."

그러자 참다못한 마이터가 그 청년 뒤로 슬그머니 다가가더니 냅다 뒤통수를 후려갈겼다.

"에라이!!"

불시에 뒤통수를 얻어맞은 청년은 아프다기보다는 놀라서 뒤통수를 감싸며 주저앉아 어벙한 표정으로 마이터를 올려다보았고 그런 그를 향해 마이터가 주저없이 날카로운 혀를 놀렸다.

"덩치에 안 맞게 뭘 그렇게 쩔쩔매고 그래? 뭐 잘못한 거라도 있어?"

그러자 정말 찔리는 구석이라도 있는지 청년은 더욱더 놀라 헛바람을 삼켰고, 그런 그와 마이터의 말에 내 기억의 호수에서 뭔가가 하나 떠올랐다.

"오호라, 그러고 보니 너어~!!"

그 청년은 전에 내가 메이와 물을 뜨러 냇가에 갔을 때 우르르 몰려와서는 우리에게 시비를 걸던 청년들 중 한 사람이었다. 그때 마침 저 녀석이 앞에 나서서 이죽대었기에 내 기억에 남았던 것이다.

내가 그걸 기억해 냈다는 걸 알아챘는지 청년은 내 앞에 넙죽 엎드렸다.

"아가씨, 제발 용서를… 그때는 제가 아무것도 모르고 한 철없는 행동이었습니다."

그때는 자신의 친구들을 믿고 되게 깝죽대더니 지금은 그와는 정반대로 누가 시키지도 않았는데 넙죽 엎드려서는 발발 기는 게 되게 맘에 안 들었다. 약자에게는 강하고 강자에게는 약하게 구는 녀석을 보는 느낌이랄까?

"허참, 사람이 간사하다고는 하지만……"

그 모습이 흄의 맘에도 안 들었는지 내 뒤에서 흄이 낮은 목소리로 혀를 찼다.

"야, 너! 니가 무지, 무지, 무지, 무진장 잘못했다는 걸 알고 있겠지?"

내 날카로운 말이 떨어지자 녀석은 마치 채찍이라도 맞은 것처럼 몸을 다시 한 번 흠칫 떨었다.

"예? 예. 예. 제가 잘못했습니다."

"호오, 그렇단 말이지? 그럼 잘못했으니 마땅히 벌을 받아야겠지?"

내가 사악한 미소를 지으면서 은근한 어조로 묻자 녀석의 얼굴이 하얗게 질렸다.

"어, 어떤……"

"어머나, 너무 그렇게 겁먹지 마. 난 그렇게 잔인한 사람이 아니라구."

그 청년의 하얗게 질린 얼굴을 바라보며 어떤 벌을 줘야 잘 줬다고 소문이 날지에 대해 심각하게 고민을 하고 있을 찰나 애쉬가 그와 나 사이에 끼어들었다.

"그건 그렇고, 여기 왜 온 거지? 무슨 용건이 있어서 온 게 아닌가?"

청년은 애쉬의 말이 마치 구세주인 양 얼굴이 환해지더니 힘차게 고개를 끄덕이며 은근슬쩍 자리에서 일어났다.

"맞습니다. 깜빡하고 있었군요. 촌장님께서 잔치 준비가 다 되었으니 모시고 오라고 하셨습니다."

그러자 애쉬가 그에게 싱긋 웃어주며 고개를 끄덕였다.

"아, 그런가? 그럼 용무는 끝났으니 계속 벌을 받도록."

청년의 얼굴은 애쉬의 말에 환해졌던 표정이 순식간에 거무죽죽하게 변해서는 다시 그 자리에 무릎을 꿇었다.

"그러고 보니, 그때 너 말고도 네 명이나 더 있었지, 아마? 그애들은 지금 어디 있지?"

애쉬에게 잘했다는 시선을 보냄과 동시에 기억을 더듬으며 묻는 내 질문에 청년은 풀이 팍 죽어서 그런지 체념 어린 어조로 대꾸했다.

"아마 지금쯤 잔치 자리에 참석해 있을 겁니다."

"그래? 그렇단 말이지? 그럼 가자."

나의 갑작스런 말에 벌을 받을 줄 알고 축 처져 있던 청년이 놀란 얼굴로 고개를 번쩍 들었다.

"예?"

"가자고. 너만 벌받으면 네가 너무 억울하잖아. 잘못한 녀석들 다 같이 받아야지."

"에에에~?"

그리고 잠시 후 마을의 커다란 공터에 마련된 잔치의 상석 바로 옆에는 진귀한 풍경이 만들어졌다.

"다시는, 안 그러겠습니다. 다시는, 안그러겠습니다."

"복창 봐라. 정신을 덜 차렸나!"

"따시느은~ 안 크러겠습니다아~ 따시느은~ 안 크러겠습니다아~"

머리 위로 들린 양손 위에 대국어사전보다도 더 큰 돌맹이를 하나씩 들고 앉았다 일어나면서 나의 싸늘한 한마디에 더욱 크게 목이 터져라 외치는 다섯 청년들을 구경하는, 잔치에 참석한 마을 사람들은 가지각색의 표정을 지었다.

우선은 이 다섯 청년들의 친혈족 관계에 있는 사람들은 나서지는 못하고 안절부절못하는 상태에서 안타까운 눈으로 그 청년들을 바라보고 있었고 아무것도 모르는 철부지 어린 꼬맹이들이나 소녀들은 킥킥대며 웃고 있었다.

"너는 저러지 마. 알겠지?"

"응. 그런데 저 형아들은 왜 저러는 건데?"

"그건 저 형아들이 나쁜 짓을 했기 때문이야. 넌 그러면 안 된다."

"응. 그래서 저런 벌은 안 받을게."

"그래그래, 아유~ 참 착하기도 하지."

그 모습을 보며 타산지석의 본을 보이는 어느 어머니와 아들의 모습도 보였다.

촌장은 그 청년들의 모습을 차마 쳐다보지는 못하고 먼 산만 바라보면서 '어험어험' 하는 헛기침만 괜히 터뜨렸다.

한 20번쯤 청년들이 외치고 나자 이제 그들의 얼굴은 시뻘게져 있었고 돌을 든 손도 부들부들 떨리며 목소리도 점점 쉬어가고 있었다. 그러자 정 못 참겠던지 촌장이 슬그머니 내 눈치를 살피며 입을 열었다.

"험험, 어느 정도 반성을 한 것 같으니 그만 용서해 주는 게 어떻겠는지……."

"어느 정도 반성한 걸로는 안 되지요. 다시는 그런 짓 할 엄두도 내지 못하게 확실하게 혼쭐을 내야 해요."

내가 어림도 없다는 표정으로 딱 잘라 말하자 촌장이 괜히 헛웃음을 흘리면서 시선을 돌렸지만 그를 너무나 애처롭게 바라보는 촌장 아들의 시선을 차마 무시 못하겠던지 다시 나에게 슬그머니 말을 걸었다.

"이제부터는 내가 확실하게 단속할 테니 용서해 주시지요. 내 다시는 이런 일이 벌어지지 않게 하겠다고 약속하겠소."

"촌장님의 말을 못 믿는 건 아니지만 혈기 왕성한 젊은 녀석들의 피 때문에 불안하군요."

내가 여전히 싸늘한 태도를 보이자 촌장이 얼른 말을 덧붙였다.

"자자, 너무 그러지 마십시다. 지금은 싸움에서 승리한 걸 축하하는 자리잖소? 앞으로도 많은 음식들이 당신들을 기다리고 있는데 이렇게 분위기가 가라앉아서야 어찌 음식 맛이나 나겠소? 내 오늘 특별히 그동안 아끼고 아꼈던 10년 묵은 과일주와 약초주도 풀어놓으려고 하는데… 그런 건 값을 따질 수 없을 만큼 아주 귀한 거라오. 시간도 많지 않은데 얼른얼른 다 즐겨봐야 하지 않겠소?"

값을 따지지 못할 10년 묵은 과일주와 약초주라는 말이 나오자 스와카를 비롯한 술을 즐기는 일행들이 눈빛이 변해 입맛을 다시면서 나를 바라보았다. 마이터와 죠슈아까지 눈빛이 변해 그렇지 않은 척하면서도 힐끔 내 눈치를 살피는 게 촌장이 말한 그 음식들을 맛보고 싶은 모양이었다.
　하지만 당사자인 나는 술을 그렇게 좋아하지 않는 관계로 일행들의 그 간절한 시선들을 그냥 싸악 무시해 버렸다.
　"흥, 난 술 별로 안 좋아하는데요?"
　그러자 촌장이 내 말이 끝나기가 무섭게 입을 열었다.
　"어허, 어디 그 술만 내놓는다고 했소? 그것 말고도 이 산에서만 볼 수 있는 요리가 기다리고 있다오. 그건 다른 데서는 절대 맛을 보지도, 구경도 못하는 것들이오. 그것도 맛을 봐야지. 기다리다가 음식 다 식겠소. 자고로 음식은 뜨끈뜨끈할 때 먹어야 제맛이 난다는 걸 모르지는 않겠지요?"
　딴 데서는 구경도 못한다는 진미가 기다리고 있다는 말에 나도 귀가 솔깃해졌다. 그리고 옆에 앉아 있던 류미르와 세이몬도 입맛을 쩝쩝 다시며 내 옆구리를 쿡쿡 찔렀다.
　"아린, 요리가 기다린대."
　"식는다잖아."
　두 녀석의 채근에 천칭에 올려져 수평을 이루고 있던 다시는 볼지 안 볼지도 모르는 청년들을 혼내주는 것과 나를 유혹하는 음식 중에서 음식 쪽으로 쬐께 무게가 쏠렸다.
　"흐음… 뭐, 촌장님께서 앞으로 잘 단속해 주시겠다면야……."
　내가 은근슬쩍 못 이기는 척 넘어갈 기색을 보이자 촌장이 얼른 고개를 끄덕였다.
　"그럼그럼, 내 약속은 잘 지키는 사람이라오. 앞으로 절대 이런 일이 안 일어나게 할 테니 걱정 마시오."
　그리고는 내가 맘 변할세라 얼른 '아직도 앉았다 일어나기' 일명 기합을 받고 있는 청년들을 향해 소리쳤다.
"뭐 하고 있느냐! 얼른 이분들께 고맙다고 말하고 자리로 돌아가지 않고!"
촌장의 말이 끝나자마자 청년들은 돌을 내던지듯이 내려놓고 일어나 우리에게 고개를 꾸벅 숙이는 둥 마는 둥 하더니 번개같이 밑으로 내려가 버렸다. 그리고 촌장은 재빨리 신호를 보내어 우리를 기다리고 있던 음식들을 들여오게 했다.
촌장이 자랑을 해대던 과일주와 약초주가 날라져 왔고 이 산에서만 나는 약초, 산 열매 등으로 요리된 짐승들도 모습을 드러내었다.
"자자, 드십시다. 이 모든 게 여러분들을 위한 거니 마음껏 즐기시기 바랍니다."
마이터는 진한 갈색으로 빛나는 약초주를 잔에 따라 향기를 맡아보더니 한입에 홀짝 털어넣었다.
"캬아~ 좋구나. 혀끝을 톡 쏘는 알싸한 맛에다 입 안을 감도는 약초의 향이 그윽하니 궁중의 고급 포도주가 부럽지 않구만."
"허허허, 내 오늘 큰 맘 먹고 풀어놨으니 맘껏 즐기시오."
마치 인심 좋은 아저씨처럼 말하고는 있지만 일행들의 입속으로 사라져 가는 술을 보는 촌장의 얼굴은 무지 쓰려 보였다. 그걸 아는지 모르는지 술을 즐기는 일행들은 각자 한 병씩 차지하고서는 서로 따라주어 남의 술을 맛보기도 하고 스스로 따라 자신의 술을 신나게 즐기고 있었다.
"캬아~ 그런데 공녀님?"
한창 술을 즐기던 마이터가 갑자기 나를 불렀다.
"예?"

"그 뭐시냐… 아까 그 애송이들에게 시킨 게 뭡니까? 앉았다 일어났다 하는 거."

정말 궁금하다는 표정으로 나를 바라보는 마이터를 보자니 슬그머니 웃음이 났다.

"아아, 기합 말이군요. 뭐, 기사 학교 같은 데도 있지 않나요?"

그러자 내 말을 듣고 있었는지 홈이나 자카르가 얼른 고개를 저었다.

"그런 건 처음 봤습니다. 기사 학교에서 벌을 받아봤자 기본 동작을 몇 번 하거나 운동장 돌기, 아니면 징계 처분이 다거든요."

"도대체 그런 건 어디에서 아셨습니까?"

자카르의 설명에 이어 홈까지 궁금증을 드러내었다.

"아아… 있어요, 여러 가지 기합이 발달된 데가. 후후후……."

'어디 긴 어디야, 당근 한국이지.'

이런 데서 써먹게 될 줄은 몰랐던 나는 우습기도 하고 별걸 다 써먹게 되는 사실에 황당하기도 해서 제대로 설명은 안 해주고 실실 웃음만 흘렸다.

"꽤 좋아 보인단 말야. 나도 내 제자들을 혼낼 때 한번 써먹어볼까나? 공녀님, 혹시 다른 건 없소?"

마이터가 기합이 무척 마음에 드는지 눈을 반짝반짝 빛내면서 물어오자 옆에 있던 죠슈아가 몸서리를 쳤다.

"왜 없어요, 많죠. 음… 저거 말고도 땅에 두 손을 대고 엎드려서 팔을 굽혔다 폈다 하는 것도 있고요, 한 발을 들게 하거나 땅에 손을 그냥 대지 말고 주먹을 쥐게 하는 것도 있죠. 아, 두 발을 땅에 대지 않고 같이 기합을 받는 사람의 양 어깨에 올려놓게 하는 방법도 있죠. 그런 걸 일명 단체 기합이라고 하죠."

"음음, 그리고?"

마이터는 잘 기억해 두려는 것처럼 진지한 얼굴로 고개까지 끄덕이며 다음 설명을 재촉했다.

"그리고… 쪼그려 앉은 채로 두 손은 머리 위에 올리거나 귀를 붙잡게 한 뒤에 그 상태로 운동장을 뛰게 하는 것도 있고요. 그건 토끼뜀이라고 하고 그 상태로 걷게 하는 것도 있어요. 그건 오리걸음이라고 하죠."

"호오, 호오……"

"음… 그 다음에는 무릎을 약간 구부린, 말을 탄 듯한 자세로 양팔은 어깨 높이로 쭉 뻗은 채로 오랜 시간을 버티는 것도 있죠. 그건 말을 탄 것 같은 자세라고 해서 기마 자세라고 해요."

"좋군. 좋았어. 나도 담에 써먹어 봐야지. 마법사 지망생들은 모두 약골이라서 화가 나더라도 호통만 칠 수밖에 없었거든. 흐흐흐, 앞으로는 내가 화병으로 골머리 썩을 일이 없겠구만."

마이터가 음침하게 웃자 나는 혹시나 내가 괜히 말해 준 것이 아닐까 걱정되었고, 죠슈아가 나를 원망스런 눈으로 쳐다보았지만 좋은 게 좋은 거란 생각에—이 상황에 해당될지는 모르겠지만—싸악 무시해 버렸다.

자정이 다 되어가자 잔치는 절정에 다다랐다.

공터 중앙에는 커다란 모닥불이 피워졌고 한쪽에서는 마을 사람들로 구성된 밴드가 흥겨운 음악을 연주하고 있었고 그 음악에 맞추어 마을의 젊은 층을 주축으로 모닥불가를 뱅뱅 돌면서 빠른 왈츠를 추는 커플들도 많이 보였다.

우리 일행들 중 나이가 어린 사르하와 리틀 조로는 밤이 늦어질 때쯤 나이가 어리다는 이유로 숙소로 쫓겨났고, 순진한 세이몬은 마을 사람들이 서로 권해주는 술을 사양하지 못하고 다 받아 마시다가 엄청 취해 버려서 류미르의 부축을 받고 공터를 빠져나갔다.

그리고 마이터와 죠슈아, 스와카는 기분 좋을 만큼 취해서 마법에 대해 뜨거운 토론을 펼치고 있었다. 그들은 아마도 취하면 수다 떠는 버릇을 가지고 있는 모양이었다. 평소 스승 앞에서는 거의 찍소리도 못하는 죠슈아도 오늘만큼은 스승에게 바락바락 대들기도 하면서 원없이 떠들고 있었다.

'저걸 마이터가 기억하면 어쩌려구.'

일행 중 그래도 술이 가장 센 편에 속하는 반담을 비롯한 흄, 애쉬와 자카르는 저희들끼리 둘러앉아 한쪽에는 빈 술 단지를, 다른 한쪽에는 술이 가득 찬 술 단지를 끼고서 서로 주거니 받거니 하고 있었다.

술을 별로 즐기지 않던 나는 류미르와 같이 술을 권하는 마을 사람들을 피해 한쪽 구석에서 음식을 먹고 있다가 류미르가 술에 취해 인사불성이 된 세이몬을 이끌고 자리를 뜨자 혼자 남게 되었다.

그러나 얼마 안 있어 남들은 다 끼리끼리 웃고 떠들고 있는데 나만 혼자 앉아 있는 게 되게 신경이 쓰였다. 그렇다고 마이터를 비롯한 마법사들 틈에 끼어서 마법에 대해 토론을 하거나 술을 즐기는 일행 틈에 끼이려니 그것도 맘에 들지 않아 슬그머니 자리에서 일어났다.

신나게 먹었기에 배도 웬만큼 불렀으니 모닥불의 열기에 달구어진 얼굴을 잠시 식힐 겸 소화도 시킬 겸 바람 쐬러 갈 생각이었던 것이다. 어차피 내가 빠진다고 해서 잔치가 파하는 것도 아니었으니 내가 어색함을 감수하면서까지 버티고 앉아 있어야 할 이유는 없었기 때문이다.

"우으으으으~! 시원하다."

몬스터가 완전히 물러갔다고 판단되었기 때문인지 방어책 위에는 한 사람도 보이지 않았다.

그 위에 올라가서 계속 앉아 있어서 굳어진 몸을 풀려고 기지개를 쭉 켜자 가을밤의 차가운 바람이 숲에서 불어와 뜨거운 내 볼을 식혀주었다.

"우우… 하여튼 되게 신나게 먹었어. 예전에 내가 한국 학생이었을 때는 밤에 이렇게 먹으면 살 찔까 봐 되게 고민했을 텐데. 훗훗, 확실히 살찔 걱정이 없다는 건 되게 좋은 거구나."

비록 약간 찌그러지긴 했지만 여전히 탱탱한 모습을 하고 있는 보름달이 환하게 비춰지는 분위기있는 밤인데다 고비를 또 한 번 무사히 넘겼다는 안도감이 충만한 상태에서 아무도 없는 방어책을 혼자 걷고 있자니 흥얼흥얼 노래가 흘러나왔다.

꼭두각시 인형 피노키오 나는 네가 좋구나~
파란 머리 천사 오실 때에 나도 데려가 주렴~
피아노 치고 미술도 하고 영어도 하고 바쁜데~
너는 어째서 놀기만 하니 말썽쟁이 피노키오야~
엄마 아빠 꿈속에 언제든 나타나 내 얘기 좀 전해줄 수 없겠니~
갖고 싶은 것이랑 놀고 싶은 것이랑~
모두모두 할 수 있게 말이야~

그러고 보니 드래곤으로 태어나서 지금까지는 예전 한국에서 알던 노래를 한 번도 불러본 적이 없었는데 지금까지도 용케 기억하고 있다는 것이 신기할 정도였다. 그래도 한번 부르기 시작하자 끝까지 막힘없이 흘러나왔다.

예전에 한국에서 중학교 때 체육대회 할 때 응원가로 많이 부른 덕에 익힌 노래였는데, 고 3때 힘들 때마다 자주 입속에서 흥얼흥얼대던 노래이기도 했다. 드래곤이 되어서는 부를 일이 없어 아예 잊고 있었는데 이렇게 뚜렷이 기억나는 거 보니 나도 무늬라도 기억력이 좋다는 드래곤인가 보다.

오랜만에 부르는 노래라 그런지 한번 가지고는 성이 안 차서 다시 한 번, 이번에는 좽께 크게 불러 제꼈다. 그랬더니 노래가 끝나자마자 누군가가 박수를 치면서 나에게 다가왔다.

짝. 짝. 짝.

"당신이 그렇게 노래를 잘 부르는지 몰랐는데요. 그런데 처음 듣는 언어에 곡조도 처음 듣는데 어디 노래인가요?"

싸움이 끝난 다음에 긴장을 풀어놨더니 노래 부르는 데 푹 빠졌다고 애쉬 녀석이 다가오는 줄도 모르고 있었던 것이다.

"말해 봤자 당신은 모르는 곳이에요."

'당연하지. 네가 한국을 알겠냐, 뭘 알겠냐?'

애쉬가 당혹스러운 표정을 짓는 모습에 나는 피식 웃으며 고개를 돌렸다. 숲에서 자꾸 바람이 흘러와 목덜미에서 가볍게 묶었을 뿐인 내 머리를 흩트려 놓아 머리를 묶은 리본에서 머리카락이 많이 빠져나와 목덜미와 뺨을 간질였다.

"아… 고무줄과 핀이 그립다."

마법이 아무리 발달했고 손재주가 뛰어난 드워프들이 있어도 이곳에는 아직 고무줄과 핀이 생활화되어 있지 못했다.

고무라는 자체가 없었고 단지 마법과 연금술에 의하여 고무 성질을 내는 물질이 있을 뿐인데, 원래 마법과 연금술을 거치게 되면 가격은 껑충 뛰어오르는 법이었기에 이런 물질을 단순히 머리를 묶기 위한 끈으로 만드는 시도나 생각은 전혀 하지 못했다.

게다가 드워프들이 그들 종족 고유의 능력으로 멋진 핀을 만들어내기는 해도, 핀이란 그 자체가 한국에서는 흔한 것일지 몰라도 이곳에서는 엄청 섬세한 세공이 필요한 가공품으로 분류되기 때문에 한국에서의 똑딱핀만한 것 하나라 해도 평민들의 한 달 생활비를 좌지우지할 정도로 비싸서 일상생활에서나 일반 평민들이 사용할 엄두를 내지 못했다. 핀은 그래도 내가 있던 한국에서 보았던 것들만큼의 수준은 되었지만 모두 수제품이었기에 대량으로 만들지도 못하고 수가 적기 때문에 만들 땐 가격을 더욱 높이기 위해 보석으로 세공하는 것이 일반적이었다.

그러니 방울 고무줄이나 핀이 흔했던 곳에 있다가 이런 곳으로 오니 그런 자잘한 것이 너무나 그리운 것은 당연한 것일지도 몰랐다.

내가 입속으로 투덜투덜대면서 머리를 묶은 리본을 풀자 머리가 생머리인 관계로 뒤로 차르르 흘러내렸다.

"에잉, 귀찮아. 차라리 잘라 버렸으면 좋겠는데……."

혼잣말로 투덜댄 건데 옆에 있던 애쉬가 들었는지 말을 건네왔다.

"그렇게 귀찮다면 자르지 그러십니까?"

나는 바람에 엉켜 있는 머리카락을 손으로 빗어 내리면서 부루퉁한 목소리로 대꾸했다.

"이곳에 오기 전에는 자르고 다녔다구요. 여기서 아빠를 만나는 바람에 강제로 머리를 기르고 있는 거지. 아빠만 아니었다면 이렇게 귀찮게 하고 다니지도 않아."

예전에 세이몬과 류미르와 다닐 때도 긴 머리를 휘날리며 다닌 사실을 까맣게 잊고 있는 나였다. 하긴 그때도 귀찮아서 머리를 항상 질끈 동여매고 다니긴 했지만.

내 투덜거리는 어조에도 불구하고 내 말을 다 들은 애쉬가 뭘 어떻게 받아들인 건지는 모르겠지만 가볍게 쿡쿡 웃기 시작했다.

"왜 웃는데요?"

내가 기분 나쁘다는 표시로 눈썹을 살짝 치켜뜨자 애쉬가 얼른 입가에 떠오른 미소를 지웠지만 눈은 여전히 웃고 있는 채 입을 열었다.

"풋, 아, 아니… 실례했습니다. 평소 당신을 보면 독불장군처럼 아무것에도 얽매이지 않는 듯 행동하다가도 재상 각하 말씀에는 순종하더군요. 아버지가 무서운가요?"

'난 또… 뭔 말을 하는가 했더니만……'

"무서우면 순종하나요? 나는 아빠를 좋아하니까 아빠 말을 존중해 주고 들어주는 것뿐이에요."

그쪽으로밖에 생각이 안 되냐고 한심하다는 듯이 바라보며 대꾸하자 내 눈초리에는 상관없이 애쉬가 진한 미소를 지으며 한마디 덧붙였다.

"귀찮은 걸 감수할 만큼?"

"그만큼 좋아한다는 거죠."

상식적인 걸 계속 물어보는 녀석을 한심하다는 눈초리로 다시 한 번 쳐다봐 주고는 대충 다 정리한 머리를 다시 묶으려고 셔츠 주머니에 넣어놨던 리본을 꺼내 목덜미 쪽으로 가져가려는데 갑자기 애쉬가 나에게 한 걸음 더 다가오더니 리본을 들고 있는 내 손을 잡았다.

"에? 왜 그래요?"

의외의 상황에 당혹한 나는 그의 손을 뿌리치려 했지만, 애쉬는 묘한 웃음을 지으면서 리본을 든 내 손을 힘주어 잡으며 강제로 손을 내리게 했다. 그리고는 진짜 어려운 일 하는 사람처럼 천천히 입을 열었다.

"그렇다면… 나를 위해서 머리를 묶지 않고 있어줄 수는 없소?"

"에?"

나는 황당한 표정을 지으며 의문사를 나타낸 뒤에 무지 놀라 버렸다.

내 의문사를 들은 애쉬가, 그 애쉬 녀석이, 철면피로 이름이 드 높고 무뚝뚝하고 무감각한 녀석이 내 앞에서 수줍은 미소를 지은 것이었다.

'허걱! 이 녀석이 이러니까 이상해애~!!'

"나는 당신이 머리를 그대로 늘어뜨리는 모습이 좋소. 그리고……"

녀석은 말을 하다가 좀 더 용기가 생겼는지 나머지 다른 한 손으로 놀라서 얼어붙느라 아직까지 머리카락을 거머쥐고 있는 손가락을 풀어 밑으로 내렸다.

덕분에 내 머리카락은 다시 늘어뜨려지고 말았다.

'이기 미칫나?!'

녀석은 그 모습에 심히 만족한 모습으로 싱긋 웃더니 내 손을 놓고 다시 손을 들어 올려 내 머리카락 사이에 손가락을 넣어 부드럽게 쓸어 내렸다.
"이렇게 하면 내가 만질 수도 있고 말이오."
그러면서 정말 다정하고 부드럽게 나를 바라보는 애쉬의 눈길에 그제야 나는 뒤통수를 한 대 얻어맞는 것 같은 충격을 느끼며 뭔가를 깨달았다.
'이 녀석… 나 좋아하는 거 아냐?'
물론 내가 애쉬가 다른 여자들을 대하는 걸 한 번도 보지 못했으니—에… 물론 사르하랑 애쉬 엄마 대하는 걸 보기는 했지만, 여기에 해당되지는 않겠지—다른 여자에게도 이렇게 대하는지 아닌지 확인할 길은 없었지만 여자의 직감이란 예리한 거다(라고 말하는 건 말이 안 되겠지). 그동안 아마도 내 일행들은 눈치를 어느 정도 채고 있었는데 나만 못 챈 거 같았으니까.
'그랬군. 그래서 사르하랑 리틀 조로가 그렇게 열을 올린 거였군.'
하지만 사르하랑 리틀 조로가 열을 올린 건 애쉬가 꼭 나를 좋아해서 우리 둘을 이어주려고 한 게 아닐 수도 있었다. 그 나이 때에는 본인들이 좋아하든 좋아하지 않든 괜히 어울리는—그럼 나랑 애쉬가 어울리는 건가?—사람들을 짝지어보는 성향이 있으니까.
'에… 그렇다면… 얘가 날 좋아하는 게 확실한 게 아니잖아? 음… 그렇지. 이래 봬도 내가 연애 소설도 많이 읽었다구. 그런데 그 연애 소설을 토대로 애쉬의 행동을 분석해 볼 때 나를 좋아한다고 결론을 내릴 만한 행동을…… 했었던가? 안 했던 거 같은데? 에… 물론 키스를 한 번 하긴 했지만 그땐 녀석도 흥분해서 얼결에 저지른 것 같고, 그동안 나를 못 잡아먹어서 안달이었는데…

'으음… 그럼 내가 착각을 한 건가?'

여전히 내 머리를 만지작(?)대는 애쉬를 쳐다보니 그가 부드러운 얼굴로 나를 쳐다보고 있기는 했지만 그 부드러운 눈길을 보고 있자니 갑자기 떠오르는 사람이 있었다.

'그래, 언젠가 저것과 비슷한 눈길로 나를 보던 녀석이 있었지. 100년 전 아빠가 에스라 왕국에서 유희를 즐기고 있을 때 아빠 핏줄을 타고난 녀석… 쥬르단이라고 했던가? 날 자신의 동생으로 여기고 오빠 노릇 하려던 녀석.'

아마 지금은 죽었을 테지만 그때 그 만남이 인연이었는지 묘하게 그리움이 생겼다. 동면하기 전에 잠깐이라도 한번 들러볼 걸 그랬다는 생각과 함께 그의 핏줄이 아직까지도 에스라 왕국에 남아 있을지도 궁금했다. 그렇게 내가 이런저런 딴생각에 빠져 있자 애쉬가 내 볼을 톡톡 건드렸다.

"뭘 그렇게 생각하고 있소?"

이 녀석이 전에는 존대를 꼬박꼬박 하더니 어느새인가 말을 약간 낮추고 있었다. 그리고 싱긋 웃는 저 얼굴이라니…….

나는 그런 애쉬의 얼굴을 조용히 바라보다가 진지하게 물었다.

"레드포드 자작, 궁금한 게 하나 있는데……."

그러자 애쉬가 피식 웃더니 내 어조를 흉내 내어서 대꾸했다.

"그게 무엇이오, 플레이저 자작?"

"자작… 혹시……."

"음?"

"당신 나 좋아해요?"

순간적으로 애쉬 얼굴이 벙찌더니 곧 이어 그 얼굴에 황당함과 놀라움, 그리고 쑥스러움과 기쁨 등등의 여러 가지 감정이 하나하나 떠오르다 사라지더니 마지막에는 뭔가 체념한 듯한 표정으로 피식피식 웃었다.

그러더니 곧 즐거움과 묘한 기대감이 담긴 듯하지만 그래도 담담한 어조로—말이 되나?—물었다.

"그러면 안 되오?"

내가 원한 답이 나오는 대신 왠지 놀리는 듯한 질문이 나오자 나는 인상을 찡그렸다.

"그러니까, 좋아한다는 거예요, 아니라는 거예요? 이왕이면 '예, 아니오'로 대답해 줬으면 좋겠네요. 확실한 걸 좋아해서 말이죠."

애쉬는 잠시 동안 나를 뚫어질 듯 바라보더니 곧 이어 고개를 돌리고 쿡쿡 웃어댔다.

"쿡쿡쿡, 보통 귀족가의 영애들과는 다르다는 걸 알긴 했지만……."

그가 웃는 것이 꼭 나를 비웃는 것만 같아 나는 기분이 좀 더 나빠졌고 덕분에 어조가 좀 날카로워졌다.

"왜 웃는 거죠, 자작? 내 질문이 그렇게도 우스운 건가요?"

"아, 이거 실례!"

애쉬는 실례했다면서도 계속 웃는 낯으로 나를 바라보며 말을 이었다.

"당신은 정말 처음 만났을 때부터 계속 날 놀라게 하는군. 언제까지 당신에게 놀랄지 기대가 될 지경이라오."

"내가 당신을 즐겁게 했다니, 의도한 건 아니지만 좋은 일이군요. 하지만 당신은 내 질문에 대답하지 않았는데요?"

녀석이 대답은 안 하고 자꾸 딴 이야기만 하자 슬슬 짜증까지 치밀어 오르려는 내가 차갑게 노려보자 애쉬는 피식 웃더니 난처한 얼굴로 괜히 하늘에 떠 있는 달을 향해 시선을 돌렸다.

"험, 그거 참… 그런 걸 그렇게 단도직입적으로 물으면 대답하기 곤란하지 않소?"

"왜 곤란한가요? 간단하게 '예, 아니오'로만 대답하면 되는 건데요."

"정말 그렇게 단순하기만 하면 얼마나 좋겠소?"

물론 나도 이게 쬐께 억지라는 건 알고 있다. 하지만 애쉬에게 대답을 듣기 위해서는 조금 억지로 밀어붙이는 게 좋을 거라 판단했기에 그냥 철판 깔고 있는 거였다. 애쉬 녀석은 하늘을 쳐다보며 뜸을 한참 들이더니 한번 크게 심호흡을 하고는 나를 돌아보았다.

그런데 나를 돌아본 녀석의 눈빛이 흔들리고 있었다.

어느 상황에서도 항상 평정을 유지하고 있던 녀석의 눈빛이 흔들리자 약간 놀라워 그를 빤히 쳐다보고 있는데 애쉬의 입이 천천히 열렸다.

"그래요… 나는 아시리안 플레이저, 당신을 좋아합니다. …당신은… 어떤가요?"

"에?"

"나에 대한 당신의 감정을 듣고 싶습니다만?"

나는 왠지 머리 속이 멍해져서는 애쉬를 빤히 쳐다보았다.

꽤 오랫동안 빤히 쳐다보고 있었지만 애쉬는 나에게서 눈길을 돌리지도 않고 마주 본 채 변함없이 대답을 요구하는 시선을 보내고 있어서 나는 그에게 뭐라고 대답을 해야만 한다는 압박감을 느꼈다.

그래서 그때부터 진지하게 생각하기 시작했다.

'감정이라… 분명히 미워하는 건 확실해. 무척 얄밉거든. 그럼 그렇게 말하면 될까나?'

힐끔 애쉬를 바라보니 여전히 묵묵히 선 채로 답을 기다리고 있었다.

"당신에 대한… 내 생각을 말하면 되는 거죠?"

그러자 애쉬가 긴장한 얼굴로 고개를 끄덕였다.

"음… 당신이 물어본 거니까 사실대로 대답해야겠죠?"

다시 한 번 애쉬의 고개가 끄덕여졌다.

"내가 뭐라고 하든… 화 안 낼 거죠? 혹시 속으로 앙심을 품고 있다가 나중에 기회를 봐서 복수를 한다던가… 아니면……"

그러자 잔뜩 긴장해서 굳어 있던 애쉬의 얼굴이 스르르 풀리더니 녀석이 손을 들어 내 말을 중간에서 막으며 싱긋 웃었다.

"아, 됐습니다. 그렇게 말하는 거 보니까 뭐라고 말할지 뻔하군요. '무지 얄미운 녀석' 아닙니까?"

다 안다는 듯한 애쉬의 표정이 너무나도 못마땅했던 나는 참지 못하고 입을 열었다.

"거기에 덧붙여 나보다도 못난 주제에 잘난 체하는 녀석이오."

"파하하하……"

녀석은 이마를 짚고 고개를 설레설레 저으며 의미가 불분명한 웃음소리를 터뜨렸다.

그런 애쉬의 모습을 나도 이해하지 못할 묘한 기분으로 바라보고 있는데 애쉬가 곧 웃음은 그쳤지만 완전히 가시지 않은 웃음기가 감도는 얼굴로 몸을 바로 세웠다.

"자작의 생각 잘 알았습니다. 자, 그럼 전 이만 돌아가야겠군요. 잠시 자리를 떠난 것이라서 술친구들이 기다리고 있을 겁니다. 밤

공기가 차니 자작도 산책은 짧게 하시는 게 좋을 것 같군요."
 아까의 진지한 표정은 온데간데없이 평소 나를 놀려먹을 때의 짓궂은 웃음이 떠오른 얼굴이었지만 왠지 그의 눈은 웃고 있는 것 같지 않았다.
 "충고 고맙게 받아들이죠."
 나의 냉정한 대답에 그는 그럴 줄 알았다는 표정으로 한번 싱긋 웃어보더니 별말없이 고개만 살짝 까딱해 보이고 뒤로 돌아 사라져 갔다.
 애쉬의 모습이 내 눈에 보이지 않게 되었을 때 즈음, 바깥쪽 방어책 밑에서부터 무엇인가가 쑥 올라왔다.
 "왁!"
 너무 놀란 나머지 본능적으로 그 무언가를 향해 검을 빼내어 휘두르려는 찰나 너무나 익숙한 목소리가 들려왔다.
 "우앗! 이봐, 아린! 나야, 나라고!!"
 밑에서부터 쑥 올라온 물체는 다름 아닌 류미르였다.
 "거기서 뭐 하는 거야, 류미르? 놀랐잖아."
 놀라움으로 인해 신나게 펌프질하는 심장을 진정시키며 나는 거의 다 뽑아냈던 검을 다시 검집으로 밀어 넣었다.
 바람의 정령 힘을 의지하여 허공에 떠 있던 류미르는 천천히 내 앞으로 내려와서는 미안한 얼굴로 머리를 긁적였다.
 "아아, 미안미안… 의도적인 건 아니었어."
 "의도적이었으면 넌 벌써 반쯤 죽었어."
 그런 류미르를 향해 눈을 매섭게 치켜뜨자 류미르가 어색하게 웃었다.
 "정말 미안해. 네가 그렇게 놀랄 줄은 몰랐어. 물론 내가 기척을 숨기고 있기는 했지만 말야."

"야, 갑자기 불쑥 튀어나오는데 안 놀라고 배기냐? 도대체가 말야, 거기서 뭐 하고 있었던……."

막 화를 내며 거기까지 말하던 나는 순간 어떤 생각이 머리를 스쳐 지나감을 느낌과 동시에 말을 딱 멈추고는 류미르를 다시 쩐(?)하게 노려보았다.

"너, 설마……."

"아하하하……."

괜히 하늘의 달을 바라보며 공허한 웃음소리를 내는 류미르를 보니 의심을 확증시켜 주는 것만 같아 나는 녀석에게 달려들어 목을 부여잡고 흔들어댔다.

"이노무 시키!! 너, 죽을래? 엿들었지? 앙?! 엿들었구만? 어디까지 들은 거얏?"

"캑, 아린… 컥, 컥, 헉, 제발 이것 좀… 컥컥… 놓고… 캑! 아구구, 나 죽는다! 캑캑!!"

류미르는 찔리는 게 있어서 그런지 내가 정말 죽일 것처럼 흔들어대지 않았음에도 불구하고 내 손아귀에서 빠져나가지 않은 채 과장된 음성으로 죽는 소리를 했다. 그런 류미르가 얄미워져서 나는 정말 세게 몇 번 더 흔들어주고는 놓아줬다. 류미르는 가증스럽게도 정말 죽을 뻔했다는 양손으로 목을 부여잡으면서 연신 기침을 해댔다.

"콜록, 콜록, 아린, 캑캑! 넘 심했어. 콜록, 정말 날 죽이려고 한 거야?"

"시끄럿! 엄살 피우지 말고 이실직고해. 도대체 언제 여기에 왔으며 어디까지 엿들은 거야?"

내가 주먹까지 쥐어 부르르 떨어 보이며 류미르를 으르댔지만 그는 오히려 배시시 웃고는 엉뚱한 말을 꺼냈다.
"헤에~ 천하의 아린도 사랑 고백받는 장면을 들키니까 부끄러워하는 거야?"
'역시…….'
류미르의 말투로 보아 상황을 다 알고 있다는 걸 눈치 챈 나는 왠지 기분이 착잡해져 버렸다.
"다 봤어?"
내 목소리가 갑자기 진지 모드로 바뀌어 버리자 류미르가 슬금슬금 눈치를 보더니 배시시 웃으며 내 곁으로 다가왔다.
"에이, 왜 그래? 사랑 고백을 받았으면 기분이 좋아야지, 왜 그렇게 축 처졌어?"
"사랑 고백 받았다고 기분이 좋냐? 난 지금 심난하다고. 내가 지금 어떤 상황인지 몰라서 그래?"
그에게 좀 날카롭게 쏘아붙이니 그제야 류미르가 아차 한 얼굴로 입을 다물었다. 하지만 류미르가 딱 절반의 이유만 알고서 저런 표정을 짓고 있다는 걸 알고 있는 나는 더욱더 심난했다. 류미르에게 내가 '파멸되어 가는 존재'를 인도할 '인도자'란 이야기는 했지만 엄마가 마지막으로 이 세상에 남긴 흔적이 애쉬란 사실은 말하지 않았던 탓이었다. 아빠가 별로 신경을 쓰지 말라고 하기는 했지만, 내가 예전에 인간이었던 터라 애쉬를 아예 남이라고 단정 지을 수가 없었다. 아마 그래서 예전에 쥬르단—100년 전 에스라 왕국에서 만난 아빠의 인간 아들—에게 시샘하기도 하고 미묘한 정을 느끼는지도 몰랐다.
"그래도 그 녀석 생각보다 빨리 고백했군. 난 꽤 오래 걸릴 줄 알았는데."

잠시 침묵을 지키고 있던 류미르가 분위기를 타파하기 위함인지 명랑한 어조로 입을 열었다.

"…너, 알고 있었냐?"

내가 놀란 어조로 류미르를 보자 류미르가 의기양양한 얼굴로 웃어 젖혔다.

"푸하하하! 그럼 내가 모를 줄 알았냐? 아마 세이몬하고 너 빼고는 일행들 모두 알고 있었을걸?"

"웃기지 마. 나도 어느 정도는 눈치 채고 있었다고!!"

류미르가 너무 잘난 체하는 것 같아 쏘아주고 싶어서 내뱉었지만 류미르는 전혀 믿지 않는 눈치였다.

"헐헐헐. 눈치 챈 게 아니라 단지 좀 이상하다고만 생각했을걸? 내가 너를 모르냐? 넌 누군가가 너를 좋아해서 쫓아다니면 결코 그냥 놔둘 성격이 아니잖아."

"쳇!!"

류미르의 말을 반박하지 못한 내가 고개를 팩 돌리자 류미르가 내 어깨를 툭툭 두드리면서 웃었다.

"캬캬캬. 넘 걱정하지 마. 사랑하는 건 남들이 다 알아도 당사자는 모른다잖아."

"시끄러."

내가 정말 화가 나서 류미르를 째려보자 그제야 류미르가 장난기를 지우고 머쓱하게 미소를 띠었다.

"에… 화났어?"

"됐어. 그만 해."

내가 그만 가자는 뜻으로 몸을 돌리고 걷기 시작하자 류미르가 바로 뒤를 따라오며 물었다.

"그런데 어떻게 할 거야?"

"뭘?"

"애쉬 말야. 너 정말로 좋아하는 것 같던데……."

류미르가 진지하게 물어오자 나는 나도 모르게 한숨이 나왔다.

"내 사정 너도 알잖아. 거절해야지."

"그런데 왜 아까 딱 부러지게 거절 안 했냐? 전에는 나에게 엘리사—류미르를 쫓아다니는 금발 머리의 엘프 여자애—같은 애에게는 딱 부러지게 거절하라고 말했으면서."

의아하다는 듯이, 그러면서 엘리사를 딱 집어 강조하는 거 보니까 '너도 당하니까 어쩔 줄 모르겠지?' 라는 듯한 장난기 어린 질문에 나는 약간 망설이면서 대꾸했다.

"글쎄… 뭐, 그 녀석이 나에게 지금 당장 자신의 맘을 받아달라고 한 게 아닌 데다가… 그, 뭐시냐… 그 녀석 성격으로 보아 네가 말한 그 엘리사처럼 나에게 매달리지도 않을 테니까… 음… 그래서 지금은 그냥 잠시 두고 보려고."

"그으래? 헤에… 너, 그 녀석 조금이나마 맘에 있나 보다? 그냥 두고 본다는 말이 나오는 거 보니."

호기심이 가득 담긴 질문에 어찌 답해야 할지 모른 나는 회피할 생각으로 간단하게 대꾸했다.

"몰라."

그런데 이런 내 맘을 아는지 모르는지 류미르는 계속 물어왔다.

"혹시… 아린, 너… 설마이겠지만 말야… 그 녀석에게 상처 주는 게 싫어서 미적미적대는 건 아니겠지?"

류미르의 질문에 나는 다시 한 번 아까의 상황을 곱씹어보면서 대꾸했다.

"몰라. 어쩌면 그럴지도. 하지만… 음… 애쉬에게 남겨질 상처 걱정보다는 뭐랄까… 이런 상황을 그냥 놔두고 싶기도 해. 나도 남들처럼 연애란 걸 한번 해보고 싶었거든."

그러자 뒤에서 걷고 있던 류미르의 것이 분명한, 놀라서 헛바람 삼키는 소리가 들려왔다.

"허걱! 아, 아린… 너 그렇다면……?"

"뭐가?"

내 말에 류미르가 의외의 반응을 보이자 나는 걸음을 멈추고 내가 뭘 잘못 말했는지 생각하면서 류미르를 돌아보았다.

"내가 이상한 말 했어?"

류미르는 놀라움을 가득 담은 얼굴 그대로 나를 바라보고 있었다.

"아니, 네 말을 생각해 보면, 너 가능하다면 애쉬랑 사귈 수도 있다는 말이잖아. 안 그래?"

나는 류미르의 말을 곰곰이 생각하다가 고개를 가로저었다.

"뭐, 가능하다면 할 수도 있겠지만, 아무래도 연애까지는 못 가지 않을까 싶어. 하지만 아까도 말했지만 나도 연애라는 거 한번 해보고 싶었거든. 그러니까 그냥 이 상황을 즐겨보고 싶다는 거지."

'나도 한때는 꿈 많은 소녀였던 적이 있었으니까. 하지만… 애쉬와 연애는 불가능하겠지?'

그러자 류미르의 얼굴이 살짝 찌푸려졌다.

"그거 별로 안 좋을 거 같은데?"

"응? 왜?"

다시 나의 의아하다는 눈빛을 받은 류미르는 천천히, 그리고 조심스럽게 입을 열었다.

"내 생각에는 말야… 애쉬의 감정을 가지고 노는 것 같은 기분이 들어서 말야. 아린, 네가 그냥 그대로 바라보고 있다면 애쉬는 분명히 희망을 가지고 더 적극적으로 네 옆에 있으려고 할 텐데 아린, 넌 어차피 나중에 가서는 그의 감정을 거절할 거 아냐? 그걸 알면서도 그냥 그를 지켜보는, 아니, 아린, 네 말대로 애쉬의 감정을 즐기는 건 바람직하지 못하다고 생각하는데?"

조리에 딱딱 맞고 진실성이 담긴 조용한 류미르의 음성은 왠지 내 가슴에 와서 콕콕 박혔다.

"아… 그럴 수도 있는 거네. 그렇군. 그건 생각 못했어. 그럼 적당한 기회를 봐서 딱 잘라 거절해야겠군."

그러자 류미르가 조용한 미소를 지어 보였다.

"그래, 잘 생각했어."

"그런데 말야……"

하지만 말을 끌며 이어지는 나의 말에 류미르는 의아한 얼굴로 바라보며 다음 말이 이어지길 조용히 기다렸다.

"내가 거절하는 명분이 연애할 상황이 안 되기 때문이라는 것하고 내가 안 좋아한다는 것뿐인데, 그걸로도 포기 안 하면 어쩌지? 애쉬 녀석이야 내가 사람인 줄 아니까 '파멸되어 가는 존재'만 처리하면 상황은 바뀔 거라고 생각할 테고 내 감정이야 자기 노력으로 바꾸면 된다고 생각한다면?"

당혹감에 물들어 내 말을 듣고 있던 류미르는 잠시 생각해 보더니 곧 한숨 소리와 함께 어깨를 축 늘어뜨렸다.

"휴~ 아린, 네 말이 맞을지도 모르겠다. 솔직히 내가 본 애쉬의 성격으로는 네가 딱 잘라 거절해도 평생 널 가슴에 품고 살 것 같아 보이던데."

"그러냐? 그런데 류미르, 네가 왜 그렇게 애쉬 일에 가슴 아파해?"

애쉬보다도 애쉬를 걱정하는 류미르의 행동에 의아함을 느낀 내가 묻자 류미르가 피식 웃으며 얼버무렸다.

"그냥… 애쉬가 가여워서."

뭐, 평소에도 정의를 부르짖는 류미르였으므로 이번에도 그의 정의감에 불타는 마음—과 어울리는지는 모르겠지만—때문이라고 생각한 나는 그러려니 하고 그냥 넘어갔다.

"어쩔 수 없는 거지. 감정이란 게 맘대로 되는 게 아니니까. 어쨌든 나도 그냥 두고 싶지는 않으니까 혹시라도 이번 일을 끝낼 때까지 같이 있게 된다면 그때 가서 다시 한 번 딱 잘라 거절해야겠어."

제24화
할아버지와의 재회

할아버지와의 재회

아린아, 남자는 다 늑대란다. 특히 저놈은 늑대왕이라고 할만한 놈이지.

다음날, 어른이라는 이유로 잔치판에서 밤을 지나 새벽까지 흥청망청 놀던 일행들은 정오가 될 때까지 일어나질 못했고, 마을 사람들도 예외는 아니어서 평소 아침대로 일어난 꼬맹이 파들(리틀 조로, 사르하)과 나, 류미르는 아침을 챙겨주는 사람이 없어서 스스로 알아서 전날 잔치를 치르고 남은 음식들을 챙겨 먹어야만 했다.

사르하가 아직 법적으로 성인이 아니어서 다행이었지—이 나라의 법적 성인은 17세부터임—만약 한 살만 더 많았더라면 그 녀석 성격으로 잔치에 끝까지 끼었을 테고—이곳에서는 신관이 술이나 고기를 먹는 건 금지하지 않고 있었다—그러면 정오에 퉁퉁 붓고 부스스한 얼굴로 일어나는 일행들 중 하나가 되어 있었을 터였다.

그리고 그렇게 된다면 지금처럼 말짱한 정신으로 일행에게 신성력을 부어주지 못했을 거고, 그러면 나는 아마도 오후 늦게나 다음날에 수도로 돌아갈 때까지 하릴없이 빈둥빈둥거리고 있을 뻔했다.

'아냐, 어쩌면 마을 여인들의 일을 돕고 있었을지도 몰라. 사르하가 일 년 늦게 태어난 게 천만다행이군.'

나는 나이가 있어서 그런지 제일 마지막으로 오만상을 찌푸리며 일어난 마이터에게 신성력을 부어주고 있는 사르하를 바라보며 속으로 안도의 한숨을 내뱉었다.

그리고 나서 한 시간 뒤 우리는 마법 결계 안에 서서 촌장을 위시한 마을 사람들의 배웅을 받고 있었다.

"잘 가시오. 뭐, 이런 말 할 처지가 아니란 걸 알지만, 그래도 함께 싸운 사람들이라서 그런지 헤어진다니까 꽤나 섭섭하구만."

촌장이 그 얼굴에 전혀 안 어울리는 순수한 미소를 띠며 말하자 애쉬도 같은 미소를 돌려주며 손을 내밀었다.

"협조 감사했습니다. 안녕히 계십시오."

촌장은 기꺼이 애쉬 손을 잡았고 둘은 한동안 손을 맞잡고 있다가 떨어졌다.

"안녕히 가세요~"

"잘 가요~"

마법사들이 주문을 외우며 마력을 집중하기 시작하자 그들이 미리 땅에 그려놨던 결계가 하얀 빛을 내뿜기 시작했고, 그 빛 사이로 마을 사람들이 손을 흔들어대는 것이 보였다. 하지만 그 모습도 결계의 빛이 더욱더 강해지자 곧 사라져 버렸고, 빛이 사라진 뒤 우리 눈에 보이는 건 수도에 있는 아빠 저택이었다.

그리고 그 앞에는 아빠가 여러 시종들을 거느리고 서서 우리를 기다리고 있었다.

"어서들 오게나. 모두들 수고했네."

정말 위엄있고 멋들어지게 인사하는 아빠의 모습에 일행들은 어리둥절한 얼굴로 아빠와 나를 번갈아 바라보기 시작했다. 그리고 어리둥절한 건 나도 마찬가지였다.

하지만 계속 어리둥절하고 있을 수는 없다는 듯 곧 애쉬가 결계 밖으로 나가 아빠 앞에 서서 정중하게 고개를 숙였다.

"환영해 주셔서 감사합니다, 재상 각하. 그런데… 무슨 일 있으셨습니까?"

조심스럽게 묻는 질문에 아빠는 의도를 파악하지 못할 미소만 싱긋 웃어 보이고 그대로 말을 돌려 버렸다.

"자네 가문의 사람들이 기다리고 있으니 어서 가서 쉬시게나. 우리 집에 머물도록 권하고 싶지만 어디 집만 하겠는가? 자, 그럼 여기서 이만 헤어지도록 하고 나중에 궁에서 보세나. 마이터, 자네도 수고했네. 이만 가보게."

아빠는 그렇게 너무나 간단하게 애쉬를 비롯한 일행들을 보내 버리고 나를 잡아끌었다.

덕분에 일행들은 나에게 작별 인사조차 못하고 쫓겨나듯 마차를 타고 떠났으며, 흄도 어리둥절한 표정이었지만 말 한마디 못하고 자신의 짐을 챙겨 숙소로 가야만 했다.

"에? 정말 무슨 일 있었던 거예요?"

평소의 아빠라면 위엄있게 인사를 하기는커녕 일행은 거들떠보지도 않고 내 이름을 정답게 외쳐 부르며 나에게 달려왔을 텐데, 오늘은 어쩐 일인지 아빠답지 않게 오랜만에 본 딸내미 앞에서 위엄있는 재상의 모습을 보이고 있었다.

아빠가 시종들을 물리치고 나를 구석으로 이끌고 들어가자 나는 더욱더 어리둥절할 수밖에 없었다. 이 저택이 아빠 것임에도 불구하고 아빠는 마치 남의 집에 온 양 조심스레 주위를 둘러보며, 아무 방에나 들어가면 될 걸 가지고 그러지도 못한 채 근처의 그늘로 나를 데려갔던 것이다.

"아린아, 너에게 두 가지 소식이 있어. 하나는 좋은 거고 하나는 황당한 건데 어떤 거부터 들을래?"

아빠는 누가 들을세라 목소리를 잔뜩 낮춘 채 계속 주위를 경계하면서 빠르게 말했다. 그런 아빠의 모습에 의아함은 계속 커져만 갔지만 일단 아빠가 다급해 보였으므로 그 질문에만 응했다.

"황당한 거부터 듣죠."

"국왕이 너보고 그 빨강 머리랑 약혼하랜다. 왕명이랍시고 내려왔더군."

한 나라의 재상이라는 사람이 그 나라의 최고 권력자인 국왕이 내린 명령을 마치 옆집에 사는 멍멍이가 와서 짖었다고 말하는 것처럼 별 대수롭지 않게 말하는 아빠의 모습에 실소를 금할 수 없었지만 이어지는 아빠의 말에 나는 엄청 놀랐다.

"그리고 좋은 소식은, 네 할아버지가 찾아오셨다."

"에?"

생각지도 못한 아빠의 말에 나도 모르게 큰 소리를 내자 아빠는 다급하게 자신의 손가락을 자신의 입술에 가져다 댔다.

"쉿!"

아빠의 행동에 나는 얼결에 손으로 입을 막았지만 잠시 후 어리둥절할 수밖에 없었다.

"아니, 할아버지가 오신 거랑 아빠가 이러는 거랑 무슨 상관인데요?"

그러자 아빠의 인상이 팍 찌그러졌다.

"아린아, 넌 내 사정을 제일 잘 알면서 그런 소리가 나오니? 네 할아버지는 내가 네 아빠란 걸 모르잖아."

"아~참."

그제야 기억나는 사실이었다. 그동안 할아버지는 전혀 보지 못한 채 아빠와 지내느라 까맣게 잊어버리고 있었던 것이다.

아빠는 무척 심각하고 난처한 얼굴이었다.

"'파멸되어 가는 존재'의 일로 협조를 위해 너를 임시로 내 딸로 이곳에 소개했다고 말씀드렸어. 그런데 내가 전에… 에… 그러니까 쬐께… 이름을 날렸… 험험, 어쨌든 그랬던 관계로 내가 너에게 음… 저기 그러니까… 해코지라도 하지 않았는지 걱정하시더구나."

아빠가 하고 싶은 말이 무슨 말인지 알아챈 나는 피식 웃으면서 약간 숙이고 있던 몸을 바로 폈다.

"예, 예, 무슨 말인지 잘 알았으니까 걱정 마세요."

할아버지한테 겁먹고 있는 아빠가 불쌍하기도 하고 웃기기도 했지만 한편으로는 씁쓸한 것도 사실이었다. 그걸 알아챘는지 몰라도 아빠는 되게 미안한 얼굴이었다.

"미안하구나. 너한테 이런 일이 생기게 될 줄은 몰랐는데……."

"됐어요, 됐어. 그건 나중에 말하고요, 할아버지는 지금 어디 계세요? 뵈러 갈래요."

아빠 일은 아빠 일이고 할아버지는 할아버지였으므로 나는 곧 기쁜 얼굴로 들떠서 아빠에게 묻자 아빠는 억지로 짓는 듯한 미소를 보이며 대꾸했다.

"아아, 그래… 지금 2층 오른쪽 손님 침실에 계실 거다."

"알았어요."

아빠에게서 그 말을 듣자마자 나는 내가 낼 수 있는 가장 빠른 속도로 저택 안으로 뛰어들었다. 여기저기에서 시녀나 시종들이 놀란 표정으로 바라보는 걸 무시하고 그 빠른 기세를 몰아 계단을 두 칸씩 뛰어오르고 복도를 두다다다 내달려 할아버지가 묵고 계시다는 방문을 벌컥 열었다.

"할아버지이이이이~!!"

찬란한 햇살이 들어오는 창가를 등지고 문 앞에 서서 이미 내가 온 것을 알고 있다는 듯 할아버지는 인자한 웃음을 머금으며 두 팔을 벌렸다.

"아린아아아아~"

폴짝 뛰어서 할아버지의 품으로 그대로 파고든 나는 할아버지의 가슴팍에 얼굴을 묻고 비볐다.

"할아버지이이이이~ 보고 싶었어요."

"에그그그, 내 새끼… 그래, 그동안 힘들었지? 어디 보자, 얼굴이 많이 야위었구나."

할아버지는 나를 한번 꼭 안더니 팔 힘을 풀어 내 몸을 자신의 몸에서 약간 떨어뜨린 뒤 내 얼굴을 두 손으로 감싸며 부드럽게 쓰다듬었다.

"헤헤헤, 아뇨. 전 괜찮아요. 다행히도 여러 군데서 도움을 받을 수 있었거든요."

"그래그래, 그래도 고생했다."

인자한 눈빛을 철철 흘려내며 고개를 끄덕이던 할아버지는 문득 무엇을 느낀 양 고개를 들어 내 뒤를 바라보더니 의아한 의문을 토해냈다.

"엥? 자넨 왜 거기 그러고 서 있나?"

할아버지의 질문이 나를 향한 게 아니란 걸 느낀 내가 뒤를 돌아보자 문가에 어색한 미소를 띤 채 이쪽을 보고 있는 아빠가 서 있었다. 할아버지의 질문에 실없이 하하 웃어 보인 아빠는 방 안으로 들어와 조용히 문을 닫았다.

"오랜만에 감격스런 상봉을 하시는데 차마 방해할 수가 없었습니다."

그러나 그렇게 멋들어진 말을 하는 아빠의 눈은 부러움이 가득 담긴 채 할아버지를 바라보고 있었다.

'쯧쯧쯧, 지은 죄가 있으니 어쩔 수 없지.'

아빠의 눈빛이 무엇을 뜻하는지 알고 있는 나는 아빠에 대한 약간의 안쓰러움을 지닌 채 속으로만 쓴웃음을 지었을 뿐이지만 할아버지는 아빠의 눈빛을 나와는 다르게 해석한 듯 금방 살벌한 눈길로 아빠를 쏘아보았다.

"그게 아닌 거 같은데?"

아빠는 얼른 영문을 모르겠다는 순진 무구한 표정을 지어 보였다.

"예? 그게 무슨 말씀이신지?"

그러나 그 표정이 할아버지에겐 안 통한 모양이었다. 할아버지는 의심스러운 표정으로 아빠를 노려보면서 경고가 어린 말을 내뱉었다.

"네 녀석에 대한 소문을 내가 모를 줄 아나? 드래곤 족의 바람둥이로 네 혈족을 제외한 모든 여자 드래곤에게 집적거린 녀석이라지? 하지만 지금은 안 그러길 바라네."

아빠는 이제 삐질삐질 땀을 흘리면서 처량한 웃음을 지어 보였다.

"하하하, 무슨 그런 섭섭한 말씀을. 아무리 제가 바람둥이라지만 아직 알을 못 낳는—드래곤은 1,000살이 되어야 알을 낳을 수 있다—어린 드래곤에게 대쉬를 하겠습니까?"

"뭐, 이번에 아린을 도왔다고 하는 데다 아린에게 별 탈 없어 보이니 믿어보기로 하지."

아빠가 내놓은 변명이 상당히 설득력이 있었는지 할아버지는 아직까지 의심스럽다는 표정이었지만 순순히 물러나셨다. 뭐, 내 생각에는 할아버지가 계시니까 나에게 마수(?)를 뻗치지 못할 거란 계산이 깔려 있는 듯했지만.

"믿어주셔서 감사합니다, 칸 시스파슈타인님. 자, 이러고 있지 말고 자세한 이야기는 저녁을 드시면서 하는 게 어떻겠습니까? 아리이이인… 하.하.하… 시스파슈타인님, 제가 애칭을 부르게 된 건 그만한 이유가 있다고 말씀드리지 않았습니까? 그러니 제발 그 살벌한 눈빛만은……."

아빠가 분위기를 바꾸기 위하여 아빠 특기인 그 매끄러운 달변을 내놓다가 내 애칭이 너무나 자연스럽게 나오는 순간 할아버지의 눈빛이 사나워지는 바람에 아빠가 재빨리 변명을 늘어놓았던 것이다. 그러나 아빠의 변명에도 불구하고 할아버지는 영 기분이 안 좋은 표정이었다.

"물론 알지. 하지만 그렇게 다정하게 부르는 건 맘에 안 들어. 자네가 아린의 애.인.이거나 아.비.도 아닌데 말야."

아빠는 '아비'란 말에 찔끔했으나 긍정도 못하고 그렇다고 부정도 못한 채 허망한 웃음만 흘렸다.

"하하하, 제 처지를 이해해 주시지요. 아시리안 양은 지금 제 딸로 되어 있는 데다 전 지금 유희 중이니까요."

할아버지는 기꺼이 수긍하셨다.

"암, 이해하고 말고. 그러니까 내가 지금 이렇게 가만있는 것 아닌가? 만약 상황만 안 이랬다면 자넨 반은 죽었어."

할아버지의 살벌한 말에 아빠는 그냥 어색한 웃음만 짓고 서 있을 뿐이었다.

아빠가 평소 그 여유로움을 다 잃어버린 채 식은땀을 흘리며 쩔쩔매는 것이 너무 불쌍해서 나는 두 분 중간에 끼어들었다.

"아, 그러고 보니 슬슬 배고프기 시작했어요. 그럼 전 옷을 갈아입고 올 테니까 두 분 식당에서 뵙기로 하죠."

할아버지는 얼른 얼굴에서 살벌한 표정을 지우고는 나를 향해 환한 웃음을 보이며 고개를 끄덕였다.

"오냐, 오냐, 내 생각만 했구나. 하지만 너무 서두르지 말거라."

"예."

할아버지에게 마주 웃어주며 문을 나서는데 아빠가 내 뒤를 따라 문밖으로 나왔다. 그러자 곧바로 할아버지의 싸늘한 한마디가 날아왔다.

"자넨 어딜 가는가?"

아빠의 몸은 그 즉시 굳어버렸다.

"예?"

"어딜 가느냐고?"

"에, 저… 그게……"

아빠는 또다시 삐질삐질 땀을 흘렸다.

"어딜 가는데 나에게 양해도 안 구하고 나가는데? 설마 하니 아린에게 방을 안내한다든지, 아니면 갈아입을 옷을 골라준다든지 머릴 손질해 준다는 이유는 아니겠지?"

"아하하하… 물론 아닙니다. 저는 단지 저녁 먹기 전에 서재에 잠시 들르려 했을 뿐입니다."

"아, 그래? 그럼 어서 가보게나."

어느새 문밖으로 나온 할아버지가 내 손목을 슬쩍 잡은 채로 아빠를 살벌하게 노려보며 한 말이었다. 할아버지의 말에 아빠는 냉큼 고개를 끄덕이더니 서재 쪽으로 횡하니 가버렸다.

'쯧쯧쯧, 불쌍한 아빠.'

"할아버지, 너무 살벌하게 대하시는 거 아니에요?"

불쌍한 아빠를 조금이나마 돕고자 슬며시 운을 떼었지만 할아버지는 세차게 고개를 내저었다.

"아린아, 남자는 다 늑대란다. 특히 저놈은 늑대 왕이라고 할 만한 놈이지. 조심, 조심, 또 조심해서 나쁠 건 없지. 내가 이렇게 해야 저 녀석이 너에게 흑심 품을 생각을 애시당초 하지 못할 게 아니냐? 아냐, 그 정도로는 맘을 놓을 수 없지… 암, 암."

"에이, 지금껏 잘 대해주셨는데 그러면 너무 미안하잖아요. 게다가 난 아직 600살밖에 안 됐구요."

"어허, 방심은 금물이야. 게다가 우리에게 400년은 순간이란 걸 모르냐? 혹시나 저 녀석이 400년 후를 기다리고 있으면 어쩌려고?"

할아버지의 단호한 모습에 나는 아빠가 할아버지께 한번 정도는 거의 죽을지언정 사실을 밝히는 게 더 좋지 않을까 하는 생각이 들었다.

"약혼? 약혼이라고? 그, 인간들 사이에서 결혼하기로 약속하는 거 말야?"

할아버지는 잘 익은 스테이크를 썰다 말고 위협적으로 아빠에게 나이프를 겨눈 채 상당히 의심스럽다는 표정으로 되물었다.

"하.하.하… 칸 시스파슈타인님, 그게 제가 그런 게 아니라요……."

아빠가 식은땀을 삐질삐질 흘리며 변명을 하기 위해 입을 열었지만 할아버지는 가차없이 그 말을 자르며 다시 되물었다.

"그러니까 자네가 말한 약혼이란 단어가 인간들 사이에 있는 그 약혼이란 말이지?"

"…예에……."

할아버지의 조금도 용납하지 않겠다는 단호한 표정과 목소리에 아빠의 어깨가 힘없이 축 처지면서 순순히 고개를 끄덕였다.

"그래, 그렇군. 그런데 왜 여기서 아린 약혼 이야기가 나오는 거지?"

'불쌍한 아빠…….'

아까부터 먹음직스러운 음식이 식탁을 가득 메우고 있건만 아빠는 그 많은 음식들을 단 한 입도 먹지 못하고 쩔쩔매고 있었다. 물론 할아버지와 나는 맛있게 먹고 있었지만.

아빠는 심호흡을 하고 할아버지에게 설명을 하기 위해 비장한 표정으로 입을 열었다. 하지만 그보다도 먼저 내가 당연하다는 어조로 입을 열었다.

"이 나라에서 꽤나 배경 빵빵하고 능력있단 소리 듣는 녀석이 나에게 반했거든요."

그러자 할아버지가 금방 수긍하시는 표정으로 고개를 끄덕였다.

"아하, 내가 그 생각을 못했군. 그렇다면 약혼 이야기가 나올 수도 있겠구만."

"그렇죠. 게다가 제가 지금 가지고 있는 배경 또한 꽤나 멋있는 거니까요."

아빠는 냉수를 한 컵 들이키고는 나에게 고맙다는 눈짓을 보내왔다.

"흐음… 그러니까 이 나라 국왕이란 녀석이 아린, 네가 말한 그 인간의 편을 들어 너에게 약혼하라는 압력을 가한단 말이지?"

"에… 그 인간은 그런 청을 안 했지만, 그 인간이랑 내가 결혼하면 국왕에게 이익되는 게 많걸랑요. 그러니까 부탁도 안 했는데 나선 거죠."

"쯧, 그런 거냐? 뭐, 그런 건 자네가 알아서 할 테니 내가 신경 쓸 건 없겠지?"

꼭 '내가 신경 쓰게 만들면 죽어!'란 표정으로 아빠를 노려보는 할아버지의 시선에 아빠는 세차게 고개를 끄덕거렸다.

"물론입니다. 그냥 그런 일이 있었다는 걸 알려드리기 위해 말씀드린 것뿐입니다."

"흠, 알겠네. 그럼 난 그리 알고 신경 쓰지 않고 있지."

할아버지가 다시 식탁 위의 스테이크 위로 시선을 돌리자 아빠는 한 고비 넘겼다는 표정으로 고개를 옆으로 돌리다가 존재감도 없이 조용히 앉아서 음식만 먹고 있는 류미르와 세이몬을 보더니 문득 부러운 표정을 지었다.

'불쌍한 아빠……'

집으로 돌아온 애쉬는 그리 심하게 몸을 혹사시킨 건 없었지만, 평소 그라면 적당히 마시고 빠져나왔을 술자리에 새벽이 다 될 때까지 붙잡혀서 엄청 마셔댄 영향인지 아직까지 머리가 어질어질한 듯해 저녁을 먹고 일찍 쉴 생각을 가지고 있었다. 그러나 그의 아버지인 레드포드 공작은 그런 그의 바람을 무시해 버리고 저녁 식사가 끝난 뒤 그를 조용히 서재로 불렀다.

"부르셨습니까?"

자신을 기다리는 동안 가만히 있지 못하고 서재 안을 서성이고 있는 아버지를 보고 뭔가 심상치 않음을 느낀 애쉬가 낮은 목소리로 입을 열자 공작이 그를 돌아보았다.

"그래, 앉거라."

아버지의 권유에 의해 폭신한 소파에 엉덩이만 걸친 채 부동자세로 앉아 공작이 입을 열길 기다렸지만 웬일인지 공작은 입맛만 다신 채 도통 입을 열 기미를 보이지 않았다. 아버지의 심각한 표정과 함께 금방 국가 안위에 대한 중대 사안을 들을 줄 알았던 애쉬는 내심 의아해져서는 먼저 입을 열었다.

"중요한 말씀이 있으신 게 아닙니까?"

"응? 아, 중요한 일이기는 하지. 하지만 좀 당황스럽기도 하구나."

딴생각에 빠져 있다가 퍼뜩 정신을 차린 것처럼 당혹스런 표정을 감추지 못하는 공작의 모습에 애쉬는 공적인 일이 아니라고 판단을 내렸다. 자신의 아버지는 뼛속까지 기사로 공적인 일로 대화를 할 때는 아무리 자신의 집 안 서재라고 해도 자신을 아버지라고 부르지 못하게 했고 항상 무뚝뚝한 표정을 짓고 있었기 때문이다.

 사적인 일이라고 판단한 애쉬는 긴장을 풀고 자세를 풀어 소파에 편안하게 앉았지만 의아함만은 사라지지 않았다. 요 근래 집안에 특별한 일, 하다못해 파티라도 열 일은 없었던 것이다. 뭐, '그 살인마' 덕분에 귀족들 사이에서 파티를 자제하는 분위기가 형성된 것이긴 했지만.

 '그렇다면 무슨 일이지?'

 자신이 편하게 소파에 기대앉았음에도 아버지가 별다른 말을 하지 않는 걸 보니 분명히 사적인 일이었고, 그게 무슨 일인지 애쉬는 점점 더 궁금증이 커졌다. 그러고 보니 집안일에 관한 의논을 할 때에는 항상 어머니도 같이 앉아서 의논을 했었는데 지금 보니 아버지가 일부러 어머니는 부르지 않은 듯했다.

 자신과 아버지끼리 의논할 사적인 일이라니…….

 "험……."

 공작이 낮게 헛기침을 했다.

 드디어 생각을 정리하고 말을 하려고 하는 신호라는 것을 알아챈 애쉬는 아버지에게 정신을 집중했다.

 "허참… 나도 솔직히 당황스럽구나. 이걸 어찌 해석해야 할지……."

 다시 한 번 입맛을 다신 공작은 의아스러움과 궁금증을 담은 시선으로 자신을 바라보고 있는 아들을 바라보며 허탈한 듯한 웃음을 흘리고는 소파에 등을 푹 파묻었다.

 "어제 우리 집으로 왕명이 전달되었다."

 "왕명이요?"

 왕명이란 말에 반사적으로 다시 부동 자세를 취하며 앉는 애쉬에게 공작은 헛웃음을 흘리며 손을 내저었다.

"그래, 왕명이긴 왕명이지. 하지만 뭐라 해야 하나… 정식으로 전달된 게 아니라 나에게만 조용히 전달되었지."

"왕명이요?"

다시 한 번 되묻는 애쉬의 궁금증은 더욱 커져만 갔다. 지금 공작과 애쉬는 왕성에서 직책을 가지고 있었다. 해서 공작과 애쉬가 머물고 있는 저택은 왕성이 있는 수도 외곽이었고 그렇다면 국왕이 왕명을 내리려면 굳이 문서로 작성해서 사람을 보낼 필요 없이 공작이 왕성에 있을 때, 아니면 공작을 성으로 불러서 내리면 될 거였다.

공작이 대역죄를 지어 처벌하려는 것도 아닌데 뭐 하러 귀찮게 문서로, 그것도 정식 절차를 거쳐―보통 왕명은 왕명을 받는 귀족 지위와 비슷한 문관이 왕성 근위대의 호위를 받으며 가지고 와서 쓰잘데기없어 보이는 그들 말로는 간략한 예식을 거쳐 받게 된다―받은 것도 아니고 조용히 전달되었다니.

"뭐라고 쓰여 있었습니까?"

공작은 궁금증을 얼굴에 역력히 드러내며―물론 애쉬의 평소 무표정에서 눈썹만 약간 치켜뜬 거지만―자신을 주시하는 아들을 힐끔 보고는 천천히 입을 열었다.

"곧 왕자 전하의 약혼식이 있을 거라고 한다. 그런데 그때 너와 플레이저 자작의 약혼을 친히 공포해 주시겠다고 하더군."

애쉬의 눈꼬리가 파르르 떨렸다. 그가 무지 놀랐다는 증거였다.

공작은 애쉬가 놀랄 줄 짐작했다는 얼굴로 어깨를 한번 으쓱해 보이더니 괜히 이마를 문지르며 아들 시선을 피했다.

애쉬로서는 놀랄 만도 했다.

그가 누구인가? 왕자, 즉 브랜의 가장 절친한 친구이자 그의 근위대 대장이었다.

비록 지금 왕명으로 인해 딴 일을 하고 있기는 했지만 브랜의 가장 절친한 친구라는 건 여전했다. 그런데 잠시 수도를 비운 사이 갑자기 약혼이라니?

보통 왕족, 하다못해 귀족들 사이라도 약혼을 하기 몇 달 전부터 소문이 돌기 시작해서 약혼이 발표되면 사람들이 '이제야 하는군' 하고 고개를 끄덕였는데 왕자라는 사람이 약혼을 하는데 친한 친구조차 모르고 있다가 갑작스레 한다는 통지를 받았다는 건 충분히 놀랄 만한 일이었다. 그런데 애쉬는 그것에 놀라 연연해하고 있을 수가 없었다. 아버지의 입에서 왕자의 약혼 뒤에 자신의 약혼 이야기가 나왔기 때문이다.

"제… 약혼을요?"

당혹감을 감추지 못해 목소리가 약간 떨렸다.

"왕자 전하의 약혼 날짜는 아직 정해진 건 아니다. 하지만 폐하께서 서두르시는 듯해. 그 안에 빨리 해결하라는 거지."

뭘 해결하라는 건지는 말 안 했지만 애쉬는 쉽게 예측할 수 있었다. 빨리 플레이저 공작가와 이야기를 하라는 거겠지.

애쉬는 크게 심호흡을 했다. 당혹감에 소파 모서리를 잡은 그의 손가락이 얼마나 강한 압력을 받고 있는지 피가 돌지 못해 하얗게 변해 버렸다.

"놀라운… 소식이군요."

잠시 후에 애쉬가 힘겹게 내뱉었다.

소파 모서리를 꽉 틀어잡은 손이 힘들다고 신호를 보냈는지 천천히 소파에서 손을 떼더니 쉽게 피가 통하도록 주먹을 쥐었다 폈다를 반복했다. 하지만 머리 따로 손 따로 노는 것처럼 그걸 멍하게 바라보던 애쉬가 문득 생각났다는 듯이 물었다.

"플레이저 공작가도 알고 있습니까?"

"그쪽에 서찰을 보냈다는 언급은 없지만 아마 보냈으리라 예상된다."

애쉬는 다시 입을 다물었다. 하지만 그의 눈이 점점 차갑게 가라앉는 걸 본 공작은 슬그머니 일어나서 서재 한쪽에 마련되어 있는, 여러 가지 고급 술이 예쁜 크리스털 병에 담겨 놓여 있는 일명 '바'로 다가가 병 하나를 골라잡았다.

"한잔하겠느냐?"

고개만 뒤로 돌려 힐끔 아들을 바라보며 묻자 애쉬는 아버지가 무슨 술을 골랐는지 쳐다보지도 않고 고개만 약간 끄덕였다.

레드포드 공작은 술을 많이 마시지는 않았지만 조금씩 즐기는 버릇이 있어서 그의 서재에는 국내 여러 지방에서 생산되는 유명한 술은 물론 다른 나라에서 유명한, 혹은 잘 알려지지 않은 술까지 모아놓았다.

덕분에 지금은 술을 즐기는 것이 취미인지 술을 수집하는 것이 취미인지 아리송하게 되었지만, 어쨌든 기분 좋은 일이 있거나 아니면 심각한 일이 있을 때 두 부자가 그때그때 공작이 내키는 대로 여러 가지 술을 조금씩 입에 대곤 했다.

오늘 공작이 선택한 술은 레스틴 왕국에서 생산된다는 연한 호박색 빛깔의 술이었다.

크리스털로 된 병마개를 열자 옅은 숲의 향기와 같은 청량한 술 향기가 흘러나왔다.

레스틴 왕국에서 생산되는 술은 독하지 않고 가볍게 즐길 수 있는 게 많았기에 공작은 술 한 잔이 필요하지만, 절대 취해서는 안 될 때 많이 애용하곤 했다.

한 손에는 자신의 것과 아들의 잔을 잡고 다른 한 손에 술병을 잡은 공작이 다시 애쉬의 맞은편에 앉자 애쉬의 입이 열렸다.

"제가 이런 왕명을 받으리라고는 상상조차 못했었습니다."

공작은 애쉬의 앞에 잔을 내놓고 그 잔에 술을 따르면서 고개를 끄덕였다.

"하긴, 왕자 전하의 몇 안 되는… 아니, 거의 유일한 친구인 널 왕자 전하만큼 아껴주셨지. 네가 충격받은 것이 무리는 아니다."

공작은 자신의 잔에도 술을 따르더니 아무 말 없이 술잔을 들어 애쉬 앞에 슬쩍 내밀었고 그걸 본 애쉬도 술잔을 잡아 올려 공작의 술잔에 살짝 부딪쳤다.

"하지만 너무 폐하를 원망하진 말거라. 오죽하셨으면 그런 왕명을 내리셨겠느냐."

한탄조로 중얼거리듯 말하는 공작의 말을 이해하지 못한 애쉬가 눈썹을 살짝 치켜뜨며 아버지를 바라보자 공작이 깊은 한숨을 내쉬었다.

"네가 수도를 떠났을 때 어의가 나를 조용히 찾아왔었다. 폐하의 건강이 급속도로 악화되었다고 하더구나. 원래 몸이 약하신 분인 데다 지금까지 계속 신관의 신성력에 의하여 지탱되고 있었던 것이 한계에 다다른 듯하다."

애쉬는 또 한 번의 놀라움으로 몸을 움찔거렸다.

"…왕자 전하께서도 알고 계십니까?"

"아니, 모르고 계신다. 왕자 전하께서 알게 될 정도면 왕녀 또한 알게 될 걸 걱정하신 폐하께서 입을을 단속하셨지. 알고 있는 이라고는 어의와 신전의 최고위 신관과 나뿐이다."

"왕자 전하께서 왕위를 이으실 것이 확실해져야 밝히실 생각이시군요."

"그래. 하지만 지금 이대로는 힘들지. 더욱이 왕자 전하께서 아직도 마음을 잡지 못하고 계시니까……."

"그래서 폐하께선 마지막 수단으로 왕자 전하의 약혼과 제 약혼을 생각하신 거군요. 아마도 왕자 전하의 약혼녀는 귀족계에서 큰 영향력을 가진 집안의 영애겠죠? 그리고 저와 플레이저 자작의 약혼으로 인해 중립을 지키고 있는 귀족들을 왕자 파 쪽으로 끌어들일 생각이구요."

지금 왕자와 왕녀 사이의 왕좌에 대한 신경전이 팽팽하다는 걸 모르는 애쉬가 아니었지만, 왕좌에 대한 욕심이 전혀 없으면서 국왕의 강요에 의하여 어쩔 수 없이 끌려 다니는 왕자와 원하지 않았지만 이제 그 신경전 중심에 서게 될 자신을 생각하니 씁쓸해졌다.

"네 추리는 정확하다. 거기에 하나 덧붙이자면, 너와 플레이저 자작의 약혼을 갑작스레 발표하려고 한 거지. 왕녀 파에서 우왕좌왕하게끔 말야."

"멋진 계획이군요. 폐하의 건강 상태를 모르는 왕녀 파 쪽에서는 계속 여유를 가지고 있을 테니까요."

말로는 멋지다고 말하지만 별로 탐탁지 않은 표정을 짓는 아들을 바라보는 공작의 마음도 편치는 않았다.

솔직히 공작은 브랜 왕자의 친부, 즉 현 국왕의 동생의 절친한 친구로서 브랜이 왕좌 다툼에 휘말리게 되자 그를 지키려는 의도로써 왕자 파 쪽에 가담한 것이었다. 하지만 이왕 이렇게 왕좌를 가지고 싸우게 된 거 우유부단하긴 하지만 아랫사람을 생각할 줄 아는 따뜻한 마음씨와 그렇게 뛰어난 건 아니어도 보통 정도의 현명함을 가진 브랜이 왕이 되어도 괜찮을 것이라 생각하고 있었다.

그러나 가끔은, 아주 가끔은 누이와의 정을 그리워하고, 자신을 강요하는 국왕을 부담스러워하는 왕자를 보면서 자신이 왕자를 위해 정말 잘하고 있는 것인지 확신이 서질 않았다.

잠시 옛 생각에 잠겨 있었던 공작은 애쉬의 말에 화들짝 정신을 차렸다.

"응? 뭐라고 했냐?"

대화 중에 딴생각에 빠지는 일이 거의 없는 공작이었기에 애쉬는 걱정과 의아함이 담긴 시선을 보내면서 입을 열었다.

"폐하의 계획에 생각지 못한 변수가 있으면 어쩌시겠습니까?"

"변수? 네가 그렇게 말하는 걸 보니, 변수가 될 만한 걸 알고 있는 모양이구나?"

딴생각에 빠져 있다가 갑자기 정신을 차리느라 멍한 시선을 지우지 못했던 공작은 애쉬의 말에 눈을 날카롭게 빛냈다.

"폐하의 계획에는 한 가지 꼭 필요한 기본 설정이 있습니다. 바로 왕명을 전해 듣는 저희 가문과 플레이저 가문이 절대 복종하리란 것 말입니다."

그러자 공작이 허탈한 표정을 지었다.

"그건 말할 필요도 없는 게 아니냐? 이 나라의 귀족이라면 왕명을 받드는 게 당연하지."

애쉬는 공작의 황당 플러스, 실망의 눈빛에도 개의치 않고 꿋꿋이 말을 이었다.

"플레이저 자작은 정확히 말하면 이 나라의 귀족이 아니죠. 그녀의 어머니도 다른 나라 사람이고, 그녀도 몇 달 전까지만 해도 딴 나라에서 살았었습니다. 그녀가 이곳으로 온 건 단지 재상 각하 때문이죠. 그러한 그녀가 원하지 않는 왕명을 거절하리라 생각하시지 않습니까?"

공작은 애쉬의 말에 그다지 주의를 기울이지 않은 태도로 어깨를 으쓱였다.

"그렇다 해도 이 나라의 재상인 아버지 때문에라도 그녀는 왕명을 받아들일 것이다."

하지만 애쉬는 자신의 의견을 굽히지 않았다.

"생각해 보십시오, 아버지. 플레이저 자작이 어떻게 자작의 작위를 받았는지. 그녀는 이 나라에서 유일하게 '살인마'에 대적할 수 있는 존재입니다. 그런 그녀가 왕명에 불복종한다고 해서 어떻게 할 수 있겠습니까? 더욱이 재상 또한 언제 어느 때고 폐하 앞에서 당당하게 직언을 하는 사람입니다. 게다가 그는 자신의 딸을 끔찍이 아끼고 있죠. 그러니 왕명을 거부할 수도 있지 않겠습니까?"

공작은 뼛속까지 기사였던 사람. 해서 그는 왕명, 아니, 주군의 명에 불복한다는 것은 꿈에서조차 생각해 본 적이 없는 사람이었다. 하지만 애쉬의 말을 듣고 보니 플레이저 공작(아린 아빠)은 자신처럼 기사가 아닌 문관 출신의 귀족이었다. 게다가 엄청 유능해서 다른 나라에까지 이름이 널리 알려진 존재. 만약 그가 왕명을 거역하여 재상 직을 박탈당하고 처벌을 받게 된다 하면, 그걸 안

다른 나라에서는 어떻게 해서든 그를 구해내 자신의 나라에 영입하려 할 것이 틀림없었다.

특히 이웃 나라인 에스라 왕국은 자신이나 다른 나라에 비해 능력만 있으면 신분에 관계없이 빛을 발할 기회가 더 많은 나라였다.

그동안에도 재상이 전 플레이저 공작의 친자가 아니라 출생 신분이 확실치 않은 양자라는 이유로 귀족들 사이에서 멸시를 받고 있을 때 호시탐탐 자신의 나라로 영입하기 위해 마수를 뻗치던 에스라 왕국이니 그 기회를 놓칠 리 없었다.

게다가 이제는 재상 말고도 뛰어난 마검사인 그의 딸까지 있으니…….

상상이 끔찍할 정도로 커지자 공작은 부르르 몸을 떨었다.

국왕은 비록 남성 우월주의에 물든 시대에 뒤떨어진 사람이긴 했지만, 인재를 알아볼 줄 알았고(물론 남자에 한해서이긴 했지만) 국왕이라는 한 나라의 최고 자리에 앉아 있긴 해도 굽힐 때와 물러날 때, 나설 때를 잘 아는 사람이었다.

그런 국왕이었기에 그동안 플레이저 공작이(비록 뒤에서는 호박씨 대상이 되긴 했지만) 대우를 받으며 이곳에 머물러 있을 수 있었던 것이었다.

그런데 그런 국왕의 신임이 없어진다면?

공작은 갑자기 말라오는 입 안을 느끼며 힘들게 침을 삼켰다.

"내일 당장 폐하를 알현해야겠다. 혹시라도 재상이 이 약혼을 괜찮게 여긴다면 다행이겠지만, 달갑지 않게 여긴다면 그에 대한 대책이 있는지 여쭈어야겠다."

긴장의 빛을 감추지 못하는 공작을 바라보며 애쉬는 작게 한숨을 쉬었다. 그 왕명을 듣고 플레이저 자작이 보일 반응은 뻔했다. 재고할 가치도 없다고 여기고 거들떠보지도 않겠지.
 국왕의 명령을 말이다.
 "제가 아는 플레이저 자작이라면 분명히 달갑게 여기지 않을 겁니다. 그리고 재상 각하께서는 딸의 의견을 존중할 테지요."
 애쉬의 머리 속에는 평소 근엄, 고귀한 기품을 내뿜던 재상이 딸 앞에서는 그런 기품을 다 내팽개치고 팔불출이 된 것처럼 헤벌쭉해서 달려오던 모습이 떠올랐다.
 "아마 제 예상은 맞을 겁니다."
 그리고 한편으로는 씁쓸한 감정이 밀려 올라왔다.
 '하필이면… 내가 고백한 바로 다음에 이런 일이 생길 게 뭔지… 제발 별일없이 그냥 넘어가야 할 텐데……'

 다음날, 아침을 먹자마자 아린 할아버지의 눈초리에 눌려 거의 쫓겨나다시피 부리나케 왕성으로 출근하는 공작을 배웅하고는 류미르와 세이몬도 재빨리 저택을 빠져나왔다. 산골 마을에서 류미르가 세이몬에게 했던, 세이몬이 원하는 건 뭐든지 해주기로 했다는 그 약속을 지킨다는 핑계를 대고서 말이다.
 나중에 세이몬에게 사정과 회유와 애교, 애원 등등을 다 동원한 류미르는 약속을 지키는 기한을 딱 하루로 만드는 쾌거를 이룩할 수 있었고, 같은 수법으로 아린에게 용돈도 두둑이 받을 수 있어 가벼운 발걸음으로 나올 수 있었다.
 하긴, 그 둘은 칸 시스파슈타인의 날카롭고 무시무시한 눈길을 피한다는 사실 하나만으로 발걸음이 깃털처럼 가벼웠을 거였다.
 예전에 아린과 헤어지기 전 마지막에 뵈었던―물론 세이몬은 정식으로 인사도 못했긴 했지만—아린의 할머니는 인자하시고 부드러운 분이셨는데, 아린의 할아버지는 류미르와 세이몬을 보기만 하면 '아린에게 허튼 짓만 했단 봐라!' 라는 듯이 살벌하게 노려봤기 때문에 아린에게 제대로 말도 못 붙일 지경이었다.

뭐, 류미르와 세이몬을 바라보는 눈길보다도 아린의 아버지인 아펜젤러를 보는 눈길이 더 살벌했긴 했지만.

아린은 류미르와 세이몬에게 아펜젤러와 친부녀 사이라는 걸 알리지 말라고 신신당부—너희들, 내가 아빠의 친딸이라고 말하면 그 자리에서 할아버지에게 죽을 거야. 그러니 입 조심해—했기에 왜 그런지 이유를 물어볼 수도 없었다.

"아… 정말 무서웠어. 나는 이 세상에서 우리 일족 장로님들하고 사부님보다 더 무서운 시선을 가진 존재가 있으리라고는 생각도 못했는데 말야. 세상에… 아린 할아버지를 보니까 울 장로님들은 쨉도 안 될 것 같아. 그 시선을 정면으로 받으니까 다리가 후들후들 떨리더라니까. 거기에 만약 살기까지 섞였다면… 윽! 생각하기도 싫어."

플레이저 공작가를 벗어나 시내로 들어서자 그제야 세이몬이 긴장이 풀린 듯 주절댔다. 그러면서 마지막에는 정말 소름이 끼친다는 듯 몸까지 부르르 떨자 류미르가 피식 웃었다.

"그랬어? 그럼 넌 아린 할머니를 뵈었다면 그 자리에서 주저앉았겠다?"

"뭐어? 무슨 소리야? 아린 할머니를 뵈었을 땐 괜찮았다고."

나를 뭘로 보냐고 항의하는 듯한 세이몬의 태도에 류미르는 피식 웃을 뿐이었다.

"네가 괜찮았던 건 그때 너무나 정신이 없는 상황이라 제대로 마주 보지 못했기 때문이었지. 안 그래? 그리고 넌 아주 잠깐 본 것뿐이잖아. 인사도 못했고 말야."

"그, 그래서 그런가? 그럼 류미르, 넌 인사했겠지? 그분을 뵈니까 어땠어?"

"글쎄… 뭐라고 할까? 끝이 안 보일 정도로 아주 높은 산을 바로 밑에서 쳐다보는 느낌이랄까? 아린 할머니가 아린 할아버지처럼 노려보지 않고 따뜻하게 대해주셨는데도 감히 쳐다볼 엄두조차 나지 않을 정도였어."

"그, 그 정도야?"

놀라움으로 눈이 커다래지는 세이몬에게 류미르가 다시 피식 웃었다.

"넌 드래곤이 얼마나 사는지 모르는 거야? 그들은 우리의 10배는 더 산다고. 더욱이 오래 살면 오래 살수록 더 강하다고 들었어. 그분들은 모르긴 몰라도 수천 년은 넘게 사셨을 거야."

"어휴~ 아린도 나중에 저렇게 될까?"

섬뜩하다는 표정으로 고개를 설레설레 저으며 말하는 세이몬의 말에 문득 류미르가 침울해졌다.

"벌써 걱정할 필요 있어? 아린이 저 나이가 되었을 때 즈음엔 우린 이 세상에 없을걸."

"에? 아… 그렇구나. 그렇게 되겠지? 우리는 기껏 해봐야 천 살 정도밖에 살지 못하니까."

세이몬도 덩달아 우울해지며 고개를 끄덕이자 류미르는 시내에서 자신들 앞에서, 혹은 자신들을 지나쳐 걷고 뛰고 장사하는 사람들을 바라보며 씁쓸하게 웃었다.

"우습지 않아? 인간에 비해 우리는 엄청나다 싶은 세월을 사는

데 말야. 그런데 그 엄청난 세월이 드래곤 앞에서는 '기껏'이 되는구나."

그러자 세이몬이 어깨를 으쓱이며 대꾸했다.

"어쩔 수 없지. 우리가 같이 있고 싶은 건 저 인간들이 아니라 아린이니까. 그러니 인간들 수명에 비교하지 않고 드래곤 수명에 비교하는 게 당연한 거 아냐?"

류미르가 피식 웃으며 새삼스럽다는 듯 세이몬을 바라보았다.

"그런가? 야아… 세이몬, 너한테 그런 말을 들을 줄은 몰랐는걸?"

그 말이 떨어지자마자 즉각적으로 세이몬의 날카로운 시선이 류미르에게 날아들었다.

"그게 무슨 뜻이냐?"

"응? 아하하하, 별 뜻 없는데?"

찔리는 게 있는 류미르가 화들짝 놀란 표정을 지우지 못하고 웃자 세이몬이 의심스런 눈초리로 그를 계속 바라보다가 뭔가가 생각났는지 그냥 그대로 고개를 돌려 버렸다. 세이몬의 그런 모습에 그냥 넘어가는구나 하는 생각에 안도의 한숨을 내쉰 류미르는 다음에 들려오는 세이몬의 말에 움찔했다.

"류미르, 오늘 내가 원하는 건 다 사주는 거 맞지?"

"세, 세이몬? 그게 무슨 뜻이야?"

벙찐 류미르가 말까지 더듬으며 묻자 세이몬은 너무나 순진 무구한 표정으로 류미르에게 활짝 웃어 보이며 대꾸했다.

"응? 아아, 별 뜻 없는데?"

"그, 그래? 그렇다면 다행인데……."

정말로 별 뜻 없는 말이 아닌 것 같았기에 류미르는 안심하지 못하고 말끝을 흐렸다. 그러면서 언제 저렇게 세이몬이 영리해졌는지에 대하여 심각하게 고민하기 시작했다.

"그런데 말야……"

심각한 생각 속에 빠져 정처없이 걷던 류미르는 갑자기 들려오는 세이몬의 목소리에 화들짝 놀라 정신 차리다가 한 걸음 뒤에서 따라오던 세이몬과 부딪치고 말았다.

쿵~!

"아야야~ 뭐 하는 거야?"

류미르의 뒤통수와 부딪힌 곳이 하필이면 콧등이었기에 세이몬은 반사적으로 나온 눈물을 눈에 달고 콧등을 움켜쥐었다.

"아, 미안미안. 좀 생각을 하느라……"

류미르도 뒤통수가 욱씬거리기는 했지만 자신이 잘못한 거라 아픈 내색도 못하고 뒤통수만 어루만진 채 사과를 해야 했다.

"도대체 무슨 생각을 했기에 그렇게 정신이 없는 거야?"

"별건 아니었어. 그런데 뭐라고 했어?"

세이몬은 아픈 코를 생각하면 류미르를 그냥 놔두고 싶지 않았지만 일부러 그런 것도 아니고, 아무리 자신이 뭣도 모른다고 하지만 사람들이 많은 거리에서 화를 내기도 뭐해서 한번 그를 노려보고는 그냥 넘어가 줬다. 잠시 후에 그 대가를 톡톡히 받아내리라 결심하면서.

"지금 어디 가는 거야? 길은 알고 가는 거 맞지?"

세이몬은 류미르가 당연히 뭔가 계획이 있는 줄 알고 그만 졸졸 쫓아왔지만, 시내 중심가로 들어왔어도 계속 걷고 있기만 하자 궁금증을 참지 못하고 물은 것뿐이었는데 의외로 그의 질문에 류미르의 안색이 경직되어 버렸다.

"에… 그게 말이지……."

"뭐야? 설마 아무 생각 없이 걷고 있었던 거야?"

미간을 찡그리며 묻는 세이몬의 말에 류미르는 헛웃음만 흘릴 수밖에 없었다.

"에… 그게 뭐시냐… 세이몬, 오늘은 네가 원하는 곳에 가야 하는 거 아냐? 그러니 난 그냥… 네가 지적할 때까지 그냥 걷고 있었던 거였어……."

그 변명이 처음에 즉각 나왔으면 세이몬도 '아, 그렇구나' 하고 납득해 버릴 아주 그럴듯한 변명이었지만, 류미르의 반응으로 인하여 변명의 신뢰성이 사라져 버린 지금, 세이몬이 그 말을 믿어 줄 리 만무했다.

"류~ 미~ 르으으으으으~!!"

오늘이 자기를 위한 날임에도 불구하고 류미르가 아무 생각 없자 화가 치민 세이몬이 목청을 한껏 높이자 그 근처를 지나가던 사람들이 모두 걸음을 멈추고 그를 돌아보았다.

"야야, 왜 그러는 거야? 여기서 이러지 말고 빨리 어디라도 들어가자."

그 시선을 감당 못한 류미르가 얼굴이 붉어진 채로 세이몬의 팔을 잡고 냅다 뛰어 근처에 있던 제법 커 보이는 식당으로 들어갔다.

"어서 오십시오!"

대충 근처에 있는 곳으로 뛰어든 것이었지만, 그 식당은 제법 고급스러운 내부를 가지고 있었고 뛰어들다시피 들어온 그들에게 문가에 서 있던 제복을 입은 종업원이 허리를 숙이며 인사를 건넸다.

"예약은 하셨습니까?"

친근한 상업적 미소를 지으며 싹싹한 태도로 물어오는 종업원에게 류미르는 얼결에 고개를 저었다.

"예? 아, 아뇨. 안 했는데요."

"그러시군요. 일행은 몇 분이십니까? 두 분이신가요?"

"예? 아, 예."

이번에도 얼결에 대답하는 류미르였다.

"알겠습니다. 자리로 안내해 드리겠습니다."

그 말을 끝으로 몸을 돌리는 종업원을 보고 세이몬과 류미르가 마주 보았지만, 여기서 그냥 '아, 우린 그냥 구경하러 들어왔거든요. 나중에 다시 오죠'라고 말한 뒤 몸을 돌려 나갈 만한 요령과 배짱이 없다는 걸 시선으로 확인한 그들은 어색하게 종업원을 따라갔다.

마침 식사 시간대가 아니라서 그런지 식당 안이 한산해서 그들은 이층에 있는 전망 좋은 창가로 안내될 수 있었다.

"자자, 세이몬, 여기까지 온 이상 우리 뭐 좀 먹고 가자. 집에서는 아린 할아버지 때문에 제대로 먹지 못했잖아."

종업원이 그들을 식탁으로 안내한 뒤 가져다 준 메뉴판을 들어 보이면서 류미르가 제안하자 세이몬도 기꺼이 고개를 끄덕여 동의의 뜻을 표했다. 저택에서 편안하게 식사를 할 수 있었던 이는 아린 할아버지와 아린이 유일했던 것이다. 나머지는 아린 할아버지의 그 살벌한 시선을 받아야 했으므로 음식을 제대로 넘기지도 못했었다.

"좋아. 그러지 뭐."

그리고 나서 펼친 메뉴판의 음식 목록과 종업원의 멋들어진 설명에 의해 맛있어 보이는 건 모조리 시켜 종업원을 기겁하게 만들어 물러가게 한 후에 그들은 다시 마주 보았다.

"에… 아린도 같이 왔으면 좋았을걸. 이런 건 다 아린이 알아서 시켰잖아."

종업원이 경악을 하면서 물러가는 바람에 생전 처음 이런 걸 해보는 세이몬이 약간 불안함을 느끼며 중얼댔다.

"에이, 가끔은 이런 것도 해봐야지. 그리고 오늘 아린은 할아버지와 시간을 보내기로 했으니 어쩔 수 없잖아. 아린도 오면 할아버지도 오셨을걸?"

"엑?! 그건 싫다."

얼른 고개를 젓는 세이몬을 보며 류미르는 다시 여유를 가지고 피식 웃다가 중얼거렸다.

"그래도… 우리 둘만 있으니까 왠지 어색하다. 그치?"

"응, 그건 그래."

둘은 잠시 입을 다물고 창밖으로 시선을 던져 점점 복작복작해지는 길거리를 하염없이 바라보았다.

그러다 문득 세이몬이 입을 열었다.

"저기, 류미르?"

"응?"

"아린이 그 나쁜 사람 잡고 난 다음에 뭐 할 거 같아? 다시 여행을 갈까?"

창밖만 계속 바라보고 있던 류미르는 그제야 시선을 돌려 세이몬을 바라보았다.

"글쎄, 그건 나도 모르겠어. 하지만 여행은 안 갈 것 같아."

"아… 그런가? 그럼, 류미르… 넌 그때 뭐 할 거야? 집으로 돌아갈 거야?"

"모르겠는걸? 생각해 본 적 없어. 그건 그때 가서 생각하면 되지 않을까 싶은데?"

"응… 하지만 말야, 아린 할아버지가 오신 이상 그 나쁜 사람 잡는 걸 도와주지 않을까 싶은데… 그 나쁜 사람은 굉장히 세서 우리 셋만으로는 어림도 없잖아. 그치?"

"아마도 그렇겠지."

"그러면 그 나쁜 사람은 곧 잡히겠네? 그럼 이렇게 다니는 것도 곧 끝난다는 거잖아."

그러자 류미르는 놀란 표정으로 세이몬을 바라보았다. 그건 그가 미처 생각지 못했기 때문이었다.

"아, 그렇구나. 아린 할아버지가 오셨다는 거에 놀라서 그건 생각도 못하고 있었다."

"이번 일 끝나고 아린이랑 다시 여행 가고 싶은데 말야… 왠지 이번 일 끝나면 그냥 헤어질 거 같아. 그럼 되게 서운할 거야. 전에도 겨우 1년 남짓밖에 같이 못 있다가 겨우 100년 만에 만났는데……."

세이몬은 시무룩한 표정으로 중얼거렸다.

"그거야 그렇지."

하지만 아린의 사정을 모두 아는 류미르로서는 이 일이 끝난 뒤에 아린이 얼마나 상심할지 상상이 가는지라 차마 같이 여행을 가자고 할 수가 없었다. 차라리 모든 걸 세이몬에게 말해 주고 싶지만, 그건 아린이 결정해야 할 일 같았기에 류미르는 대신 잠시 후 집에 가서 이 이야기를 아린에게 해줘야겠다고 결심했다.

또다시 둘 사이에 침묵이 흘렀지만 잠시 후 세이몬이 그 침묵을 가르고 머뭇거리며 입을 열었다.

"류미르, 있잖아… 그… 인간 사이에서 약혼이란 게 같은 핏줄의 후손을 생산하기로 하는 약속 맞지?"

"응? 응… 그렇지. 그런데 갑자기 그건 왜?"

"나 있지, 솔직히 어제저녁에 아린 약혼 이야기가 나왔을 때 무척 놀랐었어."

"에? 왜? 어차피 그건 아린이 원한 것도 아니었고 아린 아빠가 취소시키기로 했었잖아."

"아, 물론… 그렇게 하기로 결정났을 땐 안심이 되었지만, 불현듯 아린이 약혼 같은 걸 하면 그것 때문에 우리와 헤어질지도 모른다는 생각이 들더라고. 그러니까 왠지 그 애쉬라는 인간에게 아린을 빼앗긴 것 같은 느낌이 드는 게 나도 모르게 굉장히 분했었어."

류미르는 왠지 기운 빠진 모습으로 허허 웃었다.

"뭐야, 그게. 어차피 그 애쉬라는 인간은 아린의 정체를 모른다고. 게다가 아린이 그 인간과 약혼, 아니, 결혼까지 해봤자 그건 아린에게 색다른 경험일 뿐 실제로 아린의 후사를 낳는 건 아니라고."

그러자 세이몬이 어린애처럼 입술을 삐죽였다.

"내가 알 게 뭐야. 그리고 그걸 알았다고 해도 기분 나쁜 건 나쁜 거라고."

"세이몬, 아무리 네가 그렇게 기분 나빠해 봤자 그런 건 아린의 사생활이라구. 우리가 그거에 대해 이러쿵저러쿵할 수는 없어."

"쳇, 그래, 너 잘났다."

류미르가 선생님 어투처럼 친절하게 설명하자 더 기분이 나빠진 세이몬이 턱을 괴고는 고개를 팩 돌렸다. 하지만 곧 뭔가 생각이 났는지 다시 류미르를 힐끔 바라보며 입을 열었다.

"류미르, 너 말야……."

"응?"

"넌 아린 약혼 이야기를 듣고 아무렇지도 않았어?"

세이몬의 질문에 류미르는 잠시 몸을 움찔거렸지만, 그건 찰나라고 할 정도로 짧은 시간이었고 곧 류미르는 선생님 같은 온화한 표정과 어투로 입을 열었다.

"놀라긴 했지만 그건 아린의 사생활이잖아. 내가 어쩔 수 있는 부분이 아닌걸."

류미르의 그런 어투가 정말 싫은 세이몬은 인상을 팍 써버렸다.

"그래그래, 너 잘났다. 그럼 넌 아린이 결혼을 해도 아무렇지 않아?"

류미르는 과장되게 어깨를 으쓱이며 한숨을 푹 내쉬었다.

"어린애도 아니고 말야… 몇 번을 말해야 알아듣겠냐? 아까도 말했지만 그건 아린의 사생활이므로……."

그러나 그의 말이 채 끝나기도 전에 세이몬이 그의 말을 자르며 끼어들었다.

"누가 너보고 네가 어쩔 수 없는 상황을 설명하래? 내가 듣고 싶은 건 네 감정이 어떤지야."

류미르는 한 치의 물러섬 없이 자신을 똑바로 바라보는 세이몬의 눈을 차마 마주 볼 수 없어 슬그머니 시선을 창밖으로 던졌다.

"내가 어떤 심정이든 무슨 상관이냐? 그렇다고 나랑 아린이랑 그렇고 그런 사이가 될 가능성이 보이는 것도 아니고……."
　세이몬은 지극히 당연하다는 어투로 그의 말을 받았다.
　"당연하지. 만약 너랑 아린이 나만 냅두고 둘만 그렇고 그런 사이가 되었다간 내가 널 가만 안 둘 테니까."
　"하아~ 그래. 네 맘대로 하셔요. 아, 음식 나왔다. 밥이나 먹자."
　류미르는 저 멀리서 세 명의 종업원이 커다란 쟁반 가득 음식을 가져오는 모습을 바라보며 얼른 화제를 바꾸었다.

　"뭔가 좀 이상하다고 생각지 않으십니까?"
　자카르는 책상 앞에 앉아 서류를 들여다보고 있는 왕녀에게 말을 걸었다. 그녀에게 자신이 알아낸 이야기를 심각하게 이야기했지만 그녀는 간간이 고개만 끄덕일 뿐 자신이 보는 서류에서 눈을 떼지도 않았다. 결국 자신의 할 말을 다 한 자카르는 왕녀가 어떻게든 반응을 보여주길 기다릴 수밖에 없는 자신의 처지를 한탄하며 질문으로 말을 맺을 수밖에 없었다. 그러자 그제야 자신의 맘을 알아준 듯 왕녀가 보고 있던 서류를 덮어 책상 한쪽에 쌓여 있는 서류 더미 위에 올려놓으며 자신을 바라보았다.
　"자벨리안 경, 당신이 말하고 싶은 건 폐하께서 플레이저 공작과 레드포드 공작, 둘을 데리고 뭔가를 꾸미고 있다는 거죠?"
　루실 왕녀는 국왕이 자신의 친아버지임에도 불구하고 절대로 아바 마마라고 부르지 않았다. 하긴 그녀와 국왕 사이의 불화를 생각하면 그녀가 국왕이 없는 자리에서도 예의를 갖춰주는 것만 해도 감지덕지겠지만 에릭(루실 남편)과 자카르는 '양아들'임에도 불구하고 '아바 마마'라고 맘껏 부르는 브랜트 왕자를 생각하면 마음 한구석이 쓰라린 건 어쩔 수가 없었다.

자카르가 루실의 말에 고개를 끄덕여 긍정을 표시하자 소파에 앉아 있던 에릭이 고개를 저었다.

"하지만 자벨리안 경, 플레이저 공작은 확고부동한 중립의 위치를 고수하고 있는 인물인데, 폐하께서 어찌한다고 그가 레드포드와 같이 뭔가를 꾸미겠소? 그저 국가의 중대사에 대해 의논하신 거 아니겠소?"

"그렇게 여기기에는 몇 가지 문제점이 있습니다."

그렇게 입을 열고 나선 건 자카르가 모종의 임무(?)로 인해 자리를 비웠을 때 그의 자리를 대신 지키고 있던 자카르의 부관이었다. 시선이 자신에게로 쏠리자 부관은 가볍게 헛기침을 하고는 말을 이었다.

"우선은 국가 중대사라고 하면 그 두 공작 말고도 모티머 후작님과 여기 계신 왕녀님과 대공 저하도 부르셨을 겁니다. 항상 그렇게 해오셨으니까요. 게다가 한 가지 걸리는 것은 폐하가 일어나실 시각에 맞춰 온 것처럼 일찍 왕성으로 온 두 공작의 태도였습니다. 그 두 공작은 상대편이 온 것이 의외였는지 크게 놀라는 듯 보였지만 동시에 같이 폐하를 알현했다고 합니다. 그리고 우연의 일치인지는 모르겠지만, 공작 두 분이 급히 폐하를 알현한 것이 대장님(자카르)을 비롯한 폐하의 명을 받고 '그 살인마'를 퇴치하러 갔던 일행이 돌아온 바로 다음날이었다는 겁니다."

"그러니까 경의 말은 폐하께서 꾸미신 일이 두 자작과 관련이 있다, 이건가요?"

날카로운 루실의 눈빛에 부관은 약간 움찔했지만 자신의 뜻을 굽힐 생각은 하지 않은 듯했다.

"제가 별거 아닌 일을 확대 해석한 것일 수도 있습니다만, 뭔가가 있다는 건 확실하다고 봅니다. 하지만 그게 폐하의 생각대로 이루어지지는 않은 것 같습니다."

"어째서?"

"두 공작이 들어간 뒤 잠시 후 폐하의 침실—아, 폐하께선 두 분 공작을 침실로 불러들이셨습니다—에서 분노하신 폐하의 큰 소리가 났으며 공작들이 물러간 뒤에 노한 모습을 보이셨다 합니다."

"이거야 원……."

에릭은 부관의 말이 맘에 걸리는지 턱을 쓰다듬으며 어떻게 생각하느냐는 표정으로 루실을 바라보았다. 그러나 루실은 여전히 덤덤한 표정으로 있을 뿐이었다.

"그럼 잘됐군요. 어쨌든 레드포드 공작은 몰라도 플레이저 공작이 폐하의 일에 반대하였으니 그 일은 이루어지기 힘들 테니 알 필요는 없겠어요. 하지만 뭐… 뭘 하려 했는지는 뻔하군요. 플레이저 공작을 왕자 파로 끌어들일 계획이었겠죠."

그러자 에릭이 뭔가 생각이 번뜩 떠오른 표정을 지었다.

"혹시 폐하께선 레드포드 자작과 플레이저 자작을 연결시켜 주려고 한 게 아닐까요? 플레이저 공작이 웬만한 일로 흔들릴 사람이 아니란 걸 잘 알고 계시는 폐하께서 시도하실 일이란 플레이저 자작을 이용하는 것뿐일 테니까요."

루실은 여전히 흥미없다는 표정으로 고개를 끄덕였다.

"그럴 수도 있겠군요. 이로써 폐하도 플레이저 자작이 당신 맘대로 움직일 수 없다는 걸 알게 되셨겠죠."

그리고는 다시 다른 서류를 끌어와 자신의 앞에서 펼쳐 그것을 읽기 시작했다. 이 이야기는 이걸로 더 이상 거론하지 않겠다는 뜻이었다. 그 모습을 본 자카르와 부관은 고개 숙여 인사를 하고 그 방에서 물러났다. 그러자 에릭도 슬그머니 자리에서 일어나 방 밖으로 나가 저만치 앞서 가는 자카르를 조용히 불렀다.
 "이보게, 자벨리안 경. 자네의 그 작업(?)을 좀 더 빨리 진행시켜야 할 것 같네. 그러니 힘 좀 써주시게나."

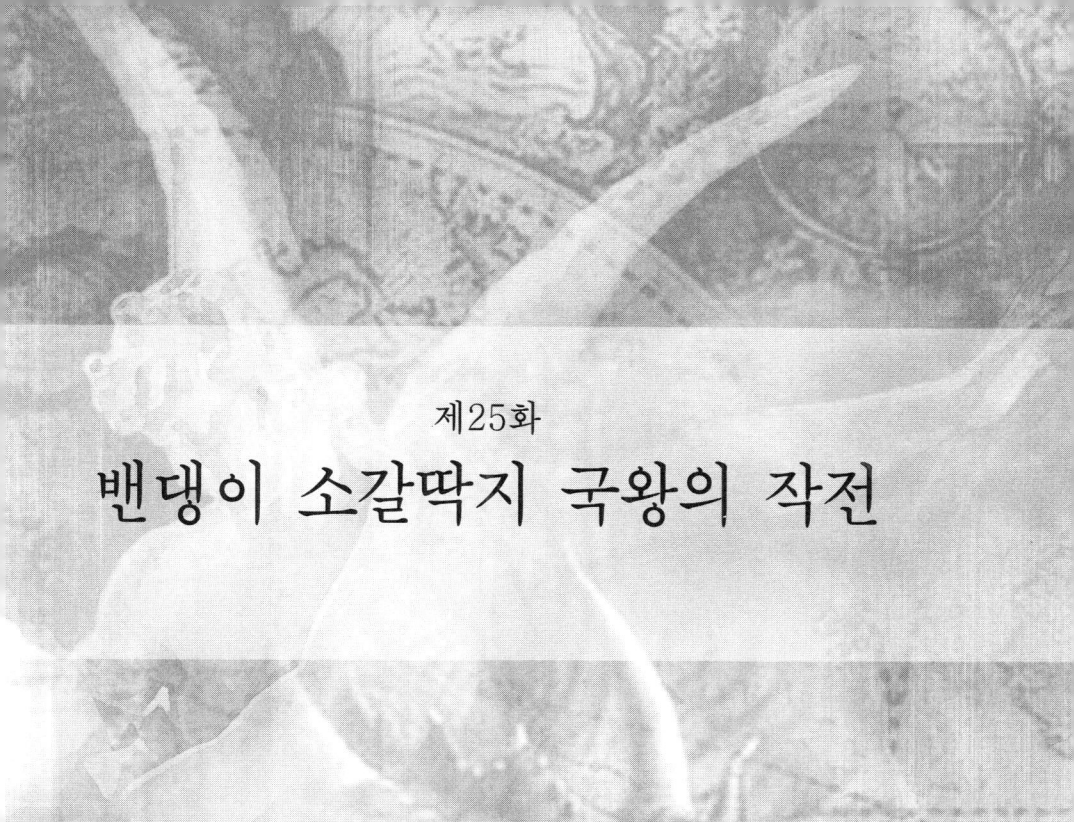

제25화
밴댕이 소갈딱지 국왕의 작전

밴댕이 소갈딱지 국왕의 작전

> 녀석이 밴댕이 소갈딱지 같은 속 좁은 놈이라서 오늘 당한 걸
> 꿍하니 가지고 있을 게다. 나를 한번 골탕먹이려고 노리고 있겠지.
> 하지만 뭐, 그런 거에 내가 당할 것 같냐?

류미르와 세이몬은 아침을 먹는 둥 마는 둥 하고는 일찍 나가더니 해가 뉘엿뉘엿 지고 어둠이 깔리는데도 돌아오지 않았다.

"얼마나 신나게 놀기에 아직도 안 들어오는 거야?"

평소 같았으면—물론 예전에 같이 여행 다닐 때 이야기지만—둘만 내보내었어도 저녁을 먹기 전엔 들어오곤 했었기에 저녁때가 다 되자 은근히 녀석들이 기다려졌지만 웬일인지 둘은 돌아오질 않았다.

"하긴, 오늘이 류미르가 뜯기는 날이니 세이몬이 무지 신났나 보네. 저녁까지 먹고 들어오려나."

결국 아빠가 먼저 궁에서 돌아오셨기에 더 이상 기다리지 않고 두 분과 함께 저녁을 먹기로 했다. 어차피 세이몬과 류미르가 안 돌아왔다고 할아버지께서 기다려 주실 리는 만무했기 때문이다.

"그래, 갔던 일은 잘 해결되었겠지?"

식탁에 앉아 막 수프를 떠서 입으로 가져가던 아빠는 할아버지의 평이한 어조의 질문에 놀라서 사레가 들어버렸다.

"엣? 캑, 캑, 캑… 콜록, 콜록……."

아무 생각 없이 물어본 것에 대한 반응이 너무나 격렬하자 할아버지가 눈살을 찌푸렸다.

"뭐야, 그 반응은? 설마 잘 해결하지 못하고 돌아왔다고 말하려는 건 아니겠지?"

아빠는 급하게 가슴을 두드리며 냉수 한 잔을 벌컥벌컥 들이키자 그제야 사레들린 것이 내려갔는지 힘 빠진 한숨을 내쉬셨다. 하지만 곧바로 할아버지의 눈길에 움찔하며 급히 기운을 차려 대답해야만 했다.

'불쌍한 아빠……'

"물론 잘 해결하고 돌아왔습니다. 어느 분의 명이라고 감히 해결하지 못하고 돌아왔겠습니까?"

나름대로는 자신있게 대답한 거겠지만 할아버지는 심히 의심스럽다는 눈으로 아빠를 바라보고 있었다.

"그런데 왜 그런 반응을 보인 거야?"

"예? 아, 그건 빨리 대답을 하려다 보니 저도 모르게 급해서 그렇게 되었습니다."

"그래? 그깟 대답, 수프를 삼키고 해도 되는데 뭘 그렇게 서둘러? 내가 그 정도도 못 기다려 줄 것 같아서 그런 거야?"

아빠는 재빨리 비굴하다 싶을 정도의 미소를 띤 채 능수능란하게 대꾸했다.

"물론 칸 시스파슈타인님은 그 정도도 이해 못하실 분이 아니란 것을 저도 잘 압니다. 단지 궁금하셨을 텐데 제가 미처 그 심중을 헤아리지 못하고 말씀을 못 드린 것을 깨닫고 마음이 급해졌지 뭡니까."

너무나 매끄러운 아빠 말에 할아버지의 기분이 그다지 나쁘지 않았는지 할아버지는 곧 아빠에게서 시선을 떼고는 다시 수프를 떠먹기 시작했다.

"흥, 그놈의 혀는 여전히 잘 굴러가는군."

"하, 하, 하……."

할아버지가 눈치 채지 못하게 작게 안도의 한숨을 내쉰 아빠도 한 고비 넘겼다는 생각에 안심한 표정으로 수프를 떠먹기 시작했다.

"그나저나, 국왕이 화는 안 냈어요?"

아빠가 그 정도의 일을 가지고 힘들어하지는 않겠지만 그래도 신경을 썼을 거란 생각에 걱정이 되어 묻자 아빠가 싱긋 웃었다.

"아아, 뭐 좀 화를 내긴 했지만… 험, 그 정도는 충분히 해결할 수 있단다."

"다행이네요. 그럼 레드포드 공작가 쪽으로 어명을 취소한다는 말이 전달되었겠지요?"

"뭐, 그럴 필요도 없었지. 내가 국왕을 알현하려는데 레드포드 공작이 알현하러 왔더구나. 덕분에 그가 같이 있는 자리에서 약혼을 취소시킬 수 있었지."

"에? 레드포드 공작이요? 그도 약혼을 별로 기뻐하지 않았나 보죠?"

그러자 아빠보다도 먼저 할아버지가 반응을 나타냈다.

"뭐시라? 아니, 어떤 놈인데 내 손녀를 마다한단 말이냐? 내 손녀가 약혼녀가 된다는 소리를 들었으면 천만금을 싸와서 감사하다고 넙죽 엎드려도 시원찮은데? 이봐, 그 자식이 누구지? 레드포드 공작이라고 했나?"

할아버지는 레드포드 공작이 바로 앞에 있으면 단번에 손을 봐 줄 것 같은 시선으로 아빠를 바라보자 아빠가 얼른 손을 내저었다.

"물론 아시리안 양이 그자에게는 감지덕지하죠. 에… 뭐, 아시리안 양 약혼자로 내정된 자가 그 레드포드 공작의 아들이긴 합니다만… 그런 사소한 것은 그냥 넘어가고 레드포드 공작은 약혼을 취소하러 온 것이 아니었습니다. 이건 제 추측입니다만, 제가 약혼을 취소하자고 하면 어떻게 대처해야 할지에 대해 국왕과 의논하러 온 것 같았습니다. 아시리안 양이 너무나 뛰어난 인물이기는 합니다만, 레드포드란 작자는 뼛속까지 기사인 인물이어서 약혼녀로 아시리안 양이 아닌 다른 여자였다 해도 감히 국왕에게 약혼을 취소하라는 말은 하지 못할 인물입니다."

"흥! 그래? 그랬었군."

할아버지는 그제야 납득을 한 듯 다시 수프로 시선을 돌렸다.

"에… 그럼 레드포드 자작은 이 약혼을 반대하지 않았단 소리군요?"

생각해 보니 애쉬도 기사였다. 그러니 자신이 원하지 않는 약혼이라 해도 감히 왕명을 거역할 수는 없을 듯 보였다.

"뭐… 왕명이니 거부하지는 못했겠지. 게다가 그가 거부했다 하더라도 공작이 받아들이라고 강요했을 게다."

직접 본 것은 아니지만 뻔하다는 아빠의 말투에 나도 수긍이 가서 고개를 끄덕였다.

"쯧쯧, 기사라는 것도 좋은 것만은 아니네요."

"누구를 주군으로 섬기느냐에 따라 달렸지."

또 한 번 아빠 말에 고개를 끄덕이던 나는 번득 떠오른 생각에 다시 질문을 던졌다.

"그나저나 국왕이 순순히 물러났을까요? 자신이 기껏 생각한 걸 아빠가 대놓고 반대해서 약혼을 깨뜨려 놨으니 화가 많이 났을 텐데요."

내 딴에는 걱정되어서 질문한 거였지만 아빠는 별 대수롭지 않다는 표정으로 내 말을 받았다.

"당연히 화가 났겠지. 하지만 꽤 사리를 분별할 줄 아는 녀석이라서 별 탈 없이 뒤로 물러난 거지. 그 인간이 그 정도도 못했다면 난 벌써 이 나라를 떠나고 없었을 게다. 에… 하지만 녀석이 밴댕이 소갈딱지 같은 속 좁은 놈이라서 오늘 당한 걸 꿍하니 가지고 있을 게다. 나를 한번 골탕 먹이려고 노리고 있겠지. 하지만 뭐, 그런 거에 내가 당할 것 같냐?"

하면서 웃는 아빠의 자신만만함에 안심이 되기는 했지만, 책에서 보면 그렇게 속 좁은 사람들은 원한을 두고두고 곱씹고 언젠가는 한번 뒤통수를 치기 때문에 완전히 맘을 놓을 수는 없었다.

'그래도 뭐, 아빠가 그리 쉽게 당할 분은 아니시니까.'

세이몬과 류미르는 그날 밤늦게 들어왔다.

류미르는 들고 있는 것이 힘겨워 보일 만큼 엄청난 보따리를 들고 있었고, 그것도 모자라 세이몬조차 양팔에 서너 개의 꾸러미를 들고 있었다.

싱글싱글 웃으며 들어오는 세이몬 뒤로 류미르는 죽상을 한 채로 축 처진 모습으로 들어와서는 거의 내팽개치다시피 짐들을 방 안에 던져 놓고는 슬금슬금 나에게 다가왔다.

"저… 아린?"

"고생했어, 류미르. 그런데 나에게 할 말이 있나 봐?"

뭘 말할 건지 예상이 된 나는 그에게 괜찮다는 표시로 싱긋 웃어주자 류미르가 한숨을 폭 내쉬더니 처량한 어조로 입을 열었다.

"하아~ 저기 있지… 저 녀석이 너무 이것저것 집어대는 바람에… 너가 준 돈하고 내가 좀 가지고 있던 돈까지 다 써버렸거든. 그런데……."

"그런데?"

"그러고도 모자라서 저기… 네 이름을 대고 외상으로 달아놨거든. 아마 내일쯤 돈 받으러 올 거 같은데……."

"그래? 알았어. 티모시에게 말해 둘게. 그런데 얼마나 되는데 네가 그렇게 축 처진 거야?"

"에… 그게… 한 20존드 되려나?"

머뭇머뭇대며 나오는 류미르의 말에 내 눈이 놀람으로 인해 동그랗게 커졌다.

"머시라? 20조오오온드으으? 그게 그러니까 외상값만 20존드란 말이지? 야, 내가 너 나갈 때 5존드를 줬는데 네 돈까지 합했다면 도대체 세이몬은 하루에 얼마를 쓴 거야?"

내가 비록 부자라고는 하지만 난 의외로 돈 쓰는 데 되게 쫀쫀했다.

예전에 여행 다닐 때 여관이나 음식 등등은 항상 고급, 아니면 좋은 것만 찾았지만, 필요없는 데다 돈을 쓴 적은 결코 없으며 모든 돈 쓰는 일에 꼭 필요한 것인지 쓸모없는 것인지 항상 꼼꼼히 따지곤 했었기에―물론 류미르도 나 못지 않게 그랬지만―류미르도 내가 이럴 줄 알고 있었는지 어깨가 축 늘어져 있었다.

"세이몬 이 녀석, 쓸데없는 데다 돈 쓰지 말라고 그렇게 가르쳐 줬는데도 100년이 지나니까 다 잊어버렸나? 도대체 뭘 얼마나 산 거야? 그리고 넌 세이몬 사는 거 그냥 보고만 있었어?"

세이몬이 들어간 방을 한번 째려보고 다시 살벌한 눈을 류미르에게 돌리며 묻자 류미르의 어깨가 밑으로 더 내려갔다.

"어쩌냐? 원하는 건 뭐든지 다 사준다고 약속했는데……."

류미르의 '약속'이란 말에 하늘 높은 줄 모르고 치켜 올라갔던 내 눈꼬리가 스르르 내려왔다.

"에휴~ 그렇군. 그렇담 어쩔 수 없지. 세이몬은 저 물건들을 다 어쩌려구 샀대냐? 가지고 다니기도 힘들겠다. 나중에 마계로 갈 때 가지고 갈 수나 있을라나?"

더 이상 그들을 야단칠 의욕이 사라져 버리자 허리에 척 올려놓았던 손이 스르르 밑으로 내려갔다. 나는 다시 한 번 한숨을 내쉬며 머리를 한번 쓸어 넘기고는 그에게 잘 자란 인사를 하고 티모시를 만나러 가려고 했다. 하지만 그보다도 먼저 세이몬이 즐거움이 가득한 목소리로 나를 부르며 방에서 나왔다.

"아리이이이인~ 거기 있는 거야?"

너무나 기쁜 나머지 허공으로 날아오를 것 같은 세이몬의 손에는 자그마한 꾸러미가 하나 들려 있었다. 일명 포장지로 불리우는 금박 무늬가 찍혀 있는 하얀색 천에 파란색 리본으로 묶여 있는 거였는데 세이몬의 양손에 쏙 들어갈 만한 크기의 정육각형 모양이었다.

"에헤헤헤, 내가 오늘 시내 나가서 아린 선물 사 왔어."

내 돈으로 내 선물을 사 왔단 사실을 모르는 세이몬은 너무나 순진하게 웃으며 그 꾸러미를 내밀었다.

"맘에 들었으면 좋겠는데… 내가 볼 때는 무척 예뻤거든. 에헷~"

나는 순간적으로 황당하기는 했지만 세이몬의 정성이 갸륵해서 그에게 환한 미소를 지어주며 꾸러미를 받아 들었다.

"어머나, 내 생각까지 해준 거야? 고마워, 세이몬. 역시 세이몬이 제일이야."

"하하하하, 그렇지?"

꾸러미를 조심스럽게 풀어보니 나무로 만들어진 상자가 나왔는데 뚜껑을 열어보니 거기에는 장식용으로 도자기로 만들어진 인형 세 개가 비단 천 위에 놓여 있었다. 토끼를 사람처럼 세우고 옷을 입힌 거였는데 키가 작고 통통해서 너무나 귀여웠다.

하나는 단순한 여행복 차림의 여행자 토끼였고, 하나는 멋진 망토를 걸치고 검을 빼 들고 있는 검사 토끼였고, 나머지 하나는 하얗고 레이스가 많이 달린 귀여운 드레스를 입고 있는 아가씨 토끼였다.

"어머나~ 이거 무지 귀엽다."

인형들은 정말로 귀엽고 세밀하게 만들어져 있었기에 나는 정말 감탄해서 탄성을 발하자 세이몬의 웃음이 더 커졌다.

"그치그치? 이거 보니까 왠지 우리 셋 같아서 내가 골랐어. 이건 류미르고 이건 나, 이건 아린이야. 어때?"

여행자 토끼는 류미르고 검사는 세이몬, 그리고 아가씨는 나랜다.

"아… 그러고 보니 그런 것 같네. 어쨌든 너무 고마워, 세이몬. 선물 받으니 기분 정말 좋다. 인형도 예쁘고."

류미르가 왠지 맘에 안 든다는 듯이 얼굴이 찡그려지는 게 보였지만 그를 무시해 버리고 나는 세이몬에게 환한 미소를 지었다.
"자, 그럼 오늘 너희들 피곤할 테니 난 이만 갈게. 둘 다 잘 자고 내일 보자. 그리고 세이몬, 선물 고마워~"
류미르는 기분이 안 좋아서 그런지 고개만 까딱했을 뿐이지만 세이몬은 기분이 좋아서 손까지 흔들어줬다.
"응, 아린도 잘 자~"

둘과 헤어져서 티모시를 만나려고 홀로 내려가는데 마침 서재에서 나오던 할아버지와 마주쳤다.
"어? 할아버지, 아직 안 주무셨어요?"
"아, 그래. 요 근래 내가 레어에만 있는 동안 재미있는 책들이 꽤 많이 나왔구나. 그래서 그걸 좀 보느라고… 에, 그런데 아린아, 그건 뭐냐?"
할아버지가 가리킨 건 세이몬이 선물로 준 상자였다.
"아하, 이거요? 애들이 시내 나갔다가 제 선물로 사 온 거래요. 보실래요? 인형인데 꽤 귀여워요."
선물 받은 게 하도 오랜만이라 나도 모르게 기분이 엄청 좋았었는지 나는 생글생글 웃으며 상자의 뚜껑을 열었다. 그런데 할아버지는 내가 보여주는 인형들을 보는 둥 마는 둥 하며 뭔가 생각하는 듯하더니 입을 열었다.
"흠, 그러고 보니… 나도 이곳으로 곧바로 오느라 시내 구경을 하지 못했구나. 어떠냐, 내일 나랑 시내 구경 가지 않으련?"
갑작스런 할아버지 제안에 나는 얼떨떨해졌다.
"에? 시내 구경이요?"

"그래, 시내 구경도 하고 맛있는 것도 사 먹고, 뭐 괜찮은 거 있으면 사기도 하고 말이다. 아, 그러고 보니 사고 싶은 책도 몇 권 있구나."

'그런 거는 아빠에게 시키면 금방 가져다 대령할 텐데······.'

뭐, 할아버지도 저택에만 있는 건 답답하셨으니 바람을 쐬고 싶은 건지도 모르겠다. 그리고 나도 할아버지께서 같이 나가고 싶다는 데 거절할 이유가 없었으므로 고개를 끄덕였다.

"그러죠 뭐. 저도 심심했는데 잘됐어요. 내일 같이 나가요."

다음날, 나는 오랜만에 예쁘게 차려입고 할아버지를 따라나섰다. 난생처음 할아버지와 데이트(?)를 하는 거였기에 할아버지가 보기에도, 그리고 스스로가 보기에도 예쁘게 차리고 싶었던 것이다.

중세풍의 단순하지만 우아한 느낌이 드는 원피스 형의 드레스에 화려한 덧옷을 걸치고 둥글고 테가 위로 올라가 있어 마치 한국 해군들 모자같이 생긴 데다 하늘하늘하고 길다란 망사가 달려 있는 모자를 썼다.

그 모자는 햇빛을 차단한다는 실용적인 면보다는 액세서리 역할에 더 치중한 듯했지만 하얀 바탕에 금빛으로 우아한 무늬가 새겨진 데다 사이사이 박혀서 반짝이는 진주가 너무 예뻐서 오늘같이 특별한 날 잘 어울릴 것 같아 착용한 거였다.

그리고 모자와 잘 어울리게 머리를 양 옆으로 나누어 길다란 진주로 엮어진 줄과 함께 꼬아서 가슴 위로 늘어뜨렸다.

"오호~ 예쁘구나."

먼저 저택 현관 문으로 나와 기다리고 있었던 할아버지가 감탄사를 발했다.

"후후후, 할아버지랑 난생처음으로 데이트를 하는 건데 아무렇게나 하고 갈 수는 없잖아요."

나는 마샬(시녀장)이 내미는 하얀 비단 장갑을 착용하면서 우아하게 웃었다.

전에 왕궁 무도회에 나가기 위해 받았던 교육이 효과를 보는 듯했지만, 평소에는 하려고 해도 나와주지 않던 우아한 행동이 옷차림 하나 바뀌는 것에 의해 자연스럽게 나오는 걸 보니 역시 여자는 옷에 영향을 많이 받는 듯했다.

"그럼, 가실까요?"

할아버지가 장난스런 얼굴로 웃으면서 팔을 내밀자 나도 무릎을 한번 굽혀 답한 뒤 그 팔에 손을 얹었다.

"그러죠."

우리 뒤로 알렌과 홈이 즉각적으로 따라붙었다.

평소 같으면 외출할 때 내 옆에서 갈 그들이었지만 오늘은 할아버지의 살벌한 눈길을 받기 싫은지 두세 걸음 떨어져서 쫓아왔다.

할아버지는 그들이 달라붙는 게 싫은 눈치였지만 내가 '짐꾼이 필요할지도 모르잖아요'라고 속삭여 납득한 데다가 그 둘이 적당한 선에서 있는 듯 없는 듯 알아서 행동을 취해주니까 신경을 끄기로 한 듯했다.

축제가 있는 건 아니었지만 일국의 수도라서 그런지 구경할 건 많았다.

게다가 땅덩이가 넓은 나라답게 고급스런 상점들은 건물 2층 이상은 기본이었고, 안의 평수 또한 무지 넓고 화려, 우아, 깔끔, 친절이란 4대 요소는 필수 불가결하게 지니고 있어 한 상점 안에서 구경하는 것도 꽤나 오래 걸렸다. 그리고 그런 상점들 안에서는 구경하다 지친 손님들을 위하여 간단한 음료와 먹을 것(물론 다 고급이었지만)까지 준비된 휴게실이 마련되어 있었다.

몇몇 상점에 들른 뒤 가본 서점 또한 그에 못지 않았기에 나는 겉으로는 내색 안 했지만 속으로는 무척 놀란 상태였다.

내가 지금까지 들른 책방들은 모두 사람이 다니는 곳만 겨우 마련해 놓고 책장을 위시한 모든 공간들에 책들이 먼지를 잔뜩 뒤집어쓴 채 무질서하게 쌓여 있어 책방 주인이나 점원이 아니면 어디에 무슨 책이 있는지도 모를 지경이었건만, 이 서점은 어디에서도 먼지가 쌓인 곳이 보이지 않았다.

게다가 딴 상점보다는 천장이 낮았는데 이유는 천장까지 닿아 있는 책꽂이의 맨 위층 칸에 있는 책이라도 손쉽게 꺼낼 수 있도록 배려한 것이었다. 대신 천장이 높아 갑갑해 보일 수 있는 건 가운데를 꼭대기 층 밑 부분까지 일직선으로 뚫어놓아 해결하고 있었다.

덕분에 건물이 보통 상점의 2층 높이에 불과했지만 안에는 3층까지 있었고, 그런 서점 안의 모든 벽에 빼곡이 꽂힌 책들은 깔끔해 보이는 겉 표지를 가지고 사람들의 손길을 기다리고 있었다.

"헤에~ 대단하군요. 이런 서점은 난생처음 봐요."

목록별로 나란히 진열되어 있는 책을 살피며 다시 한 번 감탄하자 할아버지는 마법 관련 서적 쪽에서 최근 100년 사이에 새로 나온 마법 책들을 골라내시며 대꾸하셨다.

"그러냐? 하긴, 이렇게 잘 꾸며놓은 서점은 각 나라의 수도에도 몇 개 없지. 서점에 많이 갔었나 보다? 필요한 책이 있으면 할아버지한테 말하지 그랬냐?"
 할아버지의 말에 곰곰이 생각해 보니 난 그동안 인간들 도시에서 서점에 간 게 딱 한 번뿐이었다. 그것도 맨 처음 성룡식이 끝나 할아버지, 엄마와 헤어진 뒤 류미르와 세이몬을 처음 만나서 그 둘을 이끌고 보물을 소개한 책을 찾기 위해 간 뒤로 한 번도 가본 적이 없었다. 그래서 어떤 책이 필요하단 말 대신 실없이 웃을 수밖에 없었다.
 "아.하.하.하… 이제부터는 그럴게요."
 그런데 그때였다.
 "레이디 플레이저?"
 듣기 좋은 미성이 조심스럽게 나를 불렀다.
 이 도시에서 아는 사람들이 별로 없던 나는 의아해져서 고개를 돌렸더니 거기에는 자카르가 서 있었다. 고급스런 평상복 위에 한쪽 어깨 위에서 고정시킨 우아한 푸른색 망토를 두르고 그와 같은 색의 모자를 쓴 모습이었다.
 모자는 원기둥 모형에 챙을 아예 모자 통에 붙인 모양이었는데 그래서 그런지 앞쪽에 'V'자형의 트임이 생겨 있는 형태로 자카르의 금발 머리와 너무 잘 어울렸다.
 평소 그를 볼 때에는 그냥 잘생긴 사람이다… 라고 생각했었는데 모자와 잘 어울리는 모습을 보니 왠지 가슴이 살짝 두근거렸다. 어쩌면 나는 모자가 잘 어울리는 남자를 좋아했는지도 몰랐다. 그래서 그런지 그를 향해 아는 체하는 목소리가 내 귀에도 조금은 들뜬 것처럼 들렸다.
 "어머, 자카르? 여긴 어쩐 일이세요?"

여전히 잘생긴 얼굴이 반가움으로 인해 환하게 빛났다.
"역시 당신이 맞군요. 설마설마 했었는데요. 오늘따라 정말 아름다우십니다."
옷차림 때문인지 자카르는 평소 나를 대하던 기사에 대한 예를 취하는 대신 레이디를 대할 때 취하는 예로써 나의 손등에 대고 입을 살짝 맞추었다. 그러자 갑자기 내 옆에서 살벌한 기운이 팍 풍겨 나왔다. 자카르는 능력이 뛰어난 기사여서 그런지 기운이 퍼져 나오자마자 몸을 경직시키며 옆을 바라보았는데 그 옆에는 자신이 처음 보는 마법사로 보이는 중년 남자가 서 있자 의아한 표정이 되었다.
"아, 소개를 해드리죠. 이쪽은 제 할아버지세요. 할아버지, 이분은 이번에 알게 된 기사예요."
"할아버지시라구요?"
할아버지라고 불리기에는 할아버지가 너무 젊은(?) 모습을 하고 있어 자카르가 고개를 갸웃거렸지만 더 이상 뭐라고 하지는 않고 할아버지께 정중히 고개를 숙였다.
"처음 뵙겠습니다. 자카르 폰 자벨리안이라고 합니다. 미력하나마 왕녀님의 근위대에 몸을 담고 있습니다."
자신의 본명과 직업까지 대는 걸 보니 아마도 자신은 수상한 사람이 아니라 이러이러한 괜찮은 남자라는 걸 할아버지에게 피력하려는 듯했다. 그러나 할아버지는 그런 자카르의 소개에 눈 하나 깜짝 하지 않고는 여전히 살벌한 눈으로 간단히 자신을 소개했다.
"아린의 할아비다."
자카르는 할아버지에게서 놀라움, 혹은 감탄을 기대했는지 여전히 냉담한 눈길로 자신을 바라보자 당황감이 서린 어색한 표정을 지으며 나를 바라보았다.

"하.하.하. 왠지 제가 방해꾼이 된 것 같습니다."

할아버지를 바라보니 왠지 심통이 난 듯한 표정이었다. 그제야 자카르를 볼 때 나도 모르게 두근거렸던 게 찔린 나도 어색한 얼굴로 웃을 수밖에 없었다.

"아… 할아버지를 오랜만에 뵙는 거여서요. 이렇게 우연찮게 만난 게 반갑기는 하지만 역시 때가 좋지 않은 것 같네요. 그런데 여긴 정말 웬일이세요? 지금 언니 옆에 있어야 하는 거 아닌가요?"

할아버지의 표정으로 보아 그를 얼른 보내 버려야 했는데 왠지 내 입이 제멋대로 움직여 그에게 질문을 던져 버리고 말았다. 할아버지가 맘에 걸리긴 했지만 이대로 그를 보내고 싶지 않았나 보다.

"아, 근위대 일은 내일까지 휴가입니다. 그래서 이렇게 한가하게 시간을 보내고 있죠."

그러면서 자신이 은근히 시간 많다는 걸 말해 주는 자카르의 말이 끝나자마자 할아버지 주변의 공기가 더욱더 차가워졌다. 그러자 자카르가 땀을 삐질 흘렸다.

"아… 하지만 두 분을 방해할 수는 없겠군요. 같이 점심이라도 하고 싶었지만 다음 기회로 미루도록 하죠."

"그러세요. 다음에 봬요."

자카르는 다시 예를 취하기 위해 슬며시 손을 내밀었지만 할아버지가 얼른 나를 뒤로 잡아당기는 바람에 머쓱한 웃음과 함께 다시 손을 내리고는 그냥 허리만 숙여 인사하곤 돌아서서 가버렸다. 그러자 그 즉시 냉기가 풀풀 날리는 할아버지의 목소리가 들려왔다.

"뭐냐, 저 녀석은? 감히 널 넘보다니……"

저 멀리 보이는 자카르를 여전히 노려보면서 할아버지가 내뱉었다.

"저 사람은 원래 저런 사람이에요. 모든 여자들에게 다 저렇게 대할걸요?"

그런 할아버지의 시선을 무마시키기 위해 말했건만 할아버지는 그 시선을 나에게 그대로 돌렸다.

"그으래? 근데 네 반응은 뭐냐? 왜 얼굴이 붉어져?"

"엣? 내가 언제요?"

반사적으로 팔짝 뛰듯 부정했지만 할아버지는 집요하게 시선을 보내며 물었다.

"난 못 속인다. 솔직히 가슴이 두근거렸지?"

그 집요한 시선에 못 견딘 내가 부정은 못했지만 그렇다고 긍정을 했다간 단박에 자카르가 어떻게 될 것 같았다.

"에이, 저런 대우를 싫어하는 여자가 어딨어요? 솔직히 기분이 나쁘진 않았지만 그거뿐이라구요."

그러자 할아버지는 충격을 먹은 표정이 되었다.

"허걱! 아린아~ 언제부터 네가 저런 능글맞은 태도를 좋아하게 된 거냐? 역시 애 혼자 보내는 게 아니었어. 어떻게 해서든 처음부터 내가 같이 왔었어야 했는데… 아, 아냐, 100년 전에도 내가 데리구 다녔어야 했어. 암암, 어린애를 혼자 보냈으니… 안 그랬으면 이런 악영향은 받지 않……"

그러면서 혼자 중얼중얼거리던 할아버지가 어느 순간 뭔가가 갑자기 생각난 듯 헛바람을 삼키더니 분노에 찬 얼굴이 되어 주먹을 부르르 떨었다.

"역시, 그 아펜젤러인지 아가리인지 하는 녀석이 아린에게 나쁜 영향을 준 게 분명해! 내 그 자식이 아린 옆에 붙어 있다는 소리를 들었을 때 알아차렸어야 했는데……. 그 능글맞고 기름칠 한 녀석이 아린 곁에 얼씬거릴 수도 없게 했어야 했었어."

'허거거걱! 왜 거기서 그 얘기가 나오는 거지?'

왠지 이 상황에서 아빠를 옹호했다간 불난 집에 기름을 붓는 게 될 것만 같아 이러지도 저러지도 못한 나는 속으로만 전전긍긍 어쩔 줄 몰라 하며 식은땀만 흘릴 수밖에 없었다.

'명복을 빌어드릴게요, 아빠~!'

그날 저녁.

할아버지는 아빠가 퇴근해서 돌아올 시간이 다 되어가자 무서운 살기를 펄펄 풍기면서 현관과 직결된 홀 중앙에 딱 버티고 서 계셨다. 그 모습이 얼마나 살벌했는지 그곳 주위로는 아무도 얼씬하지 못했고 아빠를 맞아야만 할 사명이 있는 집사 티모시만이 구석에서 벌벌 떨고 있었다. 그리고 나는 할아버지 옆에서 안절부절못하고 있었다.

"할아버지이이이~ 그건 영향 같은 문제가 아니라니까요. 그냥 그 사람이 괜찮다라고 생각한 거라고 했잖아요."

"아린아, 넌 아직 그놈의 시커먼 속을 알아차리기엔 어리단다. 그러니 모르고 있는 게야. 네가 알지도 못하는 사이 그놈이 너에게 사악한 영향을 끼친 거라고."

"잠깐 괜찮게 생각했다고 영향을 받았다고 하기에는 비약이 심하잖아요."

"무슨 소리! 그 딴 능글맞은 놈을 괜찮다고 생각한 자체가 벌써 영향을 받은 거야!"

"같이 있은 지도 얼마 안 됐다구요."

"아린아, 넌 너무 순진해서 그런 놈하고 단 몇 시간만 있어도 물들어 버릴 거야. 내가 진작 깨달았어야 했어. 내 그 녀석이 돌아오기만 하며어어어언~!!"

"할아버지이이이이이~ 그럼 제 임무는 어쩌구요? 도움을 하나도 못 받게 되잖아요."

"걱정 마라, 아린아. 이 할아비가 있잖니? 내가 다 해결해 주마."

'뭘 어떻게 해결해 줄 건데요!'

목까지 올라온 말을 간신히 내뱉지 않고 도로 삼켰다.

할아버지가 나서는 거라면 아마도 왕성을 뒤집어놓고 왕을 떡하니 잡아 좀 흔들어준(?) 다음 '저 애가 시키는 건 다 해줘. 안 하면 나한테 주으으으으~ 글 줄 알어!' 라고 할걸?

'음… 왠지 그것도 괜찮긴 하다.'

그 국왕이라는 사람이 별로 맘에 안 들었던 나는 생각이 거기까지 미치자 쬐끔 마음이 흔들렸다. 그러나 곧 이어 저택의 거대한 정문을 통과해 들어오는 마차의 소리가 들려오자 나는 정신을 차렸다.

'허걱?! 그럼 그전에 아빠는 죽는 거잖아? 어떡해? 어떡해?! 아빠가 벌써 오시다니… 아직 할아버지 맘도 못 돌려놨는데… 이대로 아빠가 들어오면 큰일 날 거야. 어쩌지? 어떻게 해야 되는 걸까?'

다급해지니 평소에 잘 돌아가던 것 같던 머리도 뒤엉켜 버린 듯 마음만 급했지 제대로 된 생각이 떠오르지도 않았다.

커다란 현관 문을 바라보는 할아버지의 표정이 더욱 단호해지고, 마침내 마차가 현관 문 앞에서 멈추는 소리가 들렸지만 나는 이 일을 해결할 뾰족한 수가 없어 머리만 쥐어뜯고 있었다.

'어떻게 해애애애~ 바보 같은 아빠. 차라리 미리미리 내 아빠라는 사실을 밝힐 것이지. 이젠 나도 몰라!!'

그런데 이 아빠라는 드래곤은 내 맘을 아는지 모르는지 마차에서 내리자마자 빠른 속도로 문을 향해 다가왔다. 아빠가 발소리를 크게 내는 게 아니었지만 아빠의 기척을 느낄 수 있는 나와 할아버지는 알 수 있었던 것이다.

'오늘따라 왜 저렇게 빨리 오시는 거지? 아, 왔다!'

닫힌 문 앞에서 멈춰 선 아빠는 시종이 문을 열어줄 때까지 기다리지 못하고 스스로 문을 열고 들어섰다.

'뭐가 그리 급한 거야? 밖에서 할아버지의 살기도 못 느꼈나?'

속으로 초조해서는 할아버지가 나서면 어떻게 해서든 말리려고 대기를 하고 있던 나는 아빠가 다급한 얼굴로 척척 들어오자 의아해졌다. 아빠 또한 들어서자마자 평소보다 매서운 살기를 날리는 할아버지를 보고 놀람과 의아함이 섞인 표정을 지었지만 그것도 잠시, 곧 무지 중요한 일이 생겼다는 표정으로 할아버지의 살기를 정면으로 맞으면서 들어왔다. 할아버지도 아빠의 그 당당한 태도에 의아했는지 살기를 조금 누그러뜨렸다.

하지만 그래도 할 말은 해야겠는지 아빠가 앞에 서자마자 입을 열었다.

"네 이노오오옴~!! 도대체 내 순진한 손녀 앞에서……"

그러나 할아버지의 말은 채 절반도 바깥으로 나오지 못했다. 아빠가 재빨리 중간에 끼어들었기 때문이다.

평소 할아버지께 그랬다간 당장에 저택이 날아갈 정도로 할아버지의 분노를 받게 되겠지만, 아빠의 입에서 나온 말의 영향력은 커서 할아버지의 분노를 잠식시키고 말았다.

물론 아빠도 그걸 알고 할아버지의 살기를 맞대고 들어온 것이겠지만.

'확실히 머리 하나는 잘 돌아간다니까.'

"'그 존재'가 있을 것 같은 곳을 알아냈습니다."

"어디냐, 그곳이?"

'그 존재'란 말에 할아버지는 자신이 하고 싶은 말들을 다 접고 순순히 아빠를 따라 서재 안으로 들어왔다.

왜 중요한 이야기는 다 서재에서 하는지 모르겠지만—자료 때문에 그런 건지도 모르지—아빠가 '서재로…' 하는 말에 모두들—물론 나와 할아버지, 아빠, 그리고 위층에서 아래층의 사태를 엿보던 류미르와 세이몬—당연하다는 표정으로 모였던 것이다.

아빠는 할아버지의 물음에 커다란 탁자 위에 이 나라 왕국의 지도를 쫘악 펼치더니 한 지점을 가리켰다.

"바로 여기입니다."

우연인지 모르겠지만 자벨리안 영지와 바로 경계선을 맞대고 있으며 진하게 표시된—울창하다는 뜻임—숲이 영지의 1/3쯤 차지하고 있는 곳이었다. 그리고 그 숲은 하필이면 공교롭게도 수도와 가장 가까운 영지의 변두리를 길게 늘어뜨리며 차지하고 있어 이 영지로 들어가려면 숲을 통과해서 들어가든가 아니면 자벨리안 영지나 그 반대 편 인접해 있는 영지를 통해서 들어가야만 했다.

"이 영지에서 급보가 날아왔습니다. 조용하던 이 숲에서부터 갑자기 몬스터가 나타났답니다. 그런데 그 몬스터들이 일반 몬스터가 아닌 모습이 기괴하게 변형된 몬스터라고 하더군요."

할아버지의 눈이 순간적으로 번쩍였다.

"기괴하게 변형되었다고? 헝클어진 마나의 영향을 받아서인가?"

아빠의 고개가 힘차게 끄덕여졌다.

"지금으로써는 그게 가장 가능성이 클 겁니다. 헝클어진 마나가 악영향을 끼칠 수도 있으니까요. 게다가 이 숲은 예전부터 묘한 마나의 흐름을 보이고 있어 다른 거대한 자극을 받는다면 몬스터들이 그에 대한 영향을 받을 수도 있겠지요."

"흐음… 그렇군."

할아버지가 아빠의 말이 일리가 있는지 고개를 끄덕거리자 아빠가 조심스럽게 할아버지를 바라보았다.

"그래서 말인데… 아린이 한번 가보는 게 좋지 않겠습니까?"

"그래야겠지. 쇠뿔도 단김에 빼랬다고……."

아빠와 할아버지가 열심히 대화를 하시는 바람에 그 사이에 끼어들지도 못하고 뒤에서 멀뚱히 서 있던 나에게 할아버지가 시선을 돌리셨다.

"아린아, 내일 당장 가보자꾸나."

내일이란 말에 별 상관 없어 고개를 끄덕이려다가 왠지 할아버지의 마지막 말이 '가봐라'가 아닌 '가보자'였던 것에 생각이 미친 나는 화들짝 놀랐다.

"에에? 할아버지도 가시게요?"

"당연한 거 아니냐? 내가 왜 여기까지 온 건데? 왜? 내가 같이 가는 게 싫으냐?"

"아뇨, 정말 같이 가주실 거죠? 너무 기뻐요!!"

솔직히 여기에 아빠랑 할아버지 둘만 남겨놓고 가기도 걱정되었고 할아버지가 같이 가준다면 나야 나쁠 게 없었으니 할아버지가 남겠다고 해도 내가 졸라서 같이 가자고 할 판이었다.

단지… 나와 같이 가는 녀석들이 어떨지는 모르겠지만.

'미안타, 애들아……'

내가 진심으로 기뻐하는 모습을 보이자 할아버지가 흐뭇한 웃음을 보였다.

"헐헐헐, 내 그럴 줄 알았다."

그리고 그날 늦은 밤.

나는 서재에서 할아버지 몰래 아빠와 만나고 있었다.

"아빠아아아아아~!"

"쉿! 아린아, 칸 시스파슈타인님이 눈치 채시면 어쩌려구?"

"쳇, 이건 순전히 아빠 잘못이잖아요. 할아버지를 속이다니……"

내가 마땅치 않다는 듯 아빠를 흘겨보자 아빠가 실실 웃으셨다.

"에이, 엄밀히 말해 속인 건 아니잖냐. 그리고 너도 내 형편을 잘 알면서 그러냐? 좀 이해해 줘라."

"속인 거지 뭐예요? 이게 그 속 좁은 국왕이 삐쳐서 시킨 거란 걸 뻔히 알면서."

"뭐, 그 밴댕이 소갈딱지가 뭔가 꼬투리를 잡아서 귀찮은 걸 강요하리라 예상했었지만, 이렇게 빨리 그 방법으로 나올 줄은 몰랐지. 짧은 시간에 꽤 많이 생각했더군. 하지만 '그 존재'가 거기에 있을 수도 있잖니? 몇십 년 동안 조용했던 그 숲이 갑자기 요동을 친 것도 이상한 일이고 말이다."

아빠의 설명인 즉 이랬다.

우리가 갈 그 영지의 숲은 항상 원인 모를 안개에 둘러싸여 있어 '안개의 숲'이라 불렸었는데 그 숲에 한번 들어갔다가 살아 나온 사람이 없어 '죽음의 숲', 혹은 '죽음의 안개 숲'이라고 불리기도 했다.

그런데 어떤 생명체도 살지 않으리라 생각했던 그 숲에서 몬스터가, 그것도 기괴하게 변형된 몬스터가 뛰쳐나와 사람이 사는 곳에 나타난 것이었다. 그런데 몇몇의 몬스터가 그랬을 뿐이었고 그 몬스터들도 요즘 경비가 강화된 탓에 금방 처리가 되었는데, 그걸 알게 된 국왕이 나더러—정확히 말하면 내가 속한 팀이지만—그 숲을 조사해야 하지 않겠냐고 은근슬쩍 강요하는 거였다. 물론 명령이 아닌 강요하는 걸로 보아 전에 왕명을 거부한, 그것도 아침 일찍 쫓아가서 면전에 대고 당당하게 거절해 버린 아빠를 골려주려고 하는 것 같았지만.

아빠는 '혹시나' 하는 생각에 받아들일지 말지에 대해서 나와 할아버지와 함께 의논하러 왔다가 할아버지의 살기를 알아차리고 의논 대신 할아버지의 분노를 잠재울 방법으로 써먹은 것이었다.

물론 자세한 설명은 쏙 빼고 '그 존재'가 있을 것 같은 내용만 골라서 말함과 동시에 자신이 전혀 강요는 안 하고 할아버지 스스로 결정한 것처럼 생각하게 만드는 현란한 말솜씨를 덧붙여서 말이다.

덕분에 아빠는 국왕에게 당당히 '알았다'라고 말할 수 있을 테고—그럼 국왕이 안절부절못할 거다. 왜냐하면 울 팀에는 국왕이 총애하는 애쉬가 끼어 있었으니까—할아버지와 잠시 헤어질 수 있을 테니까. 더구나 할아버지가 나와 함께 가니 그 숲이 전멸할 걱정은 할지언정 내 걱정은 안 해도 되고 말이다. 이런 걸 바로 일석삼조라고 하는 거겠지.

아빠에게 불리한 상황을 이래저래 다시 짜 맞추어서 좋은 상황으로 바꾼 아빠의 능력에는 감탄이 나올 정도였다.

"만약 거기에 '그 존재'가 없으면 어쩌려고 그래요?"

하지만 아빠는 전혀 걱정스러운 표정이 아니었다.

"없는 게 누구 잘못도 아니잖냐. '그 존재'가 어디에 있든 그건 '그 존재' 맘이고, 누구도 알 수 없는 거니까. 그러니 만약을 대비해 '한번 가보는' 거잖아."

능글능글 웃는 아빠를 보며 나는 고개를 설레설레 저었다.

"어휴, 나중에 어떻게 되어도 난 몰라요. 아빠가 알아서 하세요."

"괜찮아, 괜찮아. 걱정할 거 하~나도 없어."

"폐하."

국왕은 평소 같은 얼굴로 자신을 부르는 레드포드 공작을 보자 더욱 짜증이 솟구쳤다. 평소 같은 담담한 표정이었지만 그 표정이 왠지 자신의 양심을 콕콕 찌르는 것 같아 그렇지 않아도 불편했던 심기가 더욱더 불편해진 것이다. 이런 걸 소위 '도둑이 제 발 저린다'는 거겠지만.

솔직히 자신이 스스로 생각해도 이번 일을 벌임에 있어 레드포드 공작에게 잘못한 게 한두 가지가 아니었다.

우선은 아무리 첨에 플레이저 공작을 골려(?)주기 위하여 한 결정이라고 해도 애쉬가 들어간 팀을 '죽음의 안개 숲'으로 보내기로 했다는 것 하며, 그것에 대한 결정을 레드포드 공작은 무시해 버리고 플레이저 공작에게만 시켰다는 것 하며, 이렇게 결정된 이상 자신의 강요로 결정된 거나 다름없었으니 결국 그 팀이 가게 된 것 등등… 이리 돌려 생각해 보고 저리 돌려 생각해 봐도 모두 자신의 잘못이었던 것이다.

더구나 레드포드 공작이 누구인가?

만약 레드포드 공작이 왕녀 파 쪽 사람이었다면… 아, 물론 이 나라에 꼭 필요한 사람이니 아주 쬐에에끔은 찔리겠지만 그렇게 많이 찔리지는 않았을 텐데…….

'애초에 플레이저 공작이 약혼 거부만 안 했어도 이리 되지는 않았을 것을…….'

평소 자신의 말을 잘 들어주었건만—물론 그때는 국왕이 이치에 어긋나는 명을 안 내린 탓이었다—외동딸을 끔찍이 아낀다는 이야기는 들었지만, 그렇다고 딸이 싫다는 한마디에 자신에게 달려와서 약혼 안 하겠다고 말할 줄은 꿈에도 몰랐다.

솔직히 레드포드 자작이 어디 보통 청년인감?

이 나라에서 첫째 둘째를 다투는 신랑감이 아니던가?

'게다가 왕족이나 귀족들 사이에서 정략 약혼이나 결혼이 희귀한 것도 아니고 말야.'

거기까지 생각을 하던 국왕은 여전히 자신의 대답을 기다리고 서 있는 공작을 힐끔 바라보며 천천히 입을 열었다.

"공작, 내 이번 일에 왕궁 근위대 소속인 은빛 기사대와 왕실 수석 마법사인 그레이턴 남작을 동행시킬 생각인데 그대의 생각은 어떻소?"

레드포드 공작은 명색이 왕실 근위대 대장이었다. 그래서 언뜻 보기에는 그 기사단이 잠시 자리를 비워도 되겠느냐는, 국왕이 근위대 대장에게 으레 하는 질문이었지만 속뜻은 그들로서 충분하겠느냐는 거였다.

물론 국왕을 아주 잘 아는 공작은 금방 눈치 채고 국왕이 원하는 답을 들려주었다.

속으로 피식피식 웃으며 말이다.

"그들 능력이라면 충분하리라 봅니다. 게다가 폐하께서 보내시는 팀이야말로 이 나라에서 가장 강하다고 볼 수 있는 팀이니까요."

국왕이 왜 그들을 아무도 살아서 나오지 못했다는 숲으로 보내려 했는지 잘 알고 있는 그였다. 철이 들 무렵부터 국왕 곁에서 생활했던 터라 그의 속을 낱낱이 꿰뚫고 있었던 것이다. 그리고 지금 국왕이 자신의 계획이 어긋나서 그들, 정확히 말하면 자신의 아들을 보내게 돼서 미안해하고 있다는 것도.

그들과 함께 은빛 기사단과 왕궁 수석 마법사를 보내려 하는 것만 봐도 충분히 짐작하고도 남았다.

마법사는 둘째 치고라도 왕실 근위대 소속의 은빛 기사단이라면 이 나라에서 두 번째로 쳐주는 뛰어난 실력의 기사단이었다. 물론 제일로 쳐주는 것은 금빛 기사단이었지만, 그들은 왕의 근위대 그림자라고 불리는 만큼 왕이 떠나지 않는 한 왕성을 떠날 수가 없는 몸들이었기에 국왕은 자신이 보낼 수 있는 가장 실력이 뛰어난 이들을 보내주려고 하는 것이었다.

명목이 단순히 '조사' 임에도 일반 기사단을 붙여주는 것은 대단한 대우인데 그 기사단이 은빛 기사단이라고 하면 대단한 대우를 뛰어넘어 울트라 스페셜 특급 대우라고 할 수 있었다. 그리고 그건 그만큼 국왕이 자신에게 미안한 마음을 가지고 있다는 것을 뜻하니, 자신의 아들을 사지에 밀어넣게 되었다 해도 공작은 왠지 웃음이 나오는 것 같았다.

물론 겉으로는 담담한 표정이었지만.

게다가 공작은 그들이 어디를 간다 하더라고 왠지 무사히 돌아올 것만 같은 맘이 들었기에 더 더욱 걱정은 하지 않았다.

"이번 일은 폐하의 계획을 좀 더 빨리 이루어지게 하지 않을까 싶습니다. 아무래도 목숨이 달린 위험에 처해 있으면 남녀 간의 사이가 가까워지기 마련이니까요. 혹시라도 이번 일을 끝내고 돌아와 그 둘이 결혼하겠다고 할지 누가 알겠습니까?"

그러자 국왕의 표정이 확 펴졌다.

"그렇게 생각하시오? 허허, 나도 그럴 거란 생각이 없지 않아 있었다오. 그대가 나와 같은 생각을 하고 있었다니 참으로 기쁘기 그지없소."

밴댕이 소갈딱지에 고집은 무지 세서 옹고집이라 불릴 만하고 하등 불필요한 보수성을 지녔지만, 자신의 잘못에 말은 못하고 끙끙거리며 고민하다가 말 한마디에 저렇게 표정이 확 바뀌는 국왕을 보고 있자니 슬며시 웃음이 나왔다.

'묘한 밸런스란 말이야… 뛰어난 머리를 가졌으면서 그에 맞지 않는 저런 단순한 성격이라니. 그러면서 용케 이 나라를 잘 이끌어왔으니 대단하다고 해야 하나?'

싫어할 수 없는 사람이었다. 그러니 그 철혈냉정한 플레이저 공작도 국왕의 의도를 알면서 그냥 적당히 넘어가 준 걸 테지만.

'그나저나, 재상도 의외군. 이번에는 순순히 넘어가 줬어. 전 같으면 무슨 수를 써서든 국왕에게 한 방 먹이거나 아니면 능구렁이처럼 이번 일을 흐지부지 만들었을 텐데… 더욱이 자신이 끔찍이 아끼는 딸이 끼어 있으니 더 더욱… 흐음, 뭔가… 딸을 거기로 보내지 않으면 안 될 일이라도 있는 건가?'

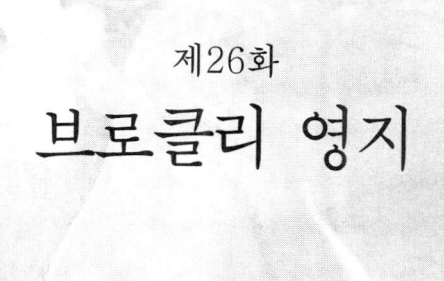

제26화
브로클리 영지

브로클리 영지

그러자 조슈아가 놀라움으로 인해 굳은 얼굴로 입을 열었다.
"그러니까 지금, 슈타인 시피르님이 '그 살인마'의 아버지라는 겁니까?"

왕성의 넓은 뜰에는 삐까번쩍한 갑옷들을 차려입은 수십 명의 기사들이 각자의 말을 잡고 도열해 있었다. 그들의 가슴 받침대와 방패에는 소르드 왕국의 문장이 검은색 바탕에 은색으로 새겨져 있는 것으로 보아 이들이 바로 왕궁 근위대 소속의 은빛 기사단임을 알 수 있었다.

그들 뒤로는 그들을 모시고 있는 시종들이 각자 커다란 짐 꾸러미와 말을 데리고 서 있었는데 이번 출정에 저들까지 갈 모양이었다.

"도대체 저 쓸모없는 것들은 왜 가야 하는 거냐?"

할아버지가 척 보기만 해도 위풍당당하고 멋들어져 보이는 기사들이 심히 못마땅한지 눈살을 찌푸리며 말하자 같이 서 있던 아빠가 삐질 웃었다.

"그거야 아시리안 양이 소중하니까 그런 거 아니겠습니까? 이게 국왕이 할 수 있는 최대의 안전 보장 조처이니까요."
 그래도 할아버지는 못마땅한 모양이었다.
 "쳇! 그런 건가? 하지만 아린하고 나만으로도 충분한데 뭘 저런 떨거지들까지……"
 "물론 그렇기야 하지만 저들은 칸 시스파슈타인님께서 누구신지 모르지 않습니까? 국왕이 아시리안 양을 위해서 준비한 거니 너그러이 봐주시지요. 신경은 전혀 안 쓰셔도 됩니다. 단지 동행만 해주신다면……."
 "나도 알아, 나도 안다고. 하지만 맘에 안 드는 건 안 드는 거야."
 자꾸만 투덜대는 할아버지 때문에 또 뭔 꼬투리를 잡힐지 몰라 안절부절못하는 아빠가 가여워서 내가 나섰다.
 "뭐가 그렇게 못마땅하신데요? 어차피 우리랑 따로 행동할 거니까 신경 안 쓰셔도 된다잖아요."
 "그런 거와는 차원이 다르잖아. 내가 걱정하는 건 저 수십 명이나 되는 늑대들이 네 옆에서 우글대는 게 맘에 안 든다는 거야. 저 떨거지들은 그나마 행동은 같이 안 해도 된다지만, 저 녀석들은 행동도 같이 해야 한다며?"
 할아버지가 손을 들어 가리키는 쪽에는 애쉬를 비롯한 일행들이 서 있었다.
 "거기다 저 녀석까지 같이 동행한다니……."
 할아버지는 그 일행에 같이 껴 있던 자카르를 보며 더욱더 못마땅한 표정을 지으셨다.
 며칠 전에 시내 서점에서 만났을 때 단단히 찍힌 모양이었다.
 "어쩔 수 없잖아요. 그리고 할아버지가 옆에 계신데 뭐가 문제예요?"

나는 할아버지의 시선을 좀 누그러뜨리게 만들고자 할아버지의 팔에 살짝 매달렸다.

"그래그래, 내가 없었으면 어쩔 뻔했니? 정말 오길 잘했다니까."

류미르와 세이몬이 괜히 하늘을 보며 딴청 부리는 게 보였지만 그냥 무시해 버리고 헤헤 웃었다.

우리가 기사단 옆에 서 있는 일행들 쪽으로 다가가자 일행들 중 몇몇이 저마다 아빠에게 고개를 숙여 인사를 건네면서 나와 같이 서 있는 할아버지를 호기심이 가득한 눈으로 바라봤다.

그들 모두가 익숙한 얼굴이었지만 단 한 사람은 처음 보는 얼굴이었다. 그는 옆에 서 있는 많은 기사들처럼 은빛으로 빛나는 갑옷을 입고 허리에는 금술까지 늘어뜨린 꽤 비싼 검을 차고 있는 중년 남자였다.

불그스름한 빛이 도는 금발 머리에 많은 훈련을 했다는 걸 보여주듯 살짝 그을린 피부, 넓은 이마가 호방하게 보였으며 눈가에 새겨진 부드럽게 휘어진 주름이 인상을 따스하게 만들어 보이는, 전체적으로 시원시원하게 생긴 사람이었다.

그 옆에 서 있던 자카르는 전에 한번 만났으므로 호기심 대신 살짝 고개를 숙여 보여 아는 체를 하며 어색하게 웃어 보였다. 아마도 그는 할아버지가 자신을 못마땅하게 생각한다는 걸 눈치 채고 있는 듯했다.

"소개해 드리죠. 이분은 아린의 외할아버지가 되시는 슈타인 시피르님이십니다. 굉장한 능력을 지닌 마법사이신데, 이번에 아린을 도와주기 위해서 오셨습니다."

슈타인 시피르란 할아버지가 자주 사용하는 가명이었다.

할아버지가 마법사 로브를 입고 있었던 탓인지 우리가 멀리서 올 때부터 호기심을 가지고 할아버지를 바라보던 마이터를 비롯한 죠슈아, 스와카가 굉장한 능력이란 말에 눈을 빛냈다.

아빠가 굉장하다고 소개하는 걸 보니 기대가—뭔 기대인지는 모르겠지만—큰 모양이었다.

아빠는 제일 먼저 내가 처음 보는 중년 기사를 가리키며 입을 열었다.

"이쪽은 저기에 있는 은빛 기사단의 단장이신 로버스 피에르 백작, 그리고 여기는 일행의 리더라고 할 수 있는 애쉬 레드포드 자작, 마지막으로 왕실 수석 마법사인 마이터 그레이턴 남작입니다."

아빠는 할아버지의 표정이 풀려 있지 않자 빨리 끝내려는 듯 일행의 대표 격인 사람들만 소개했고, 할아버지에게 이름이 소개된 자들은 정중히 고개를 숙여 보였다. 아마도 아빠의 정중한 태도에 영향을 받은 탓이겠지만 할아버지의 오만하고 거대한 위압감도 단단히 한몫했을 것이었다.

"아, 그리고 저기 있는 사람은 자벨리안 경입니다. 이번에 안개의 숲이 있는 브로클리 영지에 들어가기 위해서 자벨리안 영지를 가로지르기로 되었기 때문에 같이 가게 되었습니다."

"그렇군."

할아버지는 시큰둥한 표정으로 고개를 끄덕였다. 하지만 그에게 경고성이 어린 매서운 눈빛을 한번 주는 걸 잊지는 않았다.

이번 우리가 가는 인원은 숲을 조사하기 위하여 가는 인원이라고 하기엔 좀 거창했다.

은빛 기사단 전원인 50명에 그들의 시종 50명만 해도 벌써

100명이 되었고 우리 본래의 인원(스와카, 반담, 리틀 조로, 사르하, 나, 애쉬, 류미르, 세이몬), 거기에다 애쉬와 나에게 딸린 경호 기사가 각각 둘씩에 마법사인 마이터와 죠슈아까지 합하면 꽤 많은 숫자였다. 그러니 가로지르게 된 자벨리안 영지에 정식으로 통보하는 것이 당연하겠지만, 어찌 된 영문인지 이번에 또다시 길 안내로 같이 가게 되었던 것이다.

"자, 출발하겠습니다."

아빠의 간단한 소개가 끝나고 서로 목례를 하자마자 단장인 피에르 백작이 기사단 앞으로 나서서 큰 소리로 외쳤다. 그러자 모든 사람들이 자신의 말에 올라 고삐를 쥐었다.

"잘 다녀오십시오. 아린아, 너도 몸조심하거라!"

아빠가 말이 갈 수 있도록 뒤로 물러나며 외쳤다.

"다녀오겠습니다."

픽 고개를 돌려 버리는 할아버지를 대신해 내가 방긋 웃으며 대꾸해 줬다.

"자, 출발!!"

생긴 것처럼 시원시원한 목소리로 피에르 백작이 크게 외치자 그에 맞추어 기사단이 출발하였다.

질서있게 대열을 맞추어 달리고 있는 기사단의 모습은 꽤나 멋있었다.

보통 기사단이 갑옷을 차려입고 대열을 갖추고 있어도 멋있다고 감탄할 텐데 왕궁 근위대 특유의 화려하고 우아한 은빛 갑옷에 당당하게 깃발을 들고 달리는 그 모습은 장관이라고 해도 과언이 아니었다.

그러나 그 멋진 기사단의 행렬을 보는 사람들의 눈빛은 감탄이 아닌 두려움이 섞인 호기심이었다.
"또 어디서 일이 발생했나 봐."
"그러게… 이번엔 좀 큰일인가 보지? 예전에 보지 못했던 기사단이 출동하네."
"쯧쯧쯧, 또 꽤나 죽었겠구만."
내가 이곳에 온 지도 벌써 몇 달.
이제 가을의 절정에 달해 나뭇잎들은 빨갛게 노랗게 물들인 예쁜 옷을 입었고, 들녘에서는 한창 추수로 바쁜 모습이 흔하게 보였다.
그러나 그들의 얼굴에는 추수의 기쁨보다는 흉흉한 소문들에 의해 그늘이 깔려 있었다.
아무래도 마을 하나, 성 하나가 전멸하는 커다란 사건에다 수도도 전멸까지는 아니더라도 한번 발칵 뒤집혀졌던 일이 있었으니 사람들이 동요하는 건 무리도 아니었다.
게다가 그 사건이라는 게 거의 무차별적으로 아무 곳에서나 벌어졌으므로 자신들의 마을이 안전하다고 딱히 보장할 수도 없는 입장이었다. 그렇다고 다른 곳도 안전하다고는 말할 수 없으니 운, 아니면 운명에 맡기는 모습들이었다.
내가 처음 이곳에 올 때만 해도 사람들은 불안감에 떨며 안절부절못하는 모습들이었지만, 지금은 아예 모든 걸 포기하고 될 대로 되라는 심정으로 사는 모습들에 예전에는 못 느꼈던 감정이 가슴 한구석을 아릿하게 만들었다.
"너 때문이 아니니 쓸데없는 생각은 하지 말거라."
사람들을 보는 내 얼굴에 생각이 드러났는지 갑자기 할아버지가 내 머리를 툭 치셨다.

"넌 네 나름대로 열심히 노력한 게 아니냐?"

뒤이어 들려오는 할아버지의 말에 나는 뜨끔할 수밖에 없었다.

열심히 노력은 했지만 최선은 다하지 않았다는 걸 나나 할아버지나 아주 잘 알고 있었기 때문이다.

솔직히 톡 까놓고 말해서 사람들이 다치든 말든, 마을이 날아가든 말든 상관하지 말고 맨 처음 '그 존재'를 만났을 때 할머니의 힘을 썼더라면 어떻게 해서든 결판은 났을 거였다.

내가 죽든 '그 존재'가 죽든 말이다.

어차피 내가 해결하지 못하면 그 다음 '인도자'는 할아버지가 될 터였으니 뒷일은 걱정하지 않아도 되었고 말이다. 그럼 저 사람들은 지금까지 불안, 혹은 체념하며 하루하루를 살아가지 않아도 되었을지도 모르는 일이었다.

거기까지 생각이 미치자 나는 왠지 한숨이 폭 나왔다.

"제가 잘못한 걸까요?"

의도하지는 않았지만 풀이 죽은 목소리가 입에서 흘러나오자 할아버지가 피식 웃으며 나를 가만히 바라보다 물었다.

"전에 만났을 때 '그 힘'을 안 쓴 걸 후회하니?"

"그게 그러니까… 얼마 전까지만 해도 잘했다고 생각했는데 갑자기 그게 아니라는 생각이 드네요……."

"그럼 아린아, 만약에 말이다… 시간을 거슬러서 예전에 '그 존재'를 만났던 때로 돌아간다면 넌 '그 힘'을 쓰겠니?"

할아버지의 말에 나는 잠시 생각해 보다가 고개를 저었다.

"아니요. 아마도 못 쓸걸요. 처음 만난 곳 바로 뒤에는 성이 있었는걸요."

"그럼 된 거 아니냐?"

할아버지의 단호한 말이 옳다는 생각이 들긴 했지만 스쳐 지나가는 사람들 얼굴에 드리워진 그늘이 자꾸만 맘에 걸렸다.

"하지만……."

내가 뭐 때문에 갈피를 못 잡는지 눈치 챈 듯 할아버지는 단호한 목소리로 말을 이었다.

"네가 저 사람들까지 챙겨줄 필요는 없다. 저 인간들의 그늘은 저 인간들이 택한 거니까 말야."

"에? 그게 무슨 소리세요? 제가 벌써 해결했다면 저들이 저렇게 체념한 채로 살지는 않았을 거예요."

"그럼 넌 네가 '그 힘'을 쓸 때 그 여파에 휘말려 운없이 죽은 사람들 때문에 괴로워하고 있겠지. 안 그러냐?"

"에? 에… 아마도 그렇겠죠."

할아버지는 기운없는 내 목소리가 맘에 안 드는지 인상을 살짝 찌푸리며 혀를 찼다.

"끌끌, 넌 그렇게 맘이 약해서 탈이다. 네가 모든 사람들을 책임질 필요는 없지 않느냐? 모든 일에 선택을 함에 있어서 얻는 것이 있다면 잃는 것이 있는 법이야. 네가 운없이 죽을 사람들의 목숨을 선택한 거라면 저들의 평화는 잃는 셈 쳐야지. 난 그렇게까지 신경 쓸 필요가 있을지 모르겠다만."

"헤헤헤, 그래도 신경 쓰이는데 어쩌겠어요."

나는 어쩌겠냐는 표정으로 웃으며 할아버지를 바라보자 할아버지는 한숨을 폭 내쉬었다.

"그래그래… 아직 네가 어려서 맘이 약한 탓이지. 쯧쯧, 아직 어린 너에게 너무 과한 부담인 거 내 다 안다. 그래도 아린아, 저 인간들이 저렇게 죽상을 하고 사는 건 저 인간들이 선택한 거란다."

"에? 그럴 리 없잖아요. 저들이 저렇게 살고 싶어서 사는 것도 아니고……"

말도 안 된다는 듯이 할아버지를 바라보자 할아버지는 스쳐 지나가는 사람들을 못마땅한 표정으로 한번 쓰윽 보더니 입을 열었다.

"흥, 막말로 저들이 저렇게 살고 싶지 않았다면 병사로 지원을 해서 '그 존재'와 맞설 수 있었겠지. 물론 이길 턱이 없지만. 아니면 딴 곳으로 이사를 간다던가, 그도 아니면 딴 나라로 간다던가."

할아버지의 말에 난 허탈해져 버렸다.

"에이… 할아버지는 그게 말이 된다고 생각하세요? 저 사람들은 그럴 여건이 안 된다구요."

"왜 말이 안 되냐? 불가능할 거라고 생각하니? 하지만 정말 불가능한 건 아니지. 정말 다른 나라로 가고 싶다면 자신의 전 재산을 버리고서라도 갈 수 있는 일이지. 그 일을 못하는 건 저들이 그 일을 선택하지 않았기 때문이다. 저들은 다른 방법보다는 자신의 집에 그냥 눌러앉아서 운에 맡기기로 선택한 거라고."

할아버지의 말을 듣고 보니 정말 그런 것도 같았다.

"에… 그게 그렇게 되나?"

"그래. 그러니 넌 저들이 선택한 삶까지 신경 쓸 필요 없다 이거야. 넌 네 앞만 바라보고, 네 일만 생각해도 괜찮아."

"예에~"

"하긴 뭐, 넌 지금도 인간들을 최대한 고려해 주고 있으니 더 고려해 줄 필요도 없을 게다."

왠지 묘하게 설득력이 담겨 있는 할아버지의 말에 나는 심난했던 마음이 조금은 차분하게 가라앉는 걸 느꼈다.
"어쨌든 최대한 빨리 처리해야겠어요. 곧 겨울이 올 테고, 그럼 움직이는 게 더 힘들어질 테니까요."

안개의 숲이 있는 영지는 브로클리라고 불리었다.
보통 그 영지를 다스리는 영주의 '성'이 영주의 이름인데 비해 이 브로클리 영지는 안개 숲의 원래 이름을 따와 붙여진 이름이었다.
전에는 이 영지도 영주의 성을 따서 붙여져 불려졌었겠지만 어느새인가 안개의 숲에 사람들이 들어가지 못하게 되고, 그 숲이 공포의, 그리고 들어가지 못하는 신비의 영역이 되고 나서부터 그 숲은 자신의 이름을 잃어버리고 대신 그 영지가 숲의 이름으로 불리웠던 것이다.
하기사 솔직히 말하면 자신의 성으로 영지 이름을 붙여줄 영주가 그 영지에 없기는 했다.
몇십 년 전만 해도 그 영지에는 남작의 지위를 가진 영주가 있었다고 했다.
왕성에 몸을 담지 않고 자신의 영지에 머물며 영지만 다스리는, 소위 말하면 지방 영주에 속하는 사람이었는데, 그 남작이 다스릴 때 안개의 숲이 생겨났다고 했다.
그 숲이 영지의 사냥터였기에 평소에도 사람들의 출입이 제한된 곳이라 일발 사람들의 피해는 별로 없었고 맨 처음 숲지기가 행방불명되었을 때도 그러려니 했지만, 사냥을 하러 들어갔던 남작의 자식과 수행원까지 행방불명되자 수색대가 편성되어 숲으로 들어갔었다. 하지만 그들마저 다시는 돌아오지 못하자 문제가 커졌다.

남작은 자신이 살 수 있는 마법사와 용병, 던전 헌터들을 고용하여 들여보냈지만 들여보내는 족족 사람들은 되돌아오지 못했고, 나중에는 남작의 나머지 자식들마저 형제를 찾겠다고 그 숲으로 들어가 행방불명이 돼버린 까닭에 남작의 대는 끊겨 버렸고, 자식을 잃은 충격으로 남작은 얼마 안 있어 세상을 떠나 버렸다.

그 후 영지는 나라에 반환되어 새로운 영주를 기다리는 신세가 되었지만, 워낙에 안개 숲에 대한 소문이 떠들썩했는지라 아무도 그 영지를 받으려는 귀족은 나타나지 않았고 브로클리 영지는 저주받은 땅이라는 소문까지 나돌았었다.

뭐, 지금이야 안개 숲만 들어가지 않으면 아무 일도 일어나지 않는 데다가 다른 영지에 비해 특별히 몬스터의 피해가 많은 것도 아니라는 게 알려지긴 했지만 워낙에 '죽음의 안개 숲'이라는 단어가 무섭게 각인되어 있는지라 아직까지 그 땅을 탐내는 귀족은 없었다. 더군다나 지금은 왕실에서도 누구에게 줄 생각을 하지 않고 그저 관리를 파견하여 치안이나 관리해 주고 세금을 걷는 실정이었다.

그렇게 있는지 없는지 자신의 존재감을 거의 잃어버린 영지가 이번에 올 아빠를 골려주기 위한 재료로써 선택되는 바람에 다시 왕실의 집중을 받기 시작했다.

아무래도 전에 수도로 날아왔던, 특이하게 변종된 몬스터들이 습격했다는 소식이 요즘 '그 존재' 때문에 날카로워진 중앙 귀족들의 심기를 쿡 찌른 것이겠지만.

덕분에 아빠와 할아버지를 떨어뜨리긴 했지만 이렇게 거창한 일행들 속에 꼽사리 끼어 조사를 하러 가게 된 건 영 맘에 안 들었다.

　더구나 그들이 다 젊은 남자들이라는 이유만으로 내 주위로 반경 5m 안에 들어오면—지금은 이동 중이라 그나마 봐준 거다. 행렬이 멈추면 반경 10m로 늘어나 버린다—할아버지의 살벌한 살기가 어린 눈길을 받아야 했기 때문에 기사들은 고사하고 내 일행들도 나에게 말 한마디 걸기는커녕 주위에 다가오지도 못했다.

　그나마 알렌과 흄은 내 경호 기사라는 이유로 딱 4m까지는 허용이 되었고, 류미르와 세이몬은 할아버지의 정체를 알고 있었기에 1m까지는 허용이 되었지만 할아버지가 무서워 말도 붙이지 못하고 호랑이 앞에 선 똥강아지처럼 꼬리를 말고 있었다.

　그래서 할아버지가 류미르와 세이몬의 접근을 허용한 건지도 모르지만.

　그래도 이번 일행의 모든 사람들이 내 곁에 올 수 없는 건 아니었다.

　할아버지의 살벌한 경계에 예외인 두 사람이 있었는데 그들 중 한 사람은 은빛 기사단 단장인 피에르 백작이었고 나머지 한 사람은 마이터였다.

　피에르 백작은 지금 현재 일행의 리더 역할까지 담당하고 있었기에 가끔 현재 상황이나 앞으로의 예정을 말해 주러 오곤 했었다.

　하지만 그 외에는 일절 우리 일행—이라고 해봤자 내 일행은 피에르 백작과 함께 맨 앞쪽에 있었고 나와 할아버지, 그리고 마이터만 동떨어져 그들을 따라가는 형국이었다—근처에 머물지 않았기 때문에 필요에 의해 접근이 허용된 사람이라 말할 수 있었고, 나머지 한 사람 마이터는 할아버지의 말벗 노릇을 하고 있었기에 내 곁에 와 있을 수 있었다.

그러고 보면 내가 목적이 아니라 할아버지가 목적이었기 때문에 할아버지 경계 대상에서 제외가 된 것일지도 모르겠다.

할아버지는 의외로 인간들의 마법 연구에 흥미가 많았다.

우리 드래곤들이 자연스럽게 마나를 다루는 것에 비해 인간은 태어날 때부터 타고난 소수의 사람들만이 마법 수업과 훈련을 몇 년, 혹은 몇십 년이란 세월 동안 받아야 사용할 수 있었기 때문에 인간들과 우리 드래곤이 마법을 바라보는 시각은 달랐다.

드래곤이 마법을 일상 생활로 여기는 것에 비해 인간은 마법을 어려운 학문, 혹은 연구 대상으로 보고 있었다.

게다가 인간은 생각하는 동물이요, 끝없는 상상력의 소유자이자 한없이 노력하는 자였다.

그래서 인간들은 드래곤이 생각지도 못한 쪽으로 마법을 연구하고 개발해 내곤 했었는데 그런 독특한 성과를 할아버지는 재미있어 하시곤 했던 것이다.

마이터는 그런 할아버지의 흥밋거리를 가지고 대화를 나누기에 정말 딱인 대상이었다.

'쳇, 하지만 이건 할아버지만 좋은 거잖아. 난 도대체 이 꼴이 뭐냐구?'

나는 속으로 투덜투덜대며 옆에서 머리를 맞대고 신나게 토론을 벌이고 있는 두 노인네를 쏘아보았다.

처음 출발하던 며칠 동안은 할아버지는 내 곁에서 한시도 떨어지지 않고 이것저것 챙겨주며 어떤 이도 접근하지 못하게 경계하는, 자상함과 과도한 관심을 보이는 할아버지의 모습을 보여주었다.

하지만 며칠이 지나 마이터가 할아버지에게 접근하여 자신을 같은 마법사라 소개하며 대화가 한번 트이기 시작하자 마치 구멍 난 둑이 터지는 것처럼 시작한 대화가 끝날 줄을 모르는 것이었다.

덕분에 난 할아버지의 따스한(?) 눈길을 덜 받게 되었는데 이때를 기회로 마음속으로 마이터에게 무한한 감사를 보내며 나와 놀아줄 수 있는 이들에게로 슬금슬금 자리를 옮겼다.

그러나 몇 발자국 떨어지지 않아 들려오는 할아버지의 목소리!

"아린아, 어딜 가냐?"

'쳇!'

할아버지는 마이터와 신나게 대화를 하느라 내게 관심을 보이지 않는 와중에도 내 곁에서 한시도 떨어지지 않았고 그와 더불어 내 곁으로 접근하는 이들에 대한 경계는 조금도 느슨해지지 않았던 것이다.

'차라리 이럴 거면 전처럼 관심까지 가져주던가, 아니면 경계를 느슨하게 해주지……'

덕분에 난 관심도 없는 할아버지와 마이터의 대화를 들으면서 지루함을 참아야 하는 신세가 되었던 것이다.

"에휴~"

땅이 꺼져라 한숨을 쉬는데 저 멀리서 두 꼬맹이가 나를 측은하다는 듯이 바라보는 게 눈에 들어왔다.

'쳇, 불쌍하냐? 불쌍하면 와서 나랑 놀아줄 것이지……'

하지만 저 꼬맹이들은 할아버지를 넘 무서워해서 가까이 올 엄두도 못 낸다.

하긴, 할아버지와 눈이 마주치기만 하면 도망가 버릴 정도인데 가까이 온다는 건 더 더욱 기대하기 힘든 일이지.

사르하라면 내 곁에 와도 할아버지가 뭐라고 안 할 테지만 어쩌겠는가? 무섭다는데 억지로 오라고 할 수도 없고.

이래저래 내 신세만 불쌍하게 되었다.

'차라리 일 빨리 끝내고 할아버지를 아빠에게 떠넘기는 게 낫겠어. 아빠가 쬐께 불쌍하기는 하지만 이러고 있는 것보다는 훨씬 휘어어어어어~ 얼씬 나으니까.'

다시 한 번 저 앞에서 시끌시끌 즐겁게 떠드는 일행들을 부럽게 바라보는 나였다.

그런 처량한 여행을 한 지 2주일—어차피 급한 일이 아니라 조사차 가는 거였기에 특별히 서두르지는 않았다—나는 도저히 참을 수 없어 할아버지와 담판을 짓기로 했다.

계속 이대로 있기에는 내 처지를 견디지 못할 것 같았기 때문이다.

"할아버지!"

가을이라서 그런지 점점 해가 짧아져 일행은 해가 지기 전에 미리미리 야영을 할 수 있는 좋은 자리를 잡고 저녁을 준비할 즈음 할 일이 없는 두 노인네가 서로 도란도란 이야기를 나누고 있는 그 앞에 나는 결연한 표정으로 딱 버티고 섰다.

근처에서 열심히 저녁 준비를 돕고 있던 류미르와 세이몬이 나를 의아한 눈으로 쳐다보는 게 느껴졌지만 상관하지 않고 그대로 할아버지를 바라보았다.

"응? 아린아, 왜 그러니?"

"할아버지, 나 류미르랑 세이몬이랑 놀래요."

"잉?"

할아버지의 눈이 놀라움으로 인해 커졌다.

"나 쟤네들이랑 논다구요."

나는 저쪽에서 저녁 준비를 돕다 말고 놀라움으로 인해 헛바람을 삼키며 굳어 있는 류미르와 세이몬을 손가락으로 가리켰다.

"아니, 왜?"

할아버지는 의아한 눈으로 나를 바라보다가 곧 뭔가 짐작한 게 있다는 듯 도끼눈을 뜨고는 류미르와 세이몬을 노려봤다. 그 눈길 속에는 '네놈들이 아린에게 뭔 수작 건 거 아녀?' 란 의미가 담겨 있었다.

'쳇, 그럴 시간이나 있었남?'

류미르와 세이몬의 얼굴에서 핏기가 가시는 게 보였지만 나는 내 처지를 개선시키기 위해 그들이 두려움에 떠는 모습을 싸악 무시해 버렸다.

"나 심심하단 말예요."

"할아비랑 놀면 되지 않니?"

"헹, 할아버지는 맨날 저 마법사랑만 놀구 있잖아요. 그러면서 나는 못 놀게 하는 건 뭐예요?"

나는 할아버지 옆에서 난처한 웃음을 짓고 있는 마이터를 힐끔 바라보며 외치자 할아버지도 마이터를 한번 힐끔 바라보고는 다시 나를 바라보며 말했다.

"너도 같이 놀면 되잖니?"

"난 그런 데 관심없다구요. 그러니 할아버지가 저 마법사랑 노는 동안 나도 딴 애들이랑 놀래요."

어떻게 보면 정말 유치찬란하기 그지없는 모습이었지만 나는 정말 필사적인 심정이었다. 어느새 저 멀리에 있던 다른 일행들까지 일손을 멈추고 이 모습을 바라보고 있다는 것이 느껴졌다.

'으… 빨리 담판을 내야겠어. 이대로는 넘 창피하잖아.'

"그래도 되죠?"

그러나 할아버지는 무정하게도 단호하게 고개를 저었다.

"안 돼."

"할아버지이이이이~"

"안 된다니까. 내가 있는 한 안 돼. 네가 저 늑대들 아가리 앞으로 가는 걸 내가 어떻게 보고만 있겠니?"

"누가 늑대라는 거예요? 류미르와 세이몬은 전에도 같이 여행한 애들이라는 걸 아시잖아요."

"그때는 다 어린애들이었잖냐? 지금은 안 돼."

할아버지의 단호한 태도에 나는 한번 크게 심호흡을 하고 마지막 수단을 쓰기로 마음먹었다.

"정말 그러실 거예요?"

"정말 그럴 거다. 넌 아직 어려서 늑대들의 시커먼 속을 감당하지 못해."

"좋아요. 그러면 저 할아버지랑 말 안 할 거예요."

"으잉?!"

뜬금없는 소리였기 때문인지 할아버지의 눈이 황당함과 놀라움으로 인해 커졌다.

"아린아, 그게 무슨 소리냐?"

나는 삐친 척 뾰루퉁한 표정으로 할아버지의 시선을 무시하면서 불퉁한 목소리로 입을 열었다.

"말했잖아요. 나 할아버지랑 말 안 할 거예요."

그러자 할아버지의 목소리가 은근해졌다.
"정말 나랑 말 안 할 거냐?"
"예. 이 일이 끝나고 수도로 돌아갈 때까지 한마디도 안 할 거예요."
"정말?"
"예."
"진짜?"
"그렇다니까요."
그러자 갑자기 할아버지는 커다랗게 서글픈 한숨을 내쉬더니 처량한 목소리로 입을 열었다.
"에구구구~ 딸자식 키워봐야 소용없다더니만… 지 어미가 내 속을 그렇게 썩이고 그렇게 된 후로 지 하나만 보고 내가 이날 이때까지 살아왔는데… 금이야 옥이야 몸에 생채기 하나 날까 걱정하며 곱게곱게 키워놨더니만 이제는 저 딴 녀석들 때문에 이 할아비랑 말도 안 한다구 하다니이이이이~ 에구구, 이 할아비는 억장이 무너지는구나, 무너져어어어~"
할아버지의 너무나 청승맞은 말소리와 표정 때문에 나는 다잡았던 맘이 점점 녹아내리는 것만 같았다.
하기사, 무신경한 엄마가 날 내팽개치고 놀러 나간 동안 날 돌봐준 건 할머니와 할아버지셨다. 그리고 할아버지는 정말 내가 소중한 보석인 양 돌봐주셨던 것이다. 그 기억이 머리에 떠오르자 나는 내가 너무 매정한 게 아닌가 싶은 맘이 들기 시작하더니 급기야는 할아버지한테 너무 잘못한 듯한 죄책감마저 들었다.
왠지 사태가 내가 원하던 방향으로 흘러가지 않자 나는 당황스럽기도 하고 하염없이 흔들리는 마음을 다잡기 위해 거의 외치다시피 말했다.

"그게 무슨 말이에요? 그냥 저 애들이랑 논다는 것뿐이잖아요!"

"그게 그거지 뭐냐? 할아비랑은 말도 안 한다며? 에휴우우우~ 불쌍한 내 신세야… 지를 생각해서 그 머나먼 길을 마다않고 달려왔더니……."

"그, 그게… 할아버지가 나 못 놀게 할 경우 그런다고 한 거지 누가 무조건 말도 안 한대요?"

"자기를 위해서 내가 한시도 방심하지 않고 신경 써주는 건 알아주지도 않고, 내가 철저하게 방어하느라 얼마나 힘들었는데에에에~"

할아버지의 처량한 목소리는 계속되었고 나는 점점 더 커다란 당혹감에 물들어갔다.

"누, 누가 그거 가지고 뭐라고 그랬어요?"

"아, 너 심심하다며?"

"심심하니까 심심하다고 하죠. 맨날 할아버지만 저 마법사랑 놀고 나는 혼자 있어야 하잖아요."

"오호라, 그러니까 내가 마법사랑 노느라 너 혼자 내비둬서 화난 거구나? 그런 거냐?"

나는 당혹감에 푹 빠져들어 어쩔 줄 몰라 하고 있었던 터라 할아버지의 목소리가 싹 달라졌다는 걸 깨닫지 못하고 있었다.

"에… 뭐, 그렇다고 할 수… 있으려나……?"

그러자 할아버지는 진지한 얼굴로 고개를 끄덕끄덕하시더니 결론을 내리는 듯한 어투로 입을 여셨다.

"그래, 그렇구나. 내가 너랑 안 놀아줘서 삐친 거였구나? 오냐,

오냐, 알았다. 이제 할아비가 너랑 놀아주마. 그럼 된 거지?"

'애기가 왜 이렇게 돌아가냐?'

내가 의도한 것과는 정반대 방향으로 이야기가 흘러갔다는 걸 깨달은 나는 패닉 상태에 빠져 버렸다.

"어… 그, 그게 아닌데……."

"에이, 뭐가 아냐? 말을 들어보니 그렇구만. 이제부터는 할아비가 같이 놀아줄 테니 그만 화 풀어라, 응?"

아주 정이 넘치는 어투로 말하며 바로 코앞에서 내 눈을 들여다보는 할아버지의 눈에 장난기가 가득 담겨 있는 걸 본 나는 그제야 할아버지가 나를 가지고 장난쳤다는 것을 알 수 있었다.

순간적으로 화가 난 나는 빽 소리 질렀다.

"할.아.버.지이이이이이이이~~!!"

놀림을 당하고 있다는 것도 모른 채 정말 내가 할아버지에게 큰 잘못을 한 줄 알고 있는 죄책감, 없는 죄책감에 시달리면서 이러면서까지 내가 내 주장을 끝까지 밀고 나가야 하는지에 대해 심각하게 고찰했던 것이 너무나 허망해지는 순간이었다.

할아버지는 익살스러운 표정으로 귀를 후벼파면서 웃었다.

"원 녀석두… 누굴 닮아 그렇게 목청이 큰 게냐?"

그 모습이 너무나 미워 보일 수가 없었다.

"할아버지이이이이이이~!!"

"나 아직 귀 안 먹었다. 그러니 그렇게 크게 외치지 않아도 다 듣는다."

"너무해요. 손녀를 놀리는 게 재밌으신 거예요?"

분한 마음에 빨개진 얼굴로 할아버지를 째려보면서 울먹이자 할아버지가 피식 웃으시더니 나를 폭 안아 얼굴을 부볐다.

"에구구, 예쁜 내 새끼. 그래, 그동안 심심했어? 할아비가 그걸 몰랐구나. 그래그래, 알았다. 저 두 녀석이랑 같이 놀거라. 단, 할아비 시선을 벗어나면 안 된다. 알았지?"

"몰라욧! 할아버지랑 정말 말 안 할까 보다!!"

"헐헐헐, 그럼 쓰나? 그거 가지고 할아버지를 미워하면 안 돼지이~"

'젠장, 젠장, 젠장할! 이건 모두 할아버지 때문이얏!!'

할아버지의 허락이 있는 후—도대체 왜 그런 걸 허락받아야 하는 건지는 모르겠지만—류미르와 세이몬은 나와 놀 수 있게 되었다.

물론 가끔 할아버지가 힐끔힐끔 바라보기는 했지만, 아예 다가오지도 못하는 것보다는 훨 나았고, 할아버지도 한 입으로 두말하는 분은 아니었기에 가끔 바라보는 것 외에는 별다른 말은 안 했으므로 첨에는 쭈뼛쭈뼛대던—애들두 아니구 말야—류미르와 세이몬도 점차 익숙해져서는 거의 예전처럼 지낼 수 있었다.

문제는…

류미르와 세이몬하고 놀기 위해서 할아버지랑 지어야 했던 그 유치찬란한 담판이 모든 사람들의 머리에 각인이 되어서 그 뒤로 나를 보는 사람들의 눈길에는 웃음, 혹은 '아직 애였군'이란 시선이 담겨 있어서 날 열받게 한다는 거였다.

다행이라고 해야 할지는 모르겠지만, 애쉬 녀석은 아직 내 근처에도 오지 못하는 처지였으므로 그 녀석에게 놀림받을 일은 없었지만, 할아버지가 없으면 녀석에게 두고두고 놀림감이 될 것이 뻔했다.

가끔 마주치는 녀석의 눈에 웃음이 어려 있는 걸 보면 녀석이 분명 대놓고 웃지는 못하지만 속으로는 무지무지 비웃고 있는 것이 확실했다.

물론 다른 사람들이 그런 눈으로 바라보는 것도 기분 안 좋았지만 애쉬 녀석이 바라보는 건 더 더욱, 훠어어어어어얼씬. 100배 1,000배는 더 기분 나빴기에 나는 류미르와 세이몬과 놀 수 있었음에도 불구하고 기분은 훠얼씬 가라앉아 있었다.

할아버지에게 투정이나 화풀이라도 하고 싶었지만, 그 뒤로 할아버지는 예전처럼 인자하고 너그럽기만 한 할아버지의 모습으로 돌아가 있었으므로 투정을 부려봤자 풀리는 건 없어 속으로만 삭이고 있었다.

"그만 화 풀어. 덕분에 심심하지는 않게 되었잖아."

"맞아, 맞아. 그리고 우리랑 갈 수 있게 되었으니까 좋잖아."

며칠 내내 부루퉁한 나를 달래주는 건 류미르와 세이몬밖에 없었다.

"역시… 나한테는 너그들밖에 없다. 내가 그렇게 걱정되었던 거야?"

감격에 찬 눈으로 그들을 바라보자 세이몬이 당연하다는 듯이 웃는다.

"그러엄, 아린이 부루퉁하면 아린 할아버지가 우리한테 화낼지도 모르잖아. 그러니 아린이 그러면 안 돼지이. 아린 할아버지는 무섭잖아."

'그러니까, 내가 걱정된 게 아니라 할아버지가 무서워서 날 달래는 거란 말이렷다?'

갑자기 머리 속에서 뭔가가 빠직거리며 부서졌다.

"임마! 니가 그러고도 친구냐!!"

나는 말 위에서 그대로 몸을 날려 세이몬에게 주먹을 휘둘렀다.
"우아악~!"
"그래, 지금 기분도 더러운데 넌 잘못 걸린 줄 알아!!"
"왜 나만 갖고 그래? 류미르도 있잖아?"
세이몬은 두 팔로 내 주먹을 막으며 처절하게 외쳤다.
"아쭈? 막았단 말이지? 어쨌든 걱정 마라. 너 끝나고 류미르에게도 응징을 가해줄 테니까!"
내 주먹을 피해 얼른 말에서 뛰어내린 세이몬 대신 내가 세이몬의 말 등에 떡하니 버티고 서서 살벌하게 말하자 세이몬의 얼굴이 핼쑥해졌다. 그리고 내 뒤로 류미르의 애절한 목소리가 들려왔다.
"세이모오오온~! 거기서 왜 나는 걸고 넘어지냐?"

그렇게 나쁜 기분을 세이몬과 류미르에게 풀어대는 사이 우리는 어느덧 자벨리안 영지를 통과하여 자카르 영지와 브로클리 영지가 맞닿은 경계선에 다다랐다.
자벨리안 영지를 통과할 때에는 자카르가 앞장서서 길을 안내해 주었듯이 브로클리 영지에서도 우리 일행을 안내해 줄 사람이 미리 경계선에서 가까운 마을에 와서 기다리고 있었다.
"안녕하십니까? 기다리고 있었습니다."
서쪽 하늘 끝자락에서 오늘 하루의 마지막 빛을 비춰주는 태양이 붉게 물들어가는 시각, 우리가 마을 입구로 들어서자마자 몇몇의 수행인을 거느리고 나와 있던 30대 후반으로 보이는 남자가 정중히 인사를 했다.
"여러분을 안내하기 위해 온 아담이라고 합니다. 지금 브로클린 영지를 관리하시는 브더셀스 자작님의 부관입니다."

성을 말하지 않는 걸 보니 평민 출신의 기사인 모양이었다.

"로바스 피에르네. 만나서 반갑군."

대표로 피에르 백작이 앞으로 나서자 아담이라고 자신을 밝힌 남자가 살짝 목례를 했다.

"연락받고 무척 놀랐습니다. 설마 하니 은빛 기사단 단장님께서 직접 와주시리라고는 생각 못했거든요."

"요즘 상황이 상황이니만큼 폐하께서 특별히 신경을 써주신 거지."

"하하하, 그렇습니까? 어쨌든 저희로서는 기쁠 따름이지요. 숙소를 마련해 놨습니다. 오늘은 여기서 쉬고 내일 성으로 출발하겠습니다."

브로클리 영지의 성이 있는 도시는 안개의 숲을 눈앞에 두고 위치해 있었다.

도시를 감싸고 있는 외성 성벽 위로 올라가거나 도시에서도 지대가 약간 높은 언덕에 위치하고 있는 성의 높은 층에서는 푸르름을 자랑하는 안개의 숲이 보일 정도로 가까운 거리였다.

"원래 안개의 숲이 이 정도로 가까운 것은 아니었답니다. 저도 이곳에 온 지 몇 년 안 되어서 잘은 모르겠습니다만, 안개의 숲에 아무도 들어갈 수 없게 된 후부터 숲의 면적이 조금씩 조금씩 넓어져서 이렇게나 가까워졌다는군요."

숲과 외성과의 거리가 불과 반나절만 걸어가면 닿을 정도인 것을 보고 당황과 놀라움을 나타내는 일행을 보고 아담이 피식 웃으면서 말했다.

솔직히 한번 들어가면 아무도 나오지 못한다는, '죽음'이라는 단어가 붙는 숲이 이렇게 가까운 곳에 위치한다면 누구나가 꺼림칙해할 것이었다. 그러나 이 숲은 처음에는 멀리 떨어져 있다가 조금씩, 아주 조금씩 가까워졌기 때문에 처음 이곳을 방문한 사람 외에 이곳에 살고 있던 사람들은 익숙해졌기에 아무렇지 않은 듯 했다.

하지만 숲의 면적이 점점 넓어지고 있다고 했으니 더욱더 넓어져서 외성과 숲의 표면이 맞닿게 된다면?

모든 사람들의 생각이 거기까지 미쳤다는 걸 눈치 채기라도 한 듯이 아담은 묻지도 않았는데 순순히 대답해 주었다.

"뭐, 요 몇 년 간은 면적이 넓어지지는 않았습니다. 저 정도의 거리가 된 후부터는 조금도 가까워지지 않았거든요. 전 부임 관리인이 매년 넓어진다는 소리를 듣고 매달 거리를 관측하게 했는데 약 5년 전부터는 넓어지지 않았다고 하더군요."

"지금도 계속 거리를 관측하고 있나?"

자신이 들어가야 할 숲을 심각한 표정으로 바라보고 있던 피에르 백작이 묻자 아담은 당연하다는 표정으로 고개를 끄덕였다.

"예, 언제 다시 면적이 늘어날지 모르는 일이니까요. 면적이 다시 늘어나기만 하면 이 도시 사람들과 성을 옮길 만반의 준비까지 끝마친 상황입니다."

"그런가……."

아담의 말에 그의 말을 듣고 있던 일행들의 고개가 저절로 끄덕여졌다.

"자, 어서 가시지요. 브더셀스 자작님께서 기다리고 계실 겁니다."

아담의 재촉에 성안으로 들어선 나는 예상외로 번화하고 있는 모습에 놀라움을 금치 못했다.

내가 알기로 이곳은 안개의 숲 때문에 다른 지방과의 교류가 원활하지 못하며, 수익성이 큰 특산물 같은 것도 없었기에 중앙의 귀족들이나 왕의 주의를 끌지도 못해 무관심 속에 버려졌다고도 말할 수 있는 영지였던 것이다. 그래서 보통 시골 영지 비슷할 줄 알았는데 의외로 자벨리안 영지 안에 있는 도시 못지 않게 번화한 모습을 가지고 있었다.

'그러고 보니, 이곳까지 오는 길도 넓지는 않았지만 그런대로 괜찮게 뚫려 있었지.'

"꽤 번화한 도시군요. 의외인데요?"

연신 주위를 둘러보며 놀랍다는 표정을 계속 짓고 있자 마이터가 슬며시 속삭여 줬다.

"빛이 적은 곳에는 어둠이 많기 마련이죠."

"예?"

뜬금없이 웬 엉뚱한 소리인가 싶어서 그를 돌아보자 마이터가 아담을 한번 힐끔 보고는 좀 더 자세한 설명을 해줬다.

"이곳은 나라든 상인이든 누구의 관심을 끌 만한 좋은 요소가 없는 아주 평범한 영지입니다. 게다가 안개의 숲으로 인해 영지들 간의 교류가 더욱 적어지면서 거의 소외되어 버렸죠. 덕분에 이곳은 나라의 눈을 피하는 사람들이 선호하는 마을이 되어버렸답니다. 저희 같은 좋은 물건 있으면 합법적이든 불법적이든 따지지 않는 마법사들이나 어둠 속에서 행동하는 사람들 사이에서는 유명한 곳이죠."

그제야 뭔 소리를 하는지 이해한 내가 되물었다.

"설마… 불법적인 상품이 여기서 많이 거래된다는 이야기인가요?"

"맞습니다. 이곳 암시장은 무척이나 유명하죠. 일정한 기간에 한 번씩 열리는데 없는 게 없다고 합니다. 암시장이 열릴 때가 가까워지면 이곳이 무척이나 붐빈다고 들었습니다."

"흐음, 그렇게나 유명하다면 이곳에 부임한 관리인이 모르지는 않을 테고… 그냥 눈감아주는군요? 별다른 일을 벌이지 않는 한 도시가 번화하는 걸 싫어할 리는 없을 테니까요."

"그렇죠. 게다가 이곳으로 부임할 정도라면 중앙 쪽에서 내쳐진 자거나 빽이 없어서 지방으로 돌려지는 자들뿐일 테니 이곳을 애용하는 자들에게는 더없이 좋은 곳이죠."

"그렇군요."

마이터의 말에 수긍하면서 고개를 끄덕이던 나는 문득 좋은 생각이 떠올라 할아버지를 바라보자 할아버지가 피식 웃었다. 마이터와 내가 아무리 낮게 속삭였다고는 하지만 할아버지가 못 들었을 리 없기 때문이었다. 게다가 나와 마이터의 대화였기에 안 들리더라도 마법을 써서 들으셨을 게 뻔했다.

"구경 가고 싶은 게냐?"

나도 할아버지처럼 씨익 웃으며 고개를 끄덕였다.

"예, 없는 게 없다잖아요. 게다가 전 암시장이라는 건 한 번도 구경 못해봤거든요. 한번 보고 싶어요."

"오냐, 알았다. 그렇게 유명하다니 나도 한번 가보고 싶구나. 그래, 그 암시장이 언제 열리지?"

할아버지는 마이터에게―뿐만이 아니라 모두에게―처음부터 하대를 했다. 하지만 그게 너무나 자연스러운 데다 아빠의 후광을―

할아버지는 부인할 테지만—입고 있어서 모두들 당연하다는 듯이 여겼기에 아무도 뭐라 하지 않았다.

"보름에 한 번씩 열립니다. 보름을 하루 전후로 3일 동안 열리지요. 음… 그러니까 지난 보름이 열흘 전이었으니까 이제 보름이 5일 남았군요. 그렇다면… 사흘 후 밤에 암시장이 열리겠죠."

그렇게 마이터와 할아버지와 속닥속닥거리면서 걷다 보니 어느새 성에 거의 다 도착하고 있었다.

성을 둘러싸고 있는 내성의 거대한 문이 열리자 화려하고 웅장하지는 않지만 아담하고 '예쁘다' 라는 감탄이 나올 만한 아기자기한 성이 모습을 드러내었다.

벽은 하얀빛의 돌로 쌓아져 있었고 성의 지붕은 파란색이었다. 거기에 단순한 모양의 성은 척 보기에 실용적인 면을 가장 중요시하여 만들어진 듯 보였다.

하지만 예쁜 건 예쁜 거였다.

내성 안으로 들어서자 성안으로 들어갈 수 있는 입구가 보였는데, 두 개의 굵은 기둥이 입구 위를 덮고 있는 아치 형 모양의 지붕을 받치고 있고 지붕이나 기둥이나 모두 하얀빛의 돌로 이루어져 있었다.

"어머나~ 정말 너무너무 예뻐요. 그쵸? 이런 데서 사는 사람은 정말 좋겠어요."

내성 안으로 들어오면서 사람들이 밀집되는 바람에 어느새 내 곁으로 밀려왔는지 사르하가 바로 옆에 서서 황홀한 눈으로 성을 바라보고 있었다.

"그러게. 무지 예쁘다."

나도 사르하의 말에 맞장구를 치면서 여기저기 둘러보는데 아담의 목소리가 들렸다.

"이분이 브더셀스 자작님이십니다."

가벼운 차림을 한 훤칠한 키에 마른 몸매를 가진 남자가 걸어와서는 가볍게 고개를 숙여 보였다.

"이 영지를 관리하고 있는 쉴러 브더셀스입니다. 브로클리 영지에 오신 걸 환영합니다."

피에르 백작과 비슷한 연배로 보이는 남자였는데 얼굴이 너무나 홀쭉해서 볼이 쏙 들어가 광대뼈가 두드러져 보였다. 하지만 덕분에 턱 선이 강하게 드러나 왠지 강인해 보이는 듯했지만 얼굴 전체적으로는 약간 어두워 보이는 인상이었다.

"이야, 너, 쉴러 아니냐? 브더셀스 자작이란 이야기를 들어서 혹시나 했었는데 정말 너였구나. 이게 도대체 얼마 만이냐?"

정말 반갑다는 듯이 환한 웃음을 지으며 피에르 백작이 앞으로 나서서 그의 손을 움켜쥐었다. 브더셀스 자작도 무척이나 놀란 표정으로 입을 열었다.

"로바스? 네가 여긴 어쩐 일이냐? 네가 왕성 근위대에 들어간 건 알고 있었는데… 여기에서 만날 줄은 정말 몰랐다."

"핫핫핫, 정말 대단한 우연이지? 이번에 내가 지휘하는 은빛 기사단이 조사단에 합류하게 되었다. 오길 잘했구나. 오랜만에 널 이렇게 보게 되고 말이다. 수도에는 왜 안 오는 것이냐?"

"아아… 어쩌다 보니 그렇게 됐다. 그나저나 너, 아들을 낳았다는 소리는 들었다. 늦었지만 정말 축하한다."

빙그레 미소를 띠며 하는 말에 피에르 백작은 정말 기쁜 듯이 또 한 번 크게 웃어 젖혔다.

"푸하하하! 고맙다, 고마워. 핫핫핫, 언제 수도로 오면 우리 집에 한번 들러라. 내 아들내미 얼굴 한번 봐야지. 그 녀석이 우리 집사람을 쏙 빼닮았지 뭐냐? 아, 그건 그렇고 넌 어떠냐? 너도 이제 서둘러서 결혼해야지? 좋은 때 다 지나가기 전에 한번 알콩달콩한 재미는 봐야 하지 않겠냐?"

"후후후, 아직 하고 싶은 맘은 없다."

둘이 정말 오랜만에 만나는 듯 이야기가 끊임없이 계속 이어졌다.

덕분에 오도 가도 못하고 그들 주위에 멀뚱히 서 있던 우리는 가만히 있다가는 밤새도록 여기에 서 있을 것만 같은 위기감에 젖어들었다.

"둘이 사이가 좋은 건 알겠는데, 우린 언제까지 여기 서 있어야 하지?"

오옷, 역시 할아버지!!

결국 참다못한 할아버지가 약간의 노기를 담아서 투덜거리자 피에르 백작과 브더셀스 자작이 얼른 떨어졌다.

"핫핫핫, 정말 죄송합니다. 오랜만에 친구를 만나서 기쁘다 보니 본의 아니게 실례를 했군요. 이쪽은 어렸을 때부터 같이 자란 데다가 같은 기사 학교를 졸업한 친구입니다."

시원시원한 피에르 백작은 사교성도 뛰어난지 어느새 브더셀스 자작과 우리 일행 사이에 끼어들어 서로를 소개해 주고 있었다. 그리고 그 모습이 익숙한 듯 브더셀스 자작은 미미한 미소를 지으며 조용히 서서는 피에르 백작의 소개에 간간이 고개만 숙여 보였다.

그는 아마도 약간은 소심함을 가진 모양이었다.

어쨌든, 그렇게 서로의 소개를 끝난 뒤 우리는 성안으로 들어갈 수 있었다.

푸짐한 저녁 식사가 끝나고 나자 브더셀스 자작은 우리가 피곤할 거라며 자세한 이야기는 내일로 미루고 모두 일찍 쉴 수 있도록 배려해 주었다. 아닌 게 아니라 서두르지는 않았지만 그래도 먼 길을 왔던 일행들은 정말 피곤했었던 터라 자작의 배려에 진심으로 감사하며 자신의 방으로 돌아갔다.

성에 도착한 시간이 거의 저녁때가 다 되었기 때문에 제대로 씻을 수 없었던 나는 내 방으로 돌아오자마자 제일 먼저 뜨거운 물을 준비시켰다. 그동안은 노숙을 하거나 마을에서 묵었기 때문에 목욕을 한 번도 못했던 것이다.

노숙할 때는 노숙하느라 못했고 마을에서는 마을에 큰 민폐를 끼치기 싫어서 그냥 넘어갔었다. 그러니 정말 오랜만에 하게 된 뜨거운 목욕이 그렇게 반가울 수가 없었다.

"아~ 정말 좋~타. 역시 뜨거운 물에 몸을 담그는 게 최고라니까! 아, 이번 일 끝나면 류미르랑 세이몬 데리고 온천에나 한번 갈까나?"

이곳 성이 작은 편인데다가 갑자기 많은 손님이 들이닥친 상황이라 나는 따로 시녀를 배정받을 수가 없어 방 안에는 나 혼자뿐이었다. 솔직히 지금 이 상황에서 목욕 물을 준비시킨 것도 좀 무리한 건지도 몰랐다.

거기까지 생각이 미치자 약간 양심이 따끔따끔거린 나는 괜히 좋은 기분 망치고 싶지 않아 큰 소리로 중얼거렸다.

"뭐, 어때? 그냥 뜨거운 물만 준비해 준 거잖아. 어차피 딴 사람들도 목욕할지 모르고 말야."

이왕 이렇게 한 거… 란 생각에 오래 몸을 담그고 있다 보니 욕조에서 나올 때는 물이 다 식어 있었다.

"에구구… 여기에 마사지까지 받았으면 좋~겠지만… 그것까지 바란다는 건 너무한 거겠지? 쩝, 아빠 저택이 그립구나. 거기에선 매일 저녁 목욕에 마사지를 받았는데……."

몸을 부드러운 면 가운으로 감싸고 젖은 머리를 수건으로 물기를 닦아내며, 목욕으로 인해 달아오른 얼굴을 식히고자 내 방에 달린 베란다로 나갔다.

목욕을 하느라 방 안에 불을 완전히 다 꺼놓은 상태여서 누가 내 방을 들여다보았더라면 아마도 자는 줄 알았을 거다.

그래서였을까?

베란다 문을 조용히 열고 나갔는데 옆 베란다에서 누가 두런두런 이야기 나누는 소리가 들려왔다.

불을 켜놨었더라면 아마 조금 더 소리를 낮춰서 이야기했겠지만 지금은 조금만 귀를 기울여 들으면 다 들릴 정도로 목소리가 컸다.

하기사… 평소의 톤으로 이야기를 하는 거겠지만, 밤이라는 상황이 주변을 너무나 조용하게 만들어주었기 때문에 더 크게 들리는 건지도 몰랐다.

그 목소리의 주인공은 애쉬 녀석과 마이터, 그리고 죠슈아였다. 아마도 옆방이 그들이 묵고 있는 방이었나 보다.

나는 나도 모르게 그들이 나와 있는 테라스 쪽으로 좀 더 다가가서 그늘로 몸을 숨기고는 좀 더 자세히 그들을 살폈다. 조용히 그냥 방 안으로 돌아갔으면 되었을 테지만, 것보다는 그들이 뭔

이야기를 하는지 알고 싶은 마음이 더 컸던 탓이었다.
 셋 모두 손에 술잔을 들고 있는 걸 보니 한잔하다가 더워져서 밖으로 나온 모양이었다.
 그들은 이번에 조사하게 될 안개의 숲에 대해 이런저런 이야기를 하다가 어느덧 요즘 이 나라를 뒤흔드는 '그 존재'에 대해 화제가 옮겨갔다.
 그리고 그들의 이야기를 조용히 엿듣고 있던 나는 마이터가 '그 존재'의 일을 해결하기 위한 활동에 깊숙이 개입해 있다는 것을 그제야 알게 되었다.
 '하기사… 수석 마법사를 이런 일에 놀리고 있을 이유가 없겠지. 그런데 왜 난 지금까지 그걸 몰랐던 거지?'
 아빠가 말 안 해준 것도 있었겠지만, 지금까지의 상황에 간간이 마이터가 끼어 있던 걸 알면서도 그런 걸 눈치 채지 못한 내 어리석음에 한탄하고 있을 때 갑자기 내 귀가 번쩍 뜨이는 소리가 들려왔다.
 그들의 대화에 할아버지가 거론된 것이었다.
 "'시피르'란 성이 흔한 성인가요?"
 애쉬의 진지한 음성이 질문을 던지자 마이터가 그에 답을 했다.
 "글쎄요… 어차피 '시피르'란 성이 우리 나라에 있는 성이 아니니까 알 수는 없지요. 하지만 붉은 머리를 가진 '시피르' 성을 가진 마법사라… 우연이라고 하기엔 너무 일치하는 점이 많군요."
 그러자 죠슈아가 놀라움으로 인해 굳은 얼굴로 입을 열었다.
 "그러니까 지금, 슈타인 시피르님이 '그 살인마'의 아버지라는 겁니까?"
 애쉬는 그런 죠슈아를 힐끔 바라보더니 어깨를 으쓱이며 대꾸했다.

"아직 확실한 건 아닙니다. 단지 관계가 있지 않을까 하는 것뿐입니다. 둘 다 붉은 머리에 '시피르' 란 성을 가지고 있고 둘 다 마법까지 쓸 줄 아니까요."

"하, 하지만… 만약 정말 둘이 부녀 관계라면, 저희 아가씨는요(죠슈아는 마이터 제자이기도 했지만 아빠 가신이라서 날 아가씨라고 부른다)?"

죠슈아가 이제는 하얗게 질린 얼굴로 말하자 마이터가 별거 아니라는 투로 말했다.

"어쩌면 그녀의 딸일지도 모르지."

"헉!"

죠슈아와 내가 거의 동시에 헛바람을 들이켰다.

'이런! 할아버지의 가명을 딴 걸로 바꿨어야 했는데……'

내가 속으로 당황하며 때늦은 후회를 하고 있는데 침착한 마이터의 말이 계속 이어졌다.

"하지만… 플레이저 자작이 '그 살인마'의 딸이라고 하기엔 여러 가지로 맞지 않는 점이 있어. 슈타인님이 '그 살인마'의 아버지라는 것도 그렇고 말야."

"어떤 점이 안 맞는다는 겁니까?"

애쉬가 약간 딱딱한 어조로 물었다. 저 녀석은 은근히 '그 존재' 와 할아버지가 관계있다는 걸로 이야기가 흐르길 기대했나 보다.

그런 애쉬를 보고 마이터가 뭔가 비밀스런 이야기를 해주듯 은근한 어조로 입을 열었다.

"우선 '그 살인마' 와 플레이저 자작의 관계를 들어볼까요? 우린 '그 살인마'가 지금 현재 나이가 55세가 넘었다고 추측하고 있죠. 시피르 경이 왕성에서 모습을 감춘 건 30년 전이었고 그때 나이가 정확하지는 않지만 20대 중반, 혹은 초반이라고 알고 있으니까요. 그렇지 않습니까?"

그러자 죠슈아와 애쉬가 동시에 고개를 끄덕였다. 그건 둘 다 알고 있었던 모양이다.

마이터는 둘이 고개를 끄덕이자 만족스러운 어조로 계속 말을 이었다.

"그리고 공작 각하께서 수도에 모습을 드러내신 건 그 뒤로 10년이 지난 다음이었죠. 그때가 25세셨구요. 그러고 보면 '그 살인마'와 공작은 나이 차이가 10년 이상이 나는군요. 흠, 그러고 보니… 플레이저 자작은 지금 18세라고 알고 있습니다. 그러니 공작께서 수도에 등장하신 뒤 대충 2년 뒤에 태어나셨군요."

알아듣겠냐는 듯 마이터가 바라보자 죠슈아와 애쉬가 동시에 고개를 끄덕였다. 하지만 마이터가 계속 입을 열기 전에 재빨리 애쉬가 입을 열었다.

"'그 살인마'는 하프 엘프라고 알고 있습니다. 그러니 10년 차이 정도야 아무렇지 않을 것 아닙니까? 지금도 20대 중반 모습을 하고 있는데요."

마이터는 애쉬의 말에도 별 영향을 받지 않았는지 단지 어깨만 한번 으쓱해 보일 뿐 말을 계속 이어갔다.

"플레이저 자작이 태어나기 1년 전쯤 공작은 외교 사절로 켈튼 연합국으로 가셨었죠, 아마? 그리고 플레이저 자작도 자신이 켈튼 연합국 출신이라고 밝혔고 말입니다."

'허걱?! 그랬었어? 정말 우연의 일치였군. 다행이다……'

속으로 안도의 한숨을 내쉬고 있는데 마이터의 목소리가 계속 들려왔다.

"만약 '그 살인마'가 플레이저 자작의 친모라면, '그'는 19년 전에 켈튼 연합국으로 가서 바람을 피웠다는 이야기가 됩니다. 그렇지 않습니까? 연인을 너무나 사랑해서 그가 살해당하자 그 충격으로 정신을 잃어버린 여인이 2년 만에 바람을 피워 알베르트 산에서 켈튼 연합국까지 갔다고 하는 건… 말이 안 되지 않습니까?"

그러자 죠슈아는 재빨리, 애쉬 녀석은 마지못해 천천히 고개를 끄덕였다.

'쯧, 그렇다면 그런 줄 알 것이지… 저 애쉬 녀석은 뭐가 저리 의심이 많은 게야?'

그래도 마이터는 만족스러운 모양이었다. 그는 앞의 둘이 알았다는 듯 고개를 끄덕이자 자신도 만족스레 고개를 끄덕이며 계속 말을 이었다.

"자, 그럼 '그 살인마'와 플레이저 자작 사이는 해결된 거고, 이제는 시피르님과의 사이를 해결해 볼까요?"

그러자 이번에도 마이터가 뭐라 입을 열기 전에 애쉬가 먼저 입을 열었다.

"하프 엘프이므로 아버지 쪽이 인간이고 어머니 쪽이 엘프일 수도 있습니다만?"

"물론 그럴 수도 있죠. 하지만 레드포드 자작, 시피르님의 나이가 몇으로 보입니까?"

뜬금없는 마이터의 질문에 애쉬는 황당해하면서도 그의 질문에 성의껏 대답했다.

"글쎄요… 그분은 젊어 보여서 말이죠. 그냥 보기에는 40대 중반, 후반으로 보이는데… 많이 잡아보았자 50대?"

마이터는 애쉬의 대답에 만족스러운 듯 싱긋 웃음을 지었다.

"제가 보기에도 그분은 많이 잡아보았자 50대 중반이나 후반으로 보입니다. 18세의 손녀를 두기에 적당한 나이 아닙니까? 하지만 50대의 딸을 두기에는 턱없이 젊은 나이죠."

명쾌한 마이터의 추리에 죠슈아가 자신의 손바닥을 탁 치며 탄성을 발했다.

"아, 그렇군요."

묘하게 기뻐하는 모습이 아빠의 장인이 '그 살인마'와 연관있다는 게 맘에 걸렸었나 보다.

하지만 애쉬는 그 결론이 맘에 안 든 모양이었다.

"남작님의 말씀도 맞지만… 너무 일치하는 것이 많지 않습니까?"

'저 자식이… 너, 나중에 가만 안 둔다!!'

그러나 마이터는 내 심정과는 달리 선선히 고개를 끄덕였다.

"자작님의 말씀도 일리는 있죠. 하지만 그러려면 우선 나이 문제가 걸립니다. 단 하나지만 가장 확실한 걸림돌이죠. 그 문제를 해결하려고 한다면……."

마이터가 이상하게도 말끝을 흐리며 심각한 표정을 짓자 죠슈아와 애쉬의 표정도 덩달아 심각해졌다.

"해결하려면, 뭡니까?"

애쉬의 질문에 마이터는 잠시 고민하는 듯하더니 천천히 입을 열었다.

"그 점을 해결하려면… 시피르님이 인간이 아니라는 결론이 나옵니다. 그러면 모든 점이 다 맞아떨어지죠."

'힉~!!'

마이터의 말에 나는 간이 떨어지는 줄 알았다.

"하지만 그건 더욱더 안 맞을 겁니다. 인간이 아닌 다른 어떤 종족이라고 하기 어려울 것 같습니다만… 우선 인간이 아니면 그렇게 늙은 모습을 하고 있지는 않겠지요."

"하지만 늙은 모습으로 변신을 하고 있는 것일 수도 있지 않겠습니까?"

애쉬 녀석이 또 한 번 반박했다.

"글쎄요… 그렇게 생각한다면 그럴 수도 있겠지만, 그렇게 본다면 폴리모프를 한다는 건 마법을 사용할 줄 아는 종족이니까… 엘프가 있는데, 엘프는 자존심이 강한 종족이죠. 귀를 감추는 일은 있어도 늙은 모습으로 변신하면서까지 인간 세상에 모습을 드러내지는 않습니다. 그리고 마족이 있긴 한데… 마족이라면 신관이 못 알아챌 리 없죠."

'헷, 못 알아챈답니다. 세이몬은 마족인데 못 알아채잖아요.'

나는 마이터의 말에 싱긋 웃으며 속으로 부정했지만 애쉬는 긍정하는 표정이었다.

"에… 그리고 폴리모프하는 종족은… 아, 마법의 종족으로 일컬어지는 드래곤이 있군요."

왠지 그 말을 하는 마이터의 말에는 장난기가 서려 있었고, 그 말을 들은 애쉬는 가볍게 한숨을 내쉬었다.

"농담은 그만둬 주십시오. 제 생각이 지나쳤나 봅니다."

'헐, 헐, 헐… 농담이래……'

"자, 너무 늦었으니 이만 들어가서 잘까요? 내일도 바쁜 하루가 될 테니 푹 쉬는 게 좋겠지요."

마이터가 먼저 몸을 방 쪽으로 돌리자 애쉬와 죠슈아도 곧 그를 따라 방 안으로 들어섰다.

그들이 방 안으로 들어간 걸 확인한 나는 그늘에 쭈그리고 앉았던 몸을 펴다가 털퍼덕 주저앉았다.

'허거거걱~!!'

너무 오랜 시간 동안 쭈그리고 앉아서 발이 저렸던 것이다. 갑자기 몸을 일으킨 탓에 발이 엄청나게 찌릿찌릿해져 눈물까지 핑 돌았다.

'아구, 아구, 아구……'

비명을 지르고 싶었지만 혹시나 옆방에 있는 이들이 들을까 봐 이를 악물고 엉금엉금 기다시피 몸을 움직여 방 안으로 들어와 재빨리 찌릿찌릿거리는 다리를 주물러 댔다.

'아야야야~ 이거 엿듣는 것도 할 짓이 못 되는구만. 에구구~ 아파라~'

다음날, 나는 첫 동이 트기도 전에 힘겹게 일어났다.

아침잠이 많은 나로서는 무지 힘든 일이었지만, 미리미리 물과 바람의 정령인 운디네와 실프에게 부탁해 동트기 전에 무슨 수를 써서든 나를 깨우라고 말해 뒀기 때문이었다.

덕분에 나는 잘 때 입었던 면 가운과 침대 시트가 흠뻑 젖은 가운데에서 깨어나야만 했다.

운디네와 실프가 나를 깨우기 위해 무지 차가운 물을 온몸에 뿌려댔기 때문이다.

"쳇, 내가 이게 뭔 고생이냐……"

내가 이렇게 일찍 일어난 이유는 간단했다.

어젯밤에 들었던 마이터, 애쉬, 죠슈아의 대화를 할아버지에게 알리기 위해서였다.

그들이 '그 존재'와 할아버지와 나 사이에 아무 관계도 없을 거라고 결론을 내리긴 했지만, 애쉬 녀석의 말투나 얼굴 표정으로 보아 그 결론을 번복할 가능성이 농후했기에 할아버지에게 말해서 대비를 할 생각이었다.

원래는 어젯밤 그 즉시 가고 싶었지만, 그랬다가 아직 잠들지 않은 그들이 이상하게 여기면 안 될 것 같았기에 새벽을 택해 어렵사리 일어난 거였다.

"으이구, 그 애쉬 녀석은 예쁘게 보려구 해도 예쁘게 볼 수가 없단 말야……"

아직도 비몽사몽에 빠져 있던 난 세수로써 정신을 차린 다음 재빠르게 옷을 입고 조용히 방문을 열고 나갔다.

해가 뜨지 않아 어둑어둑한 복도는 전날 밤에는 환하게 어둠을 밝혀줬을 등불조차 모두 꺼져 있어 무지 음침한 데다 지나다니는 사람의 기척 또한 조금도 느껴지지 않았다.

그런 정적이 감도는 복도를 뚜벅뚜벅 걸을 수 있을 만큼 나는 강심장이 아니었기에 도둑처럼 발꿈치를 들고 살금살금 사사삭거리면서 할아버지의 방으로 향했다.

다행히도 할아버지의 방은 내 방에서 별로 떨어지지 않은 같은 층에 위치하고 있었다.

복도를 살금살금 걸어가던 여세를 그대로 몰아 소리 안 나게 조용히 문을 열어 방 안으로 들어가 역시 살금살금 할아버지의 침대로 다가갔다.

어차피 바닥에는 두터운 융단이 깔려 있어 그냥 걸어도 소리가 안 날 정도였으므로 할아버지의 침대로 가까이 갈 때까지는 내가 걷는 소리가 전혀 안 들렸었다.
그러나…
"허걱~!!"
침대를 들여다본 나는 화들짝 놀라 헛바람을 들이켰다.
무지 이른 시간이라 곤히 잠들어 있을 거라는 내 예상을 깨고 할아버지는 침대 속에 누워 얼굴만 내놓고 멀뚱멀뚱 눈을 뜬 채 나를 바라보고 있었던 것이다.
"후아아암~ 아린아, 이 시간에 웬일이냐?"
정신을 차리고 계시긴 했지만 무지 졸린지 할아버지는 크게 하품을 하고 기지개를 켰다.
"에구에구, 할아버지, 놀랐잖아요. 일어나 계셨으면 일어난 기척이라도 내시지……"
놀란 가슴을 쓸어 내리며 나는 근처에 있던 의자를 끌어와 침대 가까이에 놓고 거기에 털썩 주저앉았다.
"그러는 너야말로 이 시간에 뭐 하는 거냐? 도둑처럼 살금살금 다가오다니… 난 또 재수없는 쥐새끼인 줄 알았지."
내가 본격적으로 이야기를 하려는 태세를 갖추자 할아버지도 침대에서 일어나 앉아 등을 베개로 받치고 편안한 자세를 취했다.
"에… 살금살금 온 건 사방이 조용하니까 나 혼자 큰 소리 내지는 못하겠더라구요. 그래서 나도 모르게 그런 거죠 뭐. 아, 할아버지, 그건 그렇고 할 말이 있어요."
그렇게 입을 열기 시작해 어젯밤에 들었던 대화를 간략하게 할아버지에게 말하자 가만히 듣고 있던 할아버지가 턱을 쓰다듬으며 물었다.

"흐음… 그런데 '그 존재'가 나랑 같은 성을 썼나 보지?"

그제야 나는 '그 존재'에 대해 알아낸 걸 할아버지에게 알려주지 않았다는 걸 깨달았다.

그저 일을 처리하는 데 할아버지의 도움을 받을 생각만 하고 있었던 것이다. 그건 아빠도 마찬가지인 듯했지만. 뭐, 아빠야 할아버지의 눈치를 살피느라 바빴으니까 안 챙겨드린 건 내 책임이 컸다.

"어머나, 할아버지께는 말씀 안 드렸네요. 예전에 '세라 시피르'라는 이름으로 있었대요. 30년 전에 마검사라고 알려졌고 왕실 근위대 소속 기사로 있었다고 했어요."

"에잉, 그런 건 미리미리 말해 주지 그랬니. 쩝, 그들이 의심을 안 할 수가 없겠구나. 혹시 친척은 아닐지 의심은 안 하더냐?"

낭패한 기색으로 턱을 쓰다듬던 할아버지가 묻자 나도 덩달아 풀이 죽어서 대답했다.

"에… 그런 이야기는 없었는데요……"

"뭐, 앞으로 안 한다는 보장은 없겠구나."

나는 아예 기가 죽어서 할아버지 눈치를 살피며 물었다.

"어쩌죠, 할아버지?"

"글쎄다… 어쩌겠냐? 그냥 가만있어야지. 물어와도 잡아뗀다면 제까짓 것들이 의심을 한들 뭘 어쩌기야 하겠냐? 뭐, 나중에 정 안 되면 한바탕 뒤집어줄 수도 있고 말이다."

그러다가 기가 죽은 나를 힐끔 보더니 히죽 웃었다.

"뭐, 넌 걱정 말아라. 그까짓 녀석들을 내가 어쩌지 못하겠느냐?"

'그 말이 더 걱정스러워지는 건 왜일까나.'

하지만 내색할 수는 없어서 나는 순순히 고개를 끄덕이고 할아버지가 더 주무시게 방을 나왔다. 그러나 나는 완전히 잠이 깨버려서 방으로 돌아가는 대신 밖으로 나왔다.

방에 가봤자 할 일이 없었으므로 아침 전까지 산책으로 시간을 때울 생각이었다.

밖으로 나오니 막 해가 제 모습을 다 드러내 놓아 아침 안개를 걷고 있는 시간이어서 쌀쌀하고 상쾌한 공기가 기분을 청명하게 만들었다.

"음~ 아침잠만 없다면 이렇게 아침 산책을 하는 것도 좋은데 말야."

기분 좋게 기지개를 켜며 성을 반 바퀴 삥 돌아 뒤쪽으로 돌아가니 그곳에는 나 말고도 아침 일찍 일어난 사람이 있었다.

'어?'

그는 브더셀스 자작이었다.

아침 수련을 즐겨하는지 손에는 검을 들고 약간 넓은 공터에 서 있었다.

크게 한번 심호흡을 하더니 검끝을 들어 올린 상태로 가슴 앞으로 검을 들어 올려 진지한 눈으로 검끝을 한동안 바라보는가 싶더니 천천히 검을 들어 느린 동작으로 내리긋곤 부드럽게 회전시켜 다시 옆으로 그었다.

자세히 보니 그게 모두 다 기본 동작인데 거기에 원을 접목시켜 모두 다 이어진 한 동작처럼 움직이는 것이었다.

너무나 진지한 눈빛과 몸짓이어서 아침 수련이 아니라 마치 어떠한 의식을 치르는 듯 보여 함부로 접근하지 못하게 만드는 분위기를 풍겼다. 천천히 움직이는 검의 동작에서는 부드러움과 강함이 느껴졌는데 막 사라지는 아침 안개 속에서 진지한 모습으로 수련하는 그 모습이 너무나 아름답게 느껴졌다.

'와~! 수련하는 게 이렇게 멋져 보이는 건 또 처음 봤다.'

가까이 가보고도 싶었지만 그렇게 하면 그를 방해하는 것 같아 그냥 그 자리에서 조용히 서 있었다.

자작은 꽤 오랫동안 같은 동작을 수십 번이나 반복하더니 오늘 분량은 다 했는지 맨 처음 동작처럼 검을 가슴 위로 천천히 올렸다가 옆으로 내렸다.

천천히 움직였는데도 꽤 힘이 들었는지 동작을 다 마친 그의 얼굴에는 땀방울이 매달려 있었으며 호흡도 약간 가쁘게 쉬고 있었다.

그런데 그 상태로 그는 움직이지 않고 입을 열었다.

"거기, 누구지?"

누가 보고 있다는 것을 처음부터 알고 있었다는 듯한, 고요하지만 분노가 깃든 어조였다.

나는 찔끔해서는 앞으로 나서서 그에게 사과를 하려고 했다. 우연하게 본 것이라고는 하지만 몰래 훔쳐본 건 예의에 어긋난 일이었기 때문이다. 하지만 나보다도 먼저 호탕하게 웃음을 터뜨리며 나서는 사람이 있었다.

"핫핫핫, 미안하다. 일부러 엿보려던 건 아니라 아침 산책을 하다가 우연히 보게 됐어."

약간 미안한 기색을 내비치는 명랑한 어조로 말하며 내 반대편 쪽에서 모습을 드러내는 사람은 피에르 백작이었다.

"로바스, 너였냐?"

화를 내지는 않았지만, 그래도 상한 감정을 나타내려는 듯 브더셀스 자작이 살짝 인상을 찡그렸다.

"미안해. 그보다도 넌 여전하구나? 매일 아침마다 수련하는 건 둘째 치고 여전히 그 독특한 수련을 하는군."

"그렇지."

브더셀스 자작이 어깨를 한번 으쓱해 보이고는 근처 땅에 떨어진 검집을 주우려고 허리를 굽히는데 그 모습을 바라보고 있던 피에르 백작이 불쑥 제안을 했다.

"우리… 오랜만에 대련이나 한번 해볼까?"

갑작스런 그의 제안에 의아한 듯이 자작이 바라보자 피에르 백작은 괜히 자신의 허리에 찬 검을 만지작거렸다.

"아니, 대련해 본 지 꽤나 오래되었잖냐. 그동안 너도 강해진 것 같아서… 어때? 한번 해볼래?"

자작은 잠시 생각하는 표정을 짓더니 기껏 들었던 검집을 다시 땅 위에 내려놓았다.

"그래, 한번 해보자."

둘은 서로의 검을 빼어 들고 일정한 간격으로 떨어져서 진지한 눈으로 서로를 바라보았다. 서로 오랜만에 대결을 해서 그런지 둘 다 좀 긴장한 모습들이었다. 그러다 어느 순간, 둘은 서로를 향해 빠르게 짓쳐들었다.

캉!

카강!

경쾌한 금속이 부딪치는 소리가 들리면서 둘은 탐색을 하는 듯 몇 번 가볍게 맞부딪치더니 다시 두어 걸음 떨어져 상대방을 바라보았다.

"대단한데? 많이 늘었구나?"

피에르 백작이 싱긋 웃으며 말을 건네자 자작도 보일 듯 말 듯 한 미소를 지으며 대꾸했다.

"넌 여전히 강하군."

그리고는 둘은 약속이나 한 듯 서로 미소를 지우더니 다시 맞부딪쳤다. 이제 탐색전이 끝나고 본격적인 싸움에 들어서는 듯 둘은 아까보다는 더욱 날카롭고 빠른 속도로 검을 부딪쳐 나갔다.

자작의 검술이 최소한의 움직임으로 강한 힘을 내보이는 데 비해 백작의 검은 빠르고 날카로운 검술을 구사하고 있었다. 그래서 자작이 거의 제자리에서 움직이지 않는 반면 백작은 이곳저곳 마치 미꾸라지처럼 자유자재로 자작의 공격을 빠져나가며 공격을 가하고 있었다. 그러다가 어느 순간 백작의 검이 눈에 보이지 않을 정도로 빨라진다 싶더니 자작의 검은 공격보다는 방어 쪽으로 치우치게 되었고 백작의 검은 그 사이를 뚫으려고 동분서주하는 모습을 보였다.

백작은 처음 긴장했던 모습이 사라지고 여유를 가지고 검을 휘두르는 데 비해 자작이 굳은 얼굴로 낭패한 기색을 비치는 것을 보아 백작의 실력이 한 수 위임을 짐작할 수 있었다.

하지만 자작도 그냥은 지지 않겠다는 듯 철벽 같은 방어를 보여 백작은 쉽게 자작을 항복시킬 수 없었다.

몇 번이나 더 부딪쳐 봐도 자작을 무너뜨릴 수 없자 백작은 슬쩍 뒤로 물러났다. 아마도 자작을 한 번에 쓰러뜨릴 묘수를 생각하려는 듯했다. 그 틈을 타 자작은 숨을 고르고 자세를 가다듬을 수 있었다.

"하앗!!"

힘찬 기합 소리와 함께 둘이 다시 맞부딪쳐 갔다. 그런데 어느 순간 자작과 강하게 맞부딪친 백작이 옆으로 살짝 기울면서 몸을 휘청거렸다. 그러자 그 순간을 놓치지 않은 자작이 빠르게 그의 가슴으로 검을 찔러 들어갔다. 이대로 있으면 백작이 지게 될 것이었다. 하지만 안타깝게도 휘청거리는 듯하던 백작이 오른발을 축으로 왼발을 바깥쪽으로 빼는 동시에 몸을 반 바퀴 돌리더니, 자작의 옆으로 스쳐 지나갔던 검을 위로 크게 휘둘러 자신의 가슴을 노리고 들어오는 자작의 검을 피하는 동시에 그의 검신을 위에서 내려쳤다. 덕분에 목표를 잃은 자작의 검은 땅으로 향했고 자작의 검끝이 땅에 닿는 순간 백작의 검은 자작의 목을 겨누고 있었다.

자신의 목을 겨누고 있는 백작의 검을 흔들리는 시선으로 바라보고 있던 자작은 한숨을 쉬면서 뒤로 물러났다.

"졌군."

백작은 그런 그를 향해 시원한 미소를 보내며 자신의 검을 검집에 밀어 넣었다.

"아아… 하지만 나도 쉽게 이긴 건 아냐."

"그런가?"

다시 한 번 땅에 떨어진 검집을 주워 드는 자작의 등을 향해 백작이 다시 말을 던졌다.

"오랜만에 아침 운동을 했더니 땀이 많이 났군. 아침을 먹기 전에 다시 씻어야겠는걸?"

그러자 땅에서 주워 든 검집을 허리에 차며 자작이 말했다.

"너 먼저 들어가라. 난 한 바퀴 돌아보고 들어갈 테니."

"그럴까? 그럼 나 먼저 들어갈게. 수고해라."

"그래, 나중에 보자."

브뤼셀스 자작은 멀어져 가는 피에르 백작을 씁쓸한 눈길로 바라보며 그 자리를 떠날 줄 몰랐다. 그러다 어느새 백작의 뒷모습이 시야에서 사라지자 허무한 눈길로 하늘을 한번 쳐다보고는 허탈하게 중얼거렸다.

"역시… 아무리 노력해도 타고난 능력은 따라갈 수 없는 건가?"

그리고는 힘없이 발걸음을 돌렸다.

그 뒷모습이 너무나 축 처져 있어서 나는 그에 대한 동정심이 뭉클뭉클 솟아올랐다.

'저런… 저 사람도 꽤 실력이 좋은 것 같은데……'

아까 그가 수련하는 모습에 꽤 감동을 받아서 나는 그 둘이 대련을 할 때에 자작을 맘속으로 응원했었다. 그런데 응원하던 이가 져버려서 축 처진 모습으로 걸어가고 있는 걸 보니 다가가서 위로라도 해주고 싶었다. 하지만 그렇게 되면 내가 몰래 엿보고 있었다는 걸 알리는 것이므로 포기하고는 그가 멀어진 반대 편으로 몸을 돌렸다.

"엥… 정말 아쉽다. 대결도 꽤 괜찮았는데 졌다고 저렇게 기운이 빠지다니 말야. 아, 둘은 어렸을 때부터 친구라고 했지? 그럼 자작은 어렸을 때부터 백작을 라이벌 상대로 생각했겠구나. 학교도 같이 다녔다니 대련도 많이 해봤을 거고 말야. 그런데 한 번도 못 이겼나 봐. 자작은 척 보니까 꽤나 노력파인 것 같은데… 아쉽네. 이번에 일 끝나면 백작은 수도로 돌아갈 거니 언제 또 만나서 대련할지도 모를 테니 아까 자작이 이겼으면 좋았으련만. 아, 자작의 마음을 풀어줄 만한 일이 뭐 없을까나? 백작보다 나은 능력이 하나라도 있으면 될 텐데 말야……."

그렇게 혼자 중얼중얼거리면서 걸어가고 있는데 갑자기 뒤에서 누가 날 툭 쳤다.

"아린!"

"와~!"

깜짝 놀라서 뒤를 돌아보니 아무도 없었다. 그리고 곧 다시 나를 부르는 소리는 내 머리 위에서 들려오고 있었다.

"헤헤헤, 여기야, 여기!"

고개를 들어 위를 바라보니 세이몬이 공중에 떠서는 히죽히죽 웃고 있었다.

"세이몬? 너, 뭐 하는 거냐?"

세이몬은 의아한 표정으로 바라보는 나에게 다시 한 번 웃어주고는 가볍게 땅으로 착지했다.

"아린이 보이길래 그냥 뛰어 내려왔지."

위를 올려다보니 3층에 있는 창문 하나가 열려 있었고 그 사이로 류미르가 내다보고 있다가 나와 눈이 마주치자 손을 흔들어 보였다.

"어이, 아린, 오늘따라 일찍 일어났네?"

"아아… 그럴 일이 좀 있었어."

"뭐, 어쨌든 만났으니까 같이 아침이나 먹으러 가자. 류미르, 아린이랑 난 같이 갈 테니까 식당에서 만나~"

세이몬이 아직도 내다보는 류미르에게 손을 흔들어 보이며 나를 잡아끌었다.

"에? 벌써 아침 먹을 시간이 된 거야?"

밥 먹으려면 아직 한참 남은 줄 알고 있던 나는 벌써 해가 하늘로 둥실 떴다는 것을 깨닫고 놀랐다.
"하하하, 모르고 있었어? 어쨌든 밥 먹으러 가자, 밥!"

제27화
안개 숲

안개 숲

안개가 사라지면서 나타나는 공터에는 나무나 풀 등은 없었지만 대신 미라처럼 바짝 마른 시신들이 여기저기에서 모습을 드러내었다.

아침을 먹고 나자 자작은 우리 일행들에게 안개 숲에 대해 알고 있는 것을 설명해 줬다.

하지만 그래 봤자 안개 숲은 알려진 게 없었기 때문에 우리가 알고 있던 걸 다시 한 번 확인하는 것에 불과했다. 그리고 나서 숲으로 출발하기 위해 일행들이 모였다.

어차피 저번에 이상하게 변형된 몬스터들이 한번 출현하고 난 뒤 별다른 일은 없어 수도에다 보고만 하고 신경을 끊고 있었지만 국왕이 조사하라고 사람까지 내려보낸 이상 자작도 가만있을 수가 없었는지 자신을 위시한 5명의 기사가 합류하기로 했다.

하지만 은빛 기사단의 눈치로 보아 그들은 합류한 게 아니라 안내하기 위해 따라가는 걸로 여기는 듯했다. 뭐, 어찌 되었든 숲이 무척 크다 보니 며칠이 걸릴지 모르는 일이었기에 우리는 일주일 분의 식량을 가지고 출발했다.

안개의 숲은 외성에서 반나절 거리에 있었기 때문에 그날 오후가 되자마자 우리는 숲의 외곽에 닿을 수 있었다. 숲은 안개의 숲이라고 불리는 만큼 고요했고, 그 고요함의 원인인 듯한 안에 빽빽하게 자리 잡은 나무들 사이로 희미하게 흐르는 안개가 얼핏 보였다.

"흐음, 그냥 겉으로 얼핏 봐서는 평범한 숲 같습니다만……"

들어가기 전에 잠깐 외곽에서 숲 안을 기웃기웃 살펴보던 백작이 고개를 갸웃하면서 마이터를 돌아보았다.

"뭔가 느껴지는 것이 있으십니까?"

마이터는 백작의 말에 말에서 내려 조금 더 숲으로 다가가 겉으로 나와 있는 나무를 만져 보기도 하고 요리조리 살펴보기도 하다가 다시 쪼그리고 앉아 땅을 유심히 들여다보더니, 일어나서 숲 안으로 한 발짝 들어가 보기도 하고 팔을 뻗어보기도 하더니 심각한 얼굴로 돌아왔다.

"거참……"

"왜 그러십니까?"

마이터가 심각한 얼굴을 하고 오자 덩달아 얼굴이 굳어진 백작이 물었지만 마이터는 그에게 대꾸는 안 하고 할아버지를 바라보았다.

"숲 전체에 마나가 인위적으로 가두어진 것으로 보아 결계가 쳐져 있는 듯합니다만, 무슨 결계일까요?"

그러자 할아버지도 말에서 내려 마이터와 함께 숲 가까이로 다가갔다. 그 두 노인네는 숲 앞에서 나무들을 살펴보며 열심히 속닥속닥거리다가 급기야는 파이어 볼을 만들어 숲 안으로 던져 넣어보기도 하더니 곧 둘 다 심각한 얼굴이 되어 돌아왔다.

그런 둘의 모습을 보던 브더셀스 자작은 역시나 하는 표정으로 중얼거렸다.
"저분들도 알아내시지 못하는군요. 하긴, 예전에 이곳으로 조사하러 왔던 마법사들도 결계가 있다는 건 알았지만 무슨 결계인지는 알아내지 못했죠. 아마도 직접 들어가 보면 알겠지만, 들어가기만 하면 나오지를 못하니……"
하지만 자작의 예상을 깨고 일행에게로 돌아온 마이터는 결계의 정체를 밝혔다.
"정신 계열 결계군요. 가장 골치 아픈 결계지요. 차라리 물리적인 결계였다면 정면으로 맞부딪쳐 깨부수고 들어가는 게 장땡인데… 저런 계열은 결계의 중점을 깨부수지 않는 한 결계가 계속 형성되기 때문에 결계를 벗어날 때까지 자기가 각자 알아서 스스로의 정신력으로 이겨내야 하는 거니 원……"
끝으로 가서는 거의 혼자 중얼거리며 생각에 잠기는 마이터에게 백작이 심각한 어조로 물었다.
"무슨 방법이 없겠습니까?"
"별 뾰족한 수가 있는 건 아닙니다. 저건 중심점을 깨지 않는 한 풀리지 않는 결계인데 그 중심점이 뭔지 모르니 지금으로써는 결계를 깨는 건 거의 불가능합니다. 뭐, 숲을 통째로 날려 버린다면 혹 모르겠지만."
"그럼 어떻게 해야 합니까?"
"그냥 들어가는 수밖엔 도리가 없죠. 정신력이 강한 자는 살아남을 것이고 그렇지 않은 자는 죽게 되겠죠. 그러나 무사히 결계를 통과한다고 해도 정신적으로 많이 지칠 텐데, 결계 너머에 뭐가 있는지 모르는 이상 그냥 들어간다는 건 좀……"

"그러니 들어간 자들이 아무도 살아 나오지 못한 거겠지. 게다가 저 안에는 몬스터들이 있다는 것이 확실한 거 아닌가?"

중간에 끼어든 할아버지의 말에 마이터가 고개를 무겁게 끄덕였다.

"그렇습니다. 전에 몬스터들이 나왔다는 걸로 봐서는 저 안에 몬스터가 있다는 이야기인데……."

백작은 굳은 얼굴로 뒤에 서 있는 자신의 기사단을 바라보았다. 모두들 무표정한 얼굴로 조용히 서 있기는 했지만 상당히 긴장하고 있다는 걸 눈치 챈 백작은 착잡한 표정이 되었다.

"어쨌든 우린 들어가야 하니 할 수 있는 건 다 해서 들어갈 수밖에 없죠. 신관님, 기사들에게 축복을 내려주시겠습니까?"

그러자 일행 틈에 있던 사르하가 걸어나왔다.

"제가 당연히 해야 할 일인걸요."

신의 가호가 이들에게 얼마나 많은 도움을 줄 수 있을지는 미지수였지만 안 하고 그냥 들어가는 것보다는 나았다. 어쨌든 이걸로 조금이나마 마음을 잡아줄 수 있을 테니까.

사르하의 축복이 끝나고 나자 마이터가 다시 한 번 다짐을 주었다.

"이 안에 있는 결계는 정신적인 결계입니다. 정신적인 결계 중 가장 흔한 것은 일행이 몬스터로 보이게 하여 서로 싸우게 한다거나 자신이 가장 무서워하는 것이 덮친다거나 하는 등등의 정신적으로 약한 면을 공격하는 겁니다. 그러니 정신을 바짝 차리시기 바랍니다. 물리적인 타격은 없을 겁니다. 자신이 상처를 입어 고통을 느껴도 그건 실제로 일어나는 일이 아니라는 걸 명심하시기 바랍니다."

기사들이 비장한 얼굴로 고개를 끄덕이며 다짐을 했다.

"자, 그럼 출발합시다."

사르하와 리틀 조로(위험하니까 남기로 했다), 그리고 자작의 부관인 아담 등등의 배웅을 받으며 우리는 조심스레 앞으로 전진했다. 중심에는 마법사들이 섰고 기사들이 마법사를 몇 겹의 반원으로 포위하는 형식으로 천천히 들어갔다. 물론 면적이 넓어져 전진하는 데 힘이 들긴 하겠지만 서로 위험할 때 즉시 도움을 받을 수 있는 최적의 형태였기에 그 모습을 유지하기로 한 것이다.

말들은 아무리 어르고 달래고 채찍을 휘둘러도 안개 숲 외곽에서 안으로 한 발자국도 움직이지 않고 버텨서 하는 수 없이 모두 각자의 짐을 짊어지고 걸어서 가야만 했다.

"아린아, 나에게서 떨어지지 말거라."

할아버지는 아무래도 걱정되는 듯 내 손을 잡고 당부하며 발걸음을 옮겼다.

'이렇게 잡고 있으면 떨어지고 싶어도 못 떨어지겠는데 뭐.'

라는 생각이 들었지만 예의상 그냥 고개를 끄덕여 주고는 옆에서 가는 류미르, 세이몬, 알렌, 흄을 바라보며 경고했다.

"할아버지 옆에서 많이 떨어지지 말도록 해."

숲 안으로 조금씩 조금씩 전진해 들어가자 숲 안에서만 맴돌던 안개가 천천히 흘러나오기 시작하더니 마치 침입자를 살펴보려는 듯 일행들의 발목부터 서서히 감싸 올라오기 시작했다.

"결계가 시작된 겁니다. 조심하십시오!"

마이터가 큰 소리로 외치며 라이트를 시전하자 마법사들이 모두 그를 따라 라이트를 시전하였다. 중심에 여러 개의 빛의 구가 생겼으니 자칫 일행과 떨어졌더라도 그 구체를 보며 방향을 잡도록 배려한 것이다. 그러나 그 여러 개의 빛의 구들도 안개가 완전히 일행들을 감싸자 더 이상 보이지 않았다. 바로 옆의 사람들도 흐릿하게 보일 정도의 지독한 안개였다.

백작의 목소리가 저 멀리서 들려왔다.

"옆 사람과 떨어지지 마라. 할 수 있다면 끈으로 서로 연결하도록 하라."

그리고 그 다음에 또 뭐라고 뭐라고 하는 소리가 들렸지만 백작과 거리가 벌어지는지 점점 희미해지면서 나중에는 들리지 않았다.

내가 볼 수 있는 건 오직 나를 잡고 있는 할아버지의 팔뿐, 옆에서 같이 가고 있던 류미르와 세이몬, 그리고 알렌이나 흄의 모습 또한 어느새 사라지고 없었다.

"어라? 어디 갔지? 내 옆에서 떨어지지 말라고 했는데……"

할아버지가 나를 잡고 있다는 생각에 완전히 마음을 놓고 있던 나는 사라진 류미르 등이 걱정되어 발걸음을 멈추고 주위를 둘러보며 그들을 찾으려고 했다.

"류미르으으으으~! 세이모오오오온~! 어디 있는 거야아아아~? 나 여기 있으니 일루 와아아아아아~!!"

있는 힘껏 크게 소리친 뒤 잠시 귀를 기울이며 기다렸으나 내 목소리만 메아리가 되어 되돌아올 뿐 기다리던 류미르와 세이몬의 목소리는 들려오지 않았다.

"휴우우우움~! 알레에에에에엔~! 어디야아아아~!"

류미르와 세이몬을 기다리던 때보다 조금 더 기다려 보았지만 그 어디에서도 내 부름에 대한 반응은 보이지 않았다.

"아~ 정말… 완전 떨어져 버렸나 보네. 그러길래 내가 들어오기 전에 곁에서 떨어지지 말라고 충고를 해줬건만… 내 말을 안 듣고 어딜 쳐다보다가 떨어진 거야? 어쩌죠, 할아버… 어라라?"

나는 당연히 나를 잡고 나와 같이 서 있으리라 믿어 의심치 않았던 할아버지가 서 있을 곳으로 고개를 돌렸건만, 할아버지는 어디론가 사라져 버리고 대신 그 자리는 유유히 흐르는 안개가 채우고 있었다. 그리고 할아버지에게 꼬옥 잡혀 있을 줄 알았던 내 팔은 허공에 그냥 들려 있었다.

"이게 어떻게 된 거야? 할아버지이이이~!! 어디 계세요오오오오~?"

애들 찾으려다 졸지에 나까지 미아가 되어버린 꼴이라고나 할까?

나는 황당함을 금치 못하며 할아버지까지 불러보았지만 할아버지의 반응은 어디에서도 들려오지 않았다.

"이거 참… 환장하겠네. 내가 언제 이런 결계를 겪어본 적이 있어야 말이지……."

무서운 건 아니었지만 어찌할 바를 몰랐기에 우왕좌왕하던 나는 마음을 가라앉히고 우선 결계를 빠져나가기로 했다. 하지만 너무나 짙은 안개 속에서 방향을 완전히 잃어버렸기에 실프를 불러 방향을 안내받으려고 했다.

"실프!"

평소처럼 부르면 즉각 튀어나와 살포시 미소를 짓는 실프를 기대했지만 한참을 기다려도 실프는 나올 기미를 보이지 않았다.

"엥? 왜 얘까지 안 나오는 거야? 야, 실프! 나오라니까!!"

한번 더, 좀 더 강하게 소리를 쳤지만 실프는 요지부동 나올 기

안개 숲 **173**

미를 보이지 않았다.

"거참, 정신적 결계라고 하던데 정령까지 영향을 받는 건가? 어디, 카사, 노움, 운디네! 다 나와봐!"

그러나 그들도 실프와 마찬가지로 나타나지 않았다.

"에구구~ 안 나타나네. 어쩌지?"

평소에 말을 잘 듣던 정령들이 나타나지 않자 나는 꽤 당황했지만 이곳이 결계 안이라는 걸 알고 있었으므로 가까스로 마음을 가라앉힐 수 있었다.

"하는 수 없지. 그럼 위로 날아가 볼까? 그럼 결계를 뚫고 나갈 수 있을지도 모르잖아."

혹시나 하는 생각에 플라이 주문을 외워 하늘로 날아올랐다. 하지만 하늘만 보고 한참을 날아오른 것 같은데 내 머리 위에 있는 안개는 없어질 생각을 하지 않았다. 가도가도, 계속 날아오르고 올라도 끝없이 안개만 나왔다.

"어떻게 된 거야? 꽤 많이 날아오른 것 같은데… 결계가 아무리 높다고 해도 이 정도로 높을 수가 있나?"

끝이 보이지 않는 안개만 보이자 나는 조금씩 초조해졌지만 조금만 더 가보기로 하고 더욱더 빠르게 날아올랐다. 하지만 결국 날아오르고 올라도 보이는 건 안개뿐이었고 결국 점점 초조해지던 나는 마음의 안정을 잃은 덕인지 지쳐 버리고 말았다.

"헥헥, 드래곤이 플라이 마법 쓰다 지쳤다고 하면 누가 믿으려나……."

결국 너무 지쳐 도저히 날 수 없을 지경까지 오자 위로 날아올라 결계를 뚫는 건 포기하고 나는 밑으로 내려갔다. 그러자 정말, 정말, 정말, 황당하게도 1분도 채 되지 않아 내 발은 땅에 닿을 수가 있었다.

"이, 이게… 도대체 어떻게 된 거야아아아?!"

절망감에 나는 비명을 지를 수밖에 없었다.

'거의 30분이 넘는 시간 동안 날아올라 갔다고 생각했는데 실제로는 땅 위에서 조금 떠서 논 거였다니…….'

결계 안으로 들어온 뒤 처음으로 내 얼굴은 창백해졌고 손바닥이 식은땀으로 인해 축축이 젖어 들어갔다.

숲으로 들어오기 전에 마이터가 누누이 정신 계열의 결계가 무섭다고 강조했지만 꼴에 드래곤이라 인간이 만든 결계라고 생각한 탓에 한 번도 경험해 보지 못한 주제에 우습게 여기고 있었던 게 화근이었다. 게다가 옆에는 할아버지가 계셨으니 뭔 일이 있어도 할아버지가 다 해결해 주실 거란 믿음이 있었기에 대수롭지 않게 생각했었다. 그런데 지금은 그 든든한 할아버지도 안 보이고 처음 겪어보는 이런 기이한 현상에 몇 번이나 당황한 나는 안정감을 완전히 잃어버리고 말았다.

"어쩌지? 어떻게 해야 하는 거야? 아무 마법이나 써볼까? 아, 안 돼. 그러다 근처에 있던 일행이 맞기라도 하면 큰일이잖아. 어쩌지? 할아버지가 오실 때까지 기다릴까? 그러는 게 낫겠지? 아, 호, 혹시… 할아버지는 내가 없어진 것도 모르고 계시는 건 아닐까? 아까 나도 할아버지가 없어진 걸 몰랐잖아. 에구구~ 정말 그렇다면 어떻게 해?"

안 좋은 생각은 꼬리에 꼬리를 물고 이어졌고, 그에 따라 불안감까지 점점 가중되어 갔다. 결국 나는 미칠 것만 같아 머리를 감싸 안고 주저앉았다.

"나 어떻게 해……."

이럴 때 기대어앉을 수 있는 나무라도 한 그루 있었으면 얼마나 좋을까? 하지만 이곳은 숲이라는 말이 무색할 정도로 나무는커녕 그 흔한 풀이나 돌멩이조차도 안개에 가려 하나도 보이지 않았다. 오죽하면 서 있을 때 나에게 달린 종아리 밑의 발조차 보이지 않겠는가.

망망한 바다에 홀로 난파되어 떠도는 심정이 이럴지······.

멍하니 바닥에 주저앉아서 밑에서 올라오는 차가운 감촉을 느끼며 앉아 있는 사이 점차 초조함이 사라지고 마음이 차분하게 가라앉았다. 하지만 그렇다고 힘이 솟던가 어떻게든 해야겠다는 의지가 솟는 것이 아니라 허탈한 감정과 모든 것을 포기하자는 생각이 내 마음을 가득 채웠다.

이래저래 내가 할 수 있는 것은 아무것도 없으니 그냥 이대로 있자, 어떻게든 되겠지, 어쨌든 될 대로 되라는 심정으로 멍하니 허공만을 응시하고 그렇게 앉아 있는데 내 앞쪽에서 갑자기 인기척과 함께 안개 사이로 안개가 아닌 거뭇거뭇한 그림자가 어렸다.

'사람?'

혹시나 나처럼 헤매고 다니는 일행 중 한 사람, 아니면 나를 찾으러 온 이들일 수 있었기에 나는 튕겨나듯 일어나 그 그림자를 놓치지 않으려 있는 힘껏 그쪽으로 뛰어갔다. 그러면서 자칫 잘못하다 그 그림자가 나를 보지 않고 그냥 가버릴까 두려워 목청껏 소리쳤다.

"할아버지이이이~! 할아버지세오오오~? 저 여기 있어요오오오오~!!"

내 목소리를 들은 것일까? 그 그림자가 멈칫하는 게 보였다. 그 모습에 힘을 얻은 나는 더욱더 크게 소리쳤다.

"거기 누구예요오오오~? 여기 사람 있어요오오오~!!"
물론 난 사람이 아니었지만 그런 걸 따질 겨를은 없었다.
그 그림자는 내가 자신에게 다가오길 기다려 주는 듯 조금도 움직이지 않았다. 하지만 웬일인지 내가 그쪽으로 열심히 뛰어가도 그 그림자와 나는 거리가 조금도 좁혀지지 않았다. 가도가도 그 흐릿한 그림자만 계속 보일 뿐이었다.
까딱 잘못하다간 그 그림자마저 잃어버릴 것 같아 겁이 더럭 난 내가 발걸음을 조금 더 빨리 해보았지만 여전히 그림자와 나 사이에는 거리가 좁혀지지 않았다.
오랫동안 필사적으로 달렸지만 결국 그림자와의 거리를 좁히지 못한 채 나는 다시 지쳐 버려 제자리에 멈춰 섰다. 지금 멈춰 서면 저 그림자를 놓쳐 버릴지도 모른다는 생각이 강하게 들었지만 너무 거세게 뛰는 심장이 아프고 숨이 턱까지 차 오르는 데다 팔다리가 후들거려 한 걸음도 앞으로 나설 수가 없었던 것이었다.
"헉, 헉, 헉… 젠장할… 헉, 헉, 헉……."
부들거리는 두 손을 두 무릎에 댄 채 허리를 숙여 헥헥거리던 내가 조금의 기력을 되찾고 허리를 폈을 때는 저 멀리 앞에서 아른거리던 그림자가 사라진 후였다.
"헉, 헉, 헉… 이런… 헉, 헉……."
내 체력이 이렇게 원망스러웠던 적이 없었다.
뺨을 타고 턱으로 흘러내린 땀을 거칠게 닦는데 너무 서러워서 눈물이 나왔다.
"헉, 헉, 헉… 흑, 훌쩍, 헉… 훌쩍, 흑……."
숨을 거칠게 몰아쉬며 훌쩍거리는 꼴이란…….
자신의 모습에 스스로 한탄하면서도 훌쩍임을 멈추지 못하는

안개 숲 177

묘한 딜레마에 빠져 있는데 내 서러움을 하늘이 알아준 것인지 아까 사라졌던 그림자가 다시 나타났다. 하지만 너무 지친 나는 그 그림자만 멀거니 바라볼 뿐 다가갈 엄두조차 내지 못하고 있는데, 생각지도 않게 그 그림자가 내 쪽으로 다가왔다. 열받는 건 내가 아무리 뛰어도 그림자와의 거리를 좁히지 못한 것에 비해 그 그림자는 쉽게 나에게 점점 가까이 다가오는 것이었다.

그리고 점점 다가오는 그림자는 둘로 나뉘었다.

"헉, 훌쩍… 한, 헉… 사람이… 훌쩍, 아니었네……. 헉, 훌쩍……."

다가오는 그 두 사람이 제발 내가 잘 아는 사람들이기를 빌면서 얼굴을 차지하고 있는 땀과 눈물을 재빨리 닦아냈다. 모르는 사람들이었다 하더라도 울고 있던 꼴은 보이고 싶지 않아서였다.

그들이 점점 다가올수록 침착함을 찾아가던 내 심장이 기쁨과 기대감으로 다시 거세게 뛰기 시작했다.

두근, 두근, 두근, 두근…….

그에 따라 그림자가 점점 뚜렷한 사람의 실루엣을 나타내었고 곧 나는 그들이 한 사람은 펑퍼짐한 로브를 입었고 다른 한 사람은 바지에 망토를 둘렀다는 걸 알아챘다.

'누구지? 스와카와 반담인가?'

점점 더 빠르게 뛰는 심장은 그들의 모습이 얼핏 보일 때 절정에 달했다. 그러나 그들이 모습을 드러낸 순간 그렇게 거세게 뛰던 심장이 한순간에 딱 정지해 버렸다.

"헉!!"

놀람으로 인해 눈이 부릅떠지고 입이 떡 벌어진 채 나는 그 자리에서 굳어버렸다.

내 앞에 모습을 드러낸 두 사람은 내가 너무나 잘 아는 이들이었다. 아니, 정확히 말하면 잘 아는 사람들이 아니라 잘 아는 드래곤들이었다.

내 앞에서 몇 걸음 떨어진 채 나에게 인자한 미소를 짓고 있는 둘은 바로 엄마와 할머니였던 것이다.

간편한 차림에 초록색의 멋진 망토를 두르고 당당하게 서 있는 엄마와 하얀 로브를 입고 청초하고 우아하게 서 있는 할머니.

"어, 어, 어……."

너무나 당황하고 놀라 혀가 굳어 제대로 말도 나오지 않았다. 그러자 엄마가 픽 웃으며 다가와서는 내 어깨를 탁 쳤다.

"뭐 하는 거냐, 아린아? 엄마 첨 보냐?"

내가 기억하는 호탕하고 당당한 엄마의 어조 그대로였다. 그리고 그 뒤로 들려오는 인자한 할머니의 목소리…

"너무 그러지 말거라. 갑자기 만났으니 놀랄 만도 하지."

할머니는 빙그레 웃으며 엄마를 밀치고 나에게 다가와 다정하게 나를 끌어안았다.

"보고 싶었단다, 아린아."

따뜻하고 포근한 품 안…

바보같이 너무나 놀라서 어벙벙한 상태에서 정신도 차리지 못하고 그대로 할머니 품에 안기자 마음속에 안도감이 가득 차 올라오면서 여기가 어디라는 것과 함께 아까까지만 해도 나를 꽉 붙들고 놓아주지 않던 불안감이 싹 사라져 버렸다. 나는 나도 모르게 스르르 눈을 감으며 할머니의 품 안으로 더욱더 파고들었다.

"저도요, 할머니… 너무너무 보고 싶었어요."

그러자 엄마의 심통맞은 목소리가 뒤에서 들려왔다.

"어머니, 그 앤 제 딸이라고요. 그렇게 하니 마치 어머니가 아린 엄마 같잖아요."

"그게 무슨 상관이니? 네가 없는 동안 이 애를 나와 칸 시스파 슈타인이 돌봤다는 걸 모르니?"

"그래도 그렇죠."

엄마의 투덜거림을 무시한 할머니는 나를 살짝 떼어내고는 내 눈을 찬찬히 바라보며 미소를 지었다.

"그동안 힘들었지?"

따뜻한 할머니의 말에 나도 할머니에게 미소를 되돌리며 대답했다.

"괜찮아요, 할머니."

"그래그래, 장하기도 하지. 하지만 이젠 그럴 필요 없단다. 이젠 다 괜찮을 거야."

다시 한 번 나를 꼬옥 안으면서 부드럽게 머리를 쓰다듬는 따스한 손길에 왠지 스르르 잠이 오는 것 같았다. 그리고 귓가에는 자장가처럼 너무나 감미로운 할머니의 목소리가 부드럽게 들려왔다.

"자, 이제 한잠 자거라. 많이 피곤했지?"

"우웅… 하지만 할머니… 아직 제 일을 끝내지 못했는걸요?"

물결처럼 쏟아지는 졸음 속에서 허우적대면서도 할머니의 말에 웅얼대며 약하게 반항하자 뒤에서 엄마가 웃는 소리가 들렸다.

"후훗, 걱정 마라. 그건 할머니와 내가 다 해결했다."

다 해결했다는 소리에 무거운 눈꺼풀을 힘겹게 들며 뒤에 서 있는 엄마를 쳐다보니 엄마가 싱긋 웃어 보였다. 그러고 보니 어느새 우리가 있던 주위의 풍경이 바뀌어 있었다.

"어어라아아~? 여어기이가아아~ 어어디이야아아~?"

졸음에 잠겨서 그런지 말소리가 괜히 길게 늘어졌다. 그러자 엄마가 쿡쿡 웃었다.

"여길 몰라? 여긴 할머니네 집이잖아?"

엄마 말을 듣고 보니 사방이 붉은 바위인데다 꽤 훈훈한 걸 보아 영락없는 할머니네 집이었다.

"어어어언제에에 여어어어기이이로오오 와아아앗지이이이~? 아아지이이익 내애애 이이임무우우르으으을……"

길게 늘어지는 내 목소리가 듣기 싫었는지 엄마가 내 말을 중간에 끊으며 입을 열었다.

"말하는 게 그게 뭐냐? 졸리면 그냥 잘 것이지. 네 임무는 내가 해결했으니 잔소리 말고 그냥 자!"

'내 임무가 해결됐다고? 그렇구나. 엄마가 내 임무르으으으을, 뭐, 뭐라고?!'

정신이 번뜩 들었다.

고개를 들고 할머니 품에서 빠져나와 엄마를 바라보며 다시 재차 확인했다.

"엄마가 내 임무를 해결했다고요?"

엄마는 귀찮게 왜 자꾸 묻냐는 듯한 눈초리로 나를 바라보며 대꾸해 줬다.

"그래."

'엄마가 해결했대… 내 임무가 뭔데……?'

황당하다는 듯이 엄마를 한참 동안이나 물끄러미 바라보던 나는 그제야 여기가 어디인지 깨달았다.

'그래, 그랬구나… 그랬었었지… 그랬었었어……'

옆을 바라보니 할머니가 의아한 표정으로 나를 보고 있었다.
"아린아, 왜 그러니? 피곤하지 않니?"
그리고 뒤에서 엄마가 틱틱거렸다.
"빨리 자라니까!"
하지만 두 분의 말대로 할머니의 품에서 다시 잠을 청하는 대신 나는 뒤로 한 걸음 물러났다. 그리고는 엄마와 할머니를 계속 번갈아 보았다. 여걸처럼 당당하게 서 있는 모습과 조용히 서 있어도 기품과 우아함이 가득 묻어 나오는 모습이 영락없는 엄마와 할머니였다.
"아린아?"
"왜 그래?"
의아하다는 듯이 나를 바라보는 두 분의 모습을 나는 하염없이 바라보기만 했다.
그리고 원하지는 않았지만 갑자기 눈에서 눈물이 넘쳐 나와 뺨을 타고 흘러내렸으며 그와는 반대로 입은 저절로 양 옆으로 벌어져 웃음이 나왔다.
"후후후……"
기쁘기도 하고 슬프기도 했다.
다시는 못 볼 줄 알았던 두 분을 이렇게라도 다시 볼 수 있어서 기뻤고, 그래도 저게 실체가 아닌 허상이라는 걸 알고 있어서 슬펐다. 할머니가 의아한 표정을 지우고는 다시 인자하게 미소를 띠며 물었다.
"아린아, 왜 그러니? 모든 건 다 해결되었으니 이제 쉬려무나."
할머니의 말에 나도 피식 웃으며 볼을 타고 흘러내리는 눈물을 닦았다. 그리고 할머니와 엄마를 번갈아 바라보며 불러보았다.

"할머니, 엄마!"

두 분은 의아한 눈으로 나를 바라보았고 그런 둘을 향해 나는 더욱더 큰 웃음을 보이면서 한마디 더 했다.

"사랑해요."

그러고 보니 나는 엄마와 할머니가 살아 있을 때 그 말을 한 번도 해보지 못했다. 말하려고만 하면 왠지 쑥스럽기도 하고 낯간지러워서 입도 벙긋 못해본 것이 두 분이 이 세상에서 사라지고 나자 얼마나 후회되던지… 그러면서 아직 할아버지와 아빠에게도 말 못하고 있었다.

'나중에 가면 꼭 그 말을 해드려야지.'

"웬 자다가 봉창 두드리는 소리야?"

"그래, 아린아. 우리도 널 사랑한단다. 그런데 갑자기 무슨 소리니?"

어안이 벙벙한 표정으로 나를 바라보며 대답을 원하는 눈들에 그냥 싱긋 웃어주기만 하자 서로 마주 보는 둘에게 나는 다시 한 번 싱긋 웃어주며 천천히 뒷걸음질쳤다.

내가 가는 방향에는 할머니 레어의 입구가 있었던 것이다.

"아린아, 어디 가니?"

"여기서 자라니까!"

의아한 표정으로 나를 만류하는 둘을 향해 나는 천천히 고개를 저어 보이며 웃었다.

"괜찮아요. 난 괜찮으니 걱정하지 않으셔도 돼요."

마지막으로 다시 한 번 더 두 분의 모습을 바라보아 각막에 단단히 인식시킨 뒤 크게 한번 심호흡을 하고 단호히 몸을 돌려 입구를 향해 걸어갔다.

차가워진 이성이 여기에 있으면 안 된다고 계속 경종을 울려댔지만, 이곳에 있고 싶은 감정도 굴뚝같았기에 이곳을 벗어나기 위해서는 단단한 마음의 결심이 필요했던 탓이었다. 다시 한 번 뒤를 돌아보면 그대로 할머니와 엄마가 있는 곳으로 걸어갈 것 같아서 고개도 돌리지 않고 계속 앞으로만 걸어갔다.

다행히도 뒤에서는 나를 부른다거나, 아니면 나를 잡으러 오는 일은 없어 내가 레어를 나서는 데 별다른 어려움은 없었다.

할머니 레어의 입구를 나오자마자 레어는 마치 신기루였던 것처럼 씻은 듯이 사라져 버리고 그곳에는 내가 계속 지겨울 정도로 봐왔던 뿌연 안개만이 존재했다.

"역시……"

허탈하기는 했지만 그래도 정신이 번쩍 나는 듯해 심호흡을 한 번 하고는 앞을 똑바로 바라보았다.

"여기에서 주저앉을 수는 없지. 암, 암."

정신을 차리기는 했지만 마땅히 방향을 잡지 못해 어쩔 줄 몰라 열심히 머리를 굴리던 나는 아까 만났던 할머니를 생각하자 좋은 아이디어가 떠올랐다.

"아~!"

할아버지가 생각난 거였다. 그리고 할아버지를 찾아갈 방법도.

"그래, 마나를 탐색하는 방법이 있었지!"

할아버지가 아무리 대부분의 마나를 갈무리해 뒀다고는 하지만 본체의 마나가 어디로 간 것은 아니었다. 게다가 설사 할아버지를 찾지 못한다고 해도 이 방법으로 다른 사람들이라도 찾을 수 있을 터였다.

나는 즉시 눈을 감고 내 몸속의 마나를 사방으로 골고루 퍼뜨리기 시작했다.

이곳이 결계 안이라 마나가 이상하게 응집되어 있기는 했지만 한번 해보자는 생각에 최대한도로 마나를 많이 퍼뜨려 주위를 샅샅이 훑었다. 그러자 내 주위에서 좀 멀리 떨어진 곳 여기저기에 몇몇의 희미한 마나 집합체가 잡히기 시작했다. 그러나 그 마나의 집합체들은 원체 불안정한 상태에 있는지 바람 앞의 촛불처럼 이리저리 흔들리거나 깜빡깜빡거려 그쪽으로 향하는 건 포기하고 좀 더 뚜렷한 마나 집합체가 어디 없나 살피던 중 저 멀리에서 강하고 뚜렷한 마나 덩어리가 잡혔다.

그리고 다행히도 그 마나 덩어리는 내게 너무나도 익숙한 마나의 기운을 가지고 있었다.

"할아버지닷!!"

방향을 탐지한 나는 눈을 번쩍 뜨고는 그쪽으로 발걸음을 옮겼다. 그리고 방향을 잃지 않기 위해 가끔가다 서서 그 마나의 기운이 계속 거기에 있는지 살폈다.

목표가 생겨서 그런지 더 이상 불안은 없었고, 나를 유혹하기 위한 어떠한 것도 다시는 보이지 않았다.

얼마쯤 갔을까.

갑자기 피이잉~ 하는 뭔가가 바람을 가르는 소리가 들리더니 안개가 서서히 흩어지기 시작했다.

"응? 결계를 나온 건가?"

좀 더 속력을 빨리해서 할아버지가 있는 쪽으로 뛰어가자 안개가 완전히 걷혀 버렸고 그러자 엄청나게 넓은 공터가 점점 그 모습을 드러내었다.

그 공터가 얼마나 넓었는지 꼭 잠실 야구 경기장만했는데 그것도 전체의 모습이 아닌 듯 내 뒤에서는 아직도 엄청나게 많은 안개가 흩어지고 있었다.

그리고 내 앞 저 멀리에서 할아버지가 나를 부르며 헐레벌떡 뛰어오고 있었다.

"아린아아아~!"

"할아버지이이이~!!"

"에구구, 인석아… 내가 내 곁에서 그렇게 떨어지지 말라고 일렀건만… 도대체 어디에 있었던 거냐? 할아비가 얼마나 걱정했는지 아냐?"

뛰어온 할아버지가 다짜고짜 나를 폭 안더니 질책 어린 말을 하면서 연신 내 머리를 쓰다듬었다.

"헤헤헤… 죄송해요. 어쩌다 보니 할아버지의 손을 놓쳤지 뭐예요."

"그래그래, 어쨌든 무사해서 다행이다."

나는 할아버지의 품에서 빠져나와 아직도 흩어지고 있는 안개를 바라보았다.

안개가 사라지면서 나타나는 공터에는 나무나 풀 등은 없었지만 대신 미라처럼 바짝 마른 시신들이 여기저기에서 모습을 드러내었다. 아마도 예전에 이 숲에 들어왔다가 정신 결계에 당해 죽은 사람들일 것이었다.

"혹시 할아버지가 결계를 깨신 거예요?"

"그래, 인석아. 널 찾으러 다시 들어가는 것보다는 결계를 깨는 게 더 빠를 것 같아서 그랬단다. 나도 네가 없어졌다는 걸 결계 중심체에 거의 다 다다랐을 때에 알았거든."

다시는 놓지 않겠다는 듯 내 손을 꼬옥 잡으며 할아버지가 대꾸했다.

완전히 안개가 걷힌 공터는 수도에 있는 아빠의 저택과 정원을 통째로 가져다 놓고 덤으로 한국의 초등학교 하나와 운동장은 더 들어갈 만큼 넓어 보였다. 그리고 그 드넓은 공터를 엄청난 숫자의 나무들이 빽빽이 둘러싸고 있었다. 그 나무들 때문에 사람들은 이곳 전체가 나무로 뒤덮인 숲일 것이라 착각하고 있었던 거였다.

공터가 완전히 드러나면서 나와 같이 들어왔던 사람들도 여기 저기에서 나타났다.

서로 떨어지지 말라고 했지만, 나처럼 저절로 떨어져 있었던 것인지 사람들은 모두 각각이 흩어져서 별별 모습을 다 보이고 있었다.

어떤 이들은 벌써 당했는지 죽은 듯이 누워 있었고, 어떤 이들은 넋이 나간 얼굴로 주저앉아 있었다. 또 어떤 이들은 대성통곡을 하고 있었고, 어떤 이들은 두려움에 차서 검을 휘두르거나 괴성을 지르기도 했다.

안개가 걷혔건만 아직 제정신을 차리지 못한 듯했다.

"에휴, 정신 공격이 무섭긴 무섭네요. 어쨌든 저들부터 정신 차리게 해야겠어요."

그래도 팔이 안으로 굽는다고, 나는 가까이에 있던 은빛 기사단 소속 기사가 얼굴을 땅에 처박고 덜덜 떨고 있는 것을 그냥 지나쳐 저 멀리 세이몬과 류미르가 있는 곳으로 갔다.

세이몬은 두 팔로 머리를 감싸 안고 이곳저곳 정신없이 뛰어다니며 비명을 지르고 있었다.

"우아아악~ 잘못했어요! 잘못했어요! 다시는 안 그럴게요오오오~~ 아아악~!"

도대체 마계에서 뭔 일을 당했길래 저런 모습을 보이는 건지. 뭐, 짐작이 아예 안 가는 건 아니었지만 그래도 황당하긴 했다.

할아버지는 세이몬의 모습을 가만히 바라보더니 갑자기 소매 속에서 30㎝ 정도의 굵은 봉을 꺼내더니 한번 휙 휘둘렀다. 그러자 굵은 봉 속에서 가느다란 길이의 막대가 뻗어 나와 길다란 지팡이가 만들어졌다. 할아버지가 맨 처음 꺼낸 그 30㎝는 손잡이인 듯했다.

할아버지는 그걸 쥐고는 세이몬이 이쪽으로 달려올 때를 기다려 가만히 밑으로 뻗었다. 그러자 당연하게도 세이몬은 정신없이 달려오다가 할아버지가 내민 지팡이에 걸려 대지에 코를 박고 말았다.

꽈당!

넘어지는 소리가 무지 요란한 것으로 보아 엄청 세게 박은 게 분명했다.

그래도 죽지는 않은 모양인지 잠시 후 스스로 정신을 차리고 부스스 일어나더니 아직 겁에 질린 표정으로 주위를 휙휙 돌아보았는데 돌아보는 세이몬의 코에 쌍코피가 주르륵 흘러내려 참으로 가관인 장면을 연출하고 있었다.

그렇게 바람 소리가 날 정도로 휙휙 고개를 돌려 주위를 살피던 세이몬이 날 발견하고는 번개같이 나에게 달려와 덥석 안기며 울부짖었다.

"으허허헝! 아리이이인~! 나 무서웠어… 무서웠어어어어~! 으아아아앙~!!"

너무나 처량한 세이몬의 모습에 그의 등을 토닥이며 위로를 해주려고 했지만 그보다도 먼저 할아버지가 그의 머리통을 지팡이로 세게 내려쳤다.
 따악~!
 "누구에게 달라붙는 게야!"
 눈물이 그렁그렁한 눈으로 머리를 부여잡은 채 할아버지를 바라보던 세이몬은 할아버지가 도끼눈을 뜨고 자신을 노려보고 있자 아쉬운 소리 한번 못하고 후닥닥 뒤로 물러섰다. 그 모습이 만족스러웠는지 할아버지는 한번 더 눈을 부라리는 걸로 세이몬을 봐주고는 다른 곳으로 시선을 돌렸다.
 그곳에는 류미르가 바닥에 주저앉은 채 창백하게 질린 얼굴로 손을 앞으로 뻗어 필사적으로 휘저으며 비명을 지르고 있었다.
 "엘리사아아~ 그만 하라니까. 그만 해애애~!!"
 '엘리사라… 홋, 뭘 보고 있는지 알겠다.'
 도와주지는 못할망정 친구의 불행한 모습을 보고 히죽히죽 웃는 못된 나 대신 할아버지가 류미르의 뒤로 돌아가서 예의 그 지팡이로 그의 머리통을 장렬하게 내려쳤다.
 따아악~!!
 "우왓~!"
 불시의 습격에 머리통을 부여잡던 류미르는 그제야 정신을 차렸는지 두리번두리번거리다 나와 세이몬을 발견하고는 안도의 표정이 되었다. 하지만 완벽하게 안심을 하기 위해서인지 나를 보고는 떨리는 어조로 물었다.
 "아린, 혹시 엘리사 못 봤냐?"
 '흠흠, 아무리 친구의 불행이 내 행복이라고 하지만 그것도 어느 정도겠지?'
 나는 류미르에게 씨익 웃어주며 그가 원하는 대답을 해주었다.

"훗, 류미르, 엘리사는 여기 없어. 넌 환상을 본 거야."

그러자 류미르는 환한 얼굴로 자리에서 벌떡 일어나 크게 웃어 젖혔다.

"하하하! 그랬구나, 그랬었어!"

"시끄럽다. 그만 방정 떨고 딴 사람들이나 정신 차리게 해라."

류미르의 웃음은 계속될 것 같았지만 매정한 할아버지의 말에 류미르는 얼른 웃음을 그치고 고개를 끄덕거렸다.

"예에~"

그리고 나서 세이몬과 류미르, 그리고 나와 할아버지는 다른 사람들을 정신 차리게 하느라 분주히 돌아다녔다.

마이터는 한자리에 가부좌를 틀고 앉아 눈을 감고 자신의 주위로 반원형의 실드를 치고 있었다. 결계에 빠져 정신을 못 차리고 허우적대는 일행 중 그나마 제일 형편이 나아 보이는 게 역시 연륜이 어떤 것인지 보여주는 듯했다. 그런 마이터의 실드를 할아버지가 지팡이로 또 한 번 내려치며 더불어 전기 자극까지 짜릿하게 주자 마이터가 충격을 받고 눈을 떴다.

"시피르님!"

마이터는 할아버지의 모습에 반색하며 얼른 실드를 거두고는 일어났다.

류미르 때도 그렇고 세이몬, 마이터까지 지팡이 하나로 해결하자 나는 경이로운 눈으로 할아버지의 지팡이를 바라보았다.

"와아~ 할아버지, 그 지팡이 되게 쓸모가 많네요."

"푸헐, 나도 이렇게 쓰게 될 줄은 몰랐다. 그냥 멋 부리느라 드워프에게 하나 달라고 해서 가지고 있던 건데 말이다."

그 뒤로 할아버지는 그 경이적인 지팡이로 계속해서 사람들을 정신 차리게 만들었다.

죠슈아는 꼴사납게 바닥에 웅크리고 주저앉아서는 눈물을 뚝뚝 떨구고 있다가 할아버지에게 한 대 맞아 정신을 차리고 나를 알아보더니 갑자기 내 앞에 덥석 무릎 꿇고 엎드려서는 연신 '아가씨이~ 아가씨이~' 하고 중얼댔다.

'도대체 뭘 본 건지······.'

피에르 백작은 바닥에 한쪽 무릎을 꿇고 주저앉아서는 눈을 하얗게 치켜뜨고 허공을 노려보며 연신 '이럴 수가… 믿을 수 없어…'라고 중얼거리고 있었다. 그의 검은 그에게 불과 서너 걸음 떨어진 곳에 떨어져 있었는데 아마도 허상과 싸운 듯했다.

그리고 브더셀스 자작은 아예 무릎을 꿇고 고개를 숙인 채 검을 자신의 옆 땅에 꽂고는 손은 검의 손잡이를 꼬옥 쥐고 있었는데 검을 쥐고 있는 손과 팔이 부들부들 떨리고 있었다.

모두 할아버지의 만사형통 지팡이에 한 대씩 맞고는 정신을 차렸지만 워낙 충격이 컸던지라 쉽게 정신을 추스르지 못하고 땅에 주저앉아 일어날 생각을 못했다.

정신을 아예 잃은 사람들은 류미르와 세이몬에 속속들이 업혀와 죠슈아와 마이터에게 정신 안정 치료를 받고 다행히 정신을 잃지 않은 사람들은 할아버지에게 충격(?)을 받고 정신을 차렸다.

그러나 안타깝게도 스스로 자신의 몸에 상처를 입힌 사람이 많은가 하면 심지어는 자살을 한 사람과 결계에 당해 영원한 잠에 든 사람도 꽤 있었다.

"그래도 이제껏 아무도 살아남지 못한 것을 생각할 때 이 정도면 양호한 겁니다."

내가 우울한 표정을 지었는지 죠슈아가 창백한 얼굴에 맺힌 땀을 닦으며 다가와 나를 위로해 주었다. 그러자 옆에 있던 마이터도 거들었다.

"맞습니다. 시피르님께서 일찍 결계를 깨뜨려 주시지 않았더라면 더 많은 사람이 죽었을 겁니다. 이것만 해도 다행이죠."

은빛 기사단의 기사 50명 중 죽은 사람이 10명, 움직이지 못할 중상을 입은 자는 20명, 경상이 20명으로 온전한 사람이 한 명도 없었다. 게다가 단장인 백작도 아직 정신을 차리지 못하고 있었으니 기사단은 완전 전멸이나 다름없었다.

그러고 보니 이번 일로 싸울 수 없는 사람이 대부분이었고 싸울 수 있는 사람이라고 해봐야 나와 할아버지, 류미르와 세이몬, 지치기는 했지만 그래도 어느 정도 보탬은 될 마이터와 죠슈아, 할아버지의 충격 요법으로 정신을 차린 스와카와 반담, 휴, 그리고 애쉬 녀석에, 경상을 입고 그나마 정신을 차리고 있는 은빛 기사단 7명에 자작의 휘하에 있는 후들거리기는 하나 겨우겨우 서 있을 수 있는 기사가 3명 정도였다.

거의 80여 명이 들어와서 이제 20명만이 남았다. 이 인원으로 조사를 마쳐야 하는 것이다.

뭐, 그래도 다 대단한 인물들이니 걱정은 별로 되지 않았다.

하지만…

이 드넓은 잠실 종합 경기장만한 공간에는 흙먼지만 날릴 뿐 아무것도 존재하지 않았다. 건물은커녕 오두막 한 채도, 나무 한 그루는커녕 풀 한 포기도 없는 맨 흙 바닥뿐이었기에 우리는 안심하고 휴식을 취할 수 있었지만 한편으로는 무지 허탈했다. 상황이 어느 정도 정리되고 나처럼 주위를 둘러본 모든 이들도 나와 같은 심정인지 허탈한 표정들이 되었다.

"아무것도 없군요."

"글쎄 말입니다."

"아무것도 없는 걸 확인하기 위해 그 고생을 했다니……."

"그동안 죽어간 사람만 억울해지는군요."

애쉬와 흄이 나란히 주저앉아 주위를 멀거니 둘러보며 주고받는 말에 정신을 차리고 있는 모든 이들이 동감이라는 듯 고개를 끄덕였다. 그러자 곧장 날아오는 할아버지의 호통 소리!

"멍청한 것들! 아무것도 없는 곳을 뭐 하러 이런 엄청난 결계로 감싸고 있냐! 결계 만드는 게 어디 땅 파듯이 쉬운 줄 알아?!"

그 소리에 놀라 사람들이 할아버지 쪽을 쳐다보니 그곳에는 할아버지와 마이터가 나란히 서 있었는데, 역시 연륜이 쌓인 사람은 다른 것인지 두 노인네만은 허탈한 표정 대신 매우 심각한 표정을 지으며 주위를 날카롭다 못해 레이저빔이라도 튀어나올 만큼 눈을 형형히 빛내며 주위를 살펴보고 있었다.

"어… 저기, 할아버지? 뭐라도 발견하신 거예요?"

그동안 할아버지의 위압적이고 사람을 무시하는 태도 때문에 감히 말 붙일 생각도 못하는 사람들을 대신해 내가 조심스레 묻자 할아버지는 그 날카로운 눈길을 조금 누그러뜨렸다. 하지만 마이터처럼 금방 뭔가를 눈치 채지 못한 내가 약간은 실망스러운지 푸욱~ 한숨을 내쉬며 입을 열었다.

"에휴, 아린아… 아무것도 못 느끼겠느냐?"

"에? 에에… 뭐가 있나 보죠?"

할아버지의 태도에 팍 기가 죽은 내가 주위를 둘러보며 물었지만 역시 눈에 보이는 건 바람에 날리는 흙먼지뿐이었다.

아무것도 찾지 못해 주위만 계속 두리번거리는 날 보다 못한 할아버지가 다가와서는 꿍! 하고 머리에 알밤을 먹이셨다.

"뭐 하는 거냐? 눈으로 보지 말고 마나로 느껴야지!"

그 소리에 마법을 쓸 줄 아는 사람들은 얼른 눈을 감고 마나를 주위에 흩어 마나의 흐름을 감지하기 시작했다. 나도 그들과 마찬가지로 마나의 흐름을 느껴보았다.

과연… 전에 느꼈던 정신적 결계가 깨어져 이 넓은 공간에만 감돌던 대량의 마나들이 이제는 공중으로 흩어져 평범한 마나의 흐름을 보이고 있었지만 공터의 정가운데에 자연보다 더 농도가 짙은 마나가 모여 있음을 알아차렸다.

"아하……"

내가 눈치 챈 듯하자 할아버지는 머리를 다시 쓱쓱 쓰다듬으며 계속 설명을 해줬다.

"아린아, 정신적 결계는 보통 물리적 결계보다 얼마나 마나가 더 드는지 아느냐?"

"에? 아, 아뇨… 그게요, 한 번도 안 해봐서 모르겠는데요……"

다시 한 번 기가 팍 죽은 내가 기어 들어가는 목소리로 대꾸하자 할아버지가 피식 웃으며 대수롭지 않다는 평이한 어조로 말을 이었다.

"그러냐? 하긴 뭐… 안 해봤으면 모를 수도 있겠지. 보통 물리적 결계보다 정신적 결계는 마나의 소모량이 2배는 더 든단다. 결계 수식도 더욱 복잡하지. 그런데 여기 있는 정신적 결계는 나조차도 감탄할 만한 뛰어난 결계란다. 그런 결계로 이런 넓은 공간을 감싸고 있었다면 이 결계를 만든 사람이 얼마나 대단한지 짐작이 가겠지?"

차근차근 이어지는 할아버지의 설명에 나는 얼른 고개를 끄덕였다.

"예, 대충은요."

"그래. 그리고 그런 능력자라면 결계 안에 또 다른 결계를 만드는 것도 가능하겠지. 저렇게 사람의 오감만 속이는 간단한 결계 정도는 식은 죽 먹기겠지… 안 그러냐?"

할아버지가 마지막 말을 내뱉음을 신호로 마이터가 공터 중앙을 향하여 농구공보다 더욱 큰 불덩어리를 날렸다.

"파이어 볼~!"

할아버지가 설명을 해주는 동안 주문을 외우고 있었나 보다.

정신적 결계 때문에 지친 데다 사람들까지 치유해 줬으면서 저 정도의 마법을 또 쓸 수 있다니… 마이터도 참 대단한 사람이었다.

마이터의 손짓에 날아간 불덩어리는 공터의 중앙에 다가가자 미처 땅에 닿지도 않았는데 갑자기 공중에서 무엇과 부딪친 듯 폭발을 일으켰다.

콰과광~!

꽤 요란한 소리와 함께 모든 사람들이 긴장을 한 채 바라보는 가운데 큰 불덩이를 맞은 공터 중앙에서는 마치 아지랑이 같은 형체가 흐릿하게 생기더니 곧 띄엄띄엄 떨어져 심긴 나무들에게 둘러싸인 음침한 집 한 채가 나타났다.

얼마나 관리를 안 했는지, 낡고 먼지가 얼룩진 후줄근한 모습이 멀리에서도 보일 지경이었다. 그리고 집을 둘러싼 나무들 중 하나가 마이터의 공격을 받아 완전히 불타서 쓰러지고 있었다.

"결계가 있는 걸 아는 사람에게는 아무 소용이 없지만 모르는 사람의 오감은 감쪽같이 속여 버리는 결계지."

안개 숲

그 모습을 보며 할아버지는 또 한 번 친절한 설명을 곁들였다.

그리고 할아버지의 말이 끝나자마자 후줄근한 집의 다 떨어져 가는 문짝이 나가떨어지면서 수십 마리의 몬스터가 줄지어 **빠져** 나왔다.

"흠, 결계가 깨질 때를 대비해 놨나 보군. 그럼, 우리가 여기까지 온 것을 알고 있었단 말인가?"

수십 마리의 몬스터가 괴성을 지르며 다가오는데도 할아버지는 태평한 어조로 중얼거렸다. 하지만 주위에 있는 사람들은 새파랗게 질린 얼굴들로 일어나서 서로 자신의 무기를 주워 들었다.

그 몬스터들은 참으로 괴상한 몰골들을 하고 있었다.

예전에 알베르트 산에서 만났던 몬스터들처럼 비정상적으로 큰, 보통의 오크보다 2배는 커다란 몸집에 어떤 종인지 모를 정도로 기괴한 모습이었다. 어떤 몬스터는 오크의 얼굴을 하고 있는데 팔은 오우거의 팔에 다리는 스톤 골렘의 다리를 하고 있었다.

그것뿐만이 아니었다.

다른 몬스터는 분명히 미노타우르스의 모습을 하고 있었건만 그 피부는 시퍼러딩딩한 데다 중간중간에는 철이나 돌로 보이는 넓적한 조각들이 마치 갑옷인 양 붙어 있었다. 어떤 몬스터는 팔이 양 옆으로 각각 2개씩 붙어 있는가 하면 어떤 몬스터는 팔이 비정상적으로 길어 손등이 땅에 질질 끌릴 지경이었고, 어떤 몬스터들은 입이 비정상적으로 커서 얼굴의 절반을 차지하고 있었으며 그 안의 날카롭고 커다란 이빨은 그 큰 입도 비좁다고 생각되었는지 입을 다물 수 없을 정도도 밖으로 삐쳐 나와 있었다.

그런 괴상하고 종조차 알아볼 수 없는 희한하게 생긴 몬스터들이 거의 30마리가 다가오자 사람들은 참담한 신음성을 흘렸다.

저런 기괴한 몬스터들은 척 보기에도 보통 몬스터들보다 힘이 더 강해 보일 듯한데 그런 몬스터들을 한 사람 앞에 두 마리씩은 감당해야 했기 때문이었다. 게다가 저 공터에 나란히 누워 있는 수십 명의 사람들까지 지키면서 싸우려니 암담하기만 할 터였다.
 "하아, 저기 아무것도 모르고 누워 있는 사람들이 부럽구만……."
 기사 중 누군가가 중얼거리자 모두들 고개를 끄덕거리며 동조를 표했다. 그런데 그때 뒤에서 그의 말에 반대하는 사람이 하나 있었으니…
 "뭐가 부럽단 말이냐? 아무것도 모르고 죽는 것보다는 차라리 이기지 못할 상대일망정 맞서 싸우다가 죽는 것이 기사의 도리가 아닌가?!"
 잔뜩 쉬어서 가라앉은 데다가 힘이 없어 마치 금속의 마찰음처럼 듣기 거슬렸지만 사람들은 반사적으로 뒤를 돌아보았다.
 거기에는 초점없는 멍한 눈으로 앉아 있던 브더셀스 자작이 부들부들거리면서 몸을 일으키려 애쓰고 있었다.
 그 모습을 본 은빛 기사단 소속의 기사들은 반사적으로 자신의 상관을 바라보았지만 백작은 여전히 초점없는 눈으로 멍하니 앉아만 있어 실망을 금치 못하곤 환한 기색으로 자신의 상관에게 달려가는 자작 휘하의 기사들을 부러운 눈으로 바라보았다.
 자작의 휘하 기사 중 제일 멀쩡한 이가 얼른 자작을 부축하려 했지만 자작은 매서운 눈으로 그의 호의를 거절했다.
 "부축할 필요 없다! 나 혼자서 할 수 있어!"
 그러면서 자신의 검을 지팡이 삼아 끝까지 혼자 일어서더니 힘겨운 걸음으로 싸우기 위해 앞으로 나선 사람들 틈에 끼었다. 그 모습을 조용히 바라보고 있던 할아버지가 감탄 어린 얼굴로 입을 열었다.

"호오... 정신력이 대단한 인간이로군."

자작은 사람들보다 한 걸음 더 앞으로 나서서 잠시 눈을 감고 심호흡을 하더니 눈을 번쩍 뜨며 그와 동시에 지팡이 삼고 있던 검을 자신의 가슴까지 들어 올려 싸울 자세를 취했다. 몬스터가 지척으로 다가왔지만 조금도 흔들림없이 마치 거대한 산과 같이 버티고 서서 앞만 노려보며 잔뜩 쉬었지만 커다란 목소리로 외쳤다.

"마법사는 뒤로 물러서고 기사들과 전사들은 앞으로!"

공식적인 리더는 피에르 백작이고 그는 단지 안내를 위해 같이 온 기사의 대장이었지만 어느 누구도 그의 말에 거역하는 사람은 없었다.

할아버지조차도 그의 기백이 맘에 들어서인지 순순히 그의 말에 따라 뒤로 물러나 주었다.

그러나 나는 기사가 적은 숫자였기 때문에 뒤로 물러나는 대신 검을 빼어 들었다.

"마법 공격!"

자작이 검을 치켜들며 외치자 기사들 뒤에 서 있던 마법사들이 일제히 시동어를 외쳤다.

"앞 사람들 고개 숙여! 버스트 프레아!"

"딜 브랜드!"

"디그 볼트!"

"아이스 스톰!"

할아버지를 시작으로 마이터와 죠슈아, 그리고 스와카가 각각 마법을 하나씩 날렸다.

수십 개의 커다란 불덩어리가 날아가는가 하면 몬스터들이 밟고 서 있는 땅이 폭발하기도 하고 사방에서 전기가 번쩍거리는 데다가 매서운 얼음 조각들이 한바탕 휩쓸고 지나갔다.

마법이 몬스터들을 향해 날아가 그대로 작렬하자 기사들은 환호했다. 분명히 저 수많은 적의 대부분은 아니더라도 절반은 사라졌을 것이라 믿어 의심치 않으며.

그러나 폭발에 의한 짙은 흙먼지를 가르며 몬스터들이 그 모습을 드러내자 환호는 경악과 실망의 신음으로 바뀌고 말았다.

"이럴 수가……."

자신의 마법이 먹혀 들어가리라고 확신하고 있던 스와카가 신음 비슷하게 중얼거리자 마이터가 훨씬 덤덤한 목소리로 그 뒤를 이었다.

"보호 마법이 걸려 있는 것 같군요. 그것도 꽤나 고위 계열의……."

몬스터들은 대부분이 멀쩡한 상태로 모습을 드러냈던 것이다.

하긴 뭐… 팔이 하나 날아가 피를 뚝뚝 떨구면서도 남의 일인 양 아무렇지도 않게 걸어오는 데다 그 상처도 눈에 보일 정도로 빠르게 아물어가고 있었던 것이다.

"트롤의 피가 섞인 키메라군."

"쉽지 않겠습니다."

"흥, 어디 누가 이기나 보자구. 프레임 브라스!"

마이터와 대화를 주고받던 할아버지가 한 손을 번쩍 쳐들고 씹어 내뱉듯 외쳤다. 그러자 몬스터들 중앙에서 갑자기 십자가 모양의 강한 빛이 번쩍이더니 주위의 몬스터들을 몽땅 매섭고 뜨거운 불꽃이 휘감아 버렸다. 그 열기가 얼마나 강했던지 앞에 나와 있던 내 얼굴이 거의 익어버릴 것만 같았다.

"와! 역시 아린 할아버지야."

"열받으셨나 봐."

내 주위에 있던 류미르와 세이몬이 속삭였다.

이번에는 꽤나 효과가 있었는지 불꽃이 사라지면서 드러난 몬스터들은 20여 마리로 줄어 있었고 나머지는 흔적도 없이 소멸되어 있었다.

"쳇, 효과가 있는 건 5서클 이상의 마법이로군."

몬스터가 줄었다는 사실 하나만으로도 기사들이 기뻐하는 반면 마법사들은 더욱더 얼굴을 찡그렸다. 할아버지가 방금 시전한 마법이 얼마나 강력한지 알고 있는 탓이었다.

"큰일이군요. 이쪽 마법사들은 거진 다 지쳐 있는데… 그렇게 큰 마법은 무리입니다."

"이제 나머지는 기사들 몫인가요? 우린 단지 잠깐의 저지만 할 수 있을 테니까요."

죠슈아와 스와카가 심각하게 주고받는 목소리를 들으며 브더셀스 자작이 아랫입술을 깨물더니 결연한 목소리로 외쳤다.

"앞으로 돌겨어어억~! 물러서지 마라! 우리 뒤에는 동료들이 누워 있다! 그들을 지켜야 한다아아아~!"

"와아아아~~!"

자작의 말에 기사들이 발악하듯 고함을 지르며 앞으로 뛰어나갔다.

이제 20여 마리로 줄었다고는 하나 웬만한 마법에는 끄떡도 안 하는 녀석들을 상대하자니 모두들 긴장하고 있는 기색이 역력했지만, 그래도 용케 긴장을 떨치고 앞으로 달려나가고 있었다.
 쿠워어어~
 기사들과 뒤섞인 몬스터들이 더욱더 커다란 괴성을 질러댔다.
 "트롤의 피가 섞여 있기 때문에 자잘한 상처는 소용이 없습니다! 한 방에 베어 죽여야 합니다!"
 뒤에서 스와카가 큰 소리로 외쳤지만, 이 무식하게 덩치가 크고 힘이 센 몬스터들을 한 방에 베어 죽이기란 쉬운 일이 아니었다. 그나마 여기 있는 이들이 지치기는 했으나 뛰어난 능력을 가진 사람들이었고 뒤에서 마법사들이 마법으로 지원을 해주고 있었기에 거의 대치된 상태였지, 누구 하나 속 시원하게 몬스터들을 베어 넘기는 이들이 없었다.
 이대로라면 이 싸움은 장기전이 될 거였고, 그렇게 되면 우리 쪽만 불리할 게 뻔했다.
 그나마 류미르와 세이몬이 분전을 해주어 겨우겨우 하나씩 쓰러뜨리고 있는 게 다행이었다.
 "타앗~!"
 지친 몸 상태로 무리하게 검기를 사용하는 기사들은 얼굴에서 굵은 땀방울을 비 오듯 쏟아내며 버티다가 하나둘씩 쓰러지기 시작했다.
 몬스터들이 휘두르는 팔은 마치 거대한 금속으로 만들어진 굵은 봉 같아서 그냥 검을 맞부딪치면 검이 부러지거나 손목이 부러질 정도로 큰 충격을 받기 때문에 기사들은 지친 상태에서도 어쩔 수 없이 검기를 끌어내야만 했던 것이다. 하지만 검기를 끌어내었다고 해서 몬스터들을 쉽게 벨 수 있는 것도 아니었다. 이 몬스터들이 평범한 몬스터들이 아닌 데다가 그들이 평소 낼 수 있는 능력의 1/2도 내지 못했기에 몬스터의 몸에 자잘한, 혹은 깊은 상처를 내는 것이 고작이었던 것이다.

결국 그들은 류미르나 세이몬이 와서 자신이 상대하는 몬스터를 베어줄 때까지 몬스터들을 저지하며 버티고 있어야 했지만, 류미르와 세이몬이 단둘뿐인지라 그들이 올 때까지 버티지 못하고 쓰러지는 기사들이 속출했다.

덕분에 나는 몬스터들과 정식으로 몇 번 상대해 보지 못하고 뒤에서 날아오는 마법사들의 조력을 받아 쓰러진 기사들을 구해내고 그들을 안전지대로 옮기느라 바빴다.

그나마 내가 실프들의 도움을 받을 수 있어서 다행이었지, 그렇지 않았다면 내가 직접 그들을 들쳐 업고 뛰어다닐 뻔했다.

"허억, 허억……."

막 실프 한 명이 기사를 들어 싸움터에서 빠져나가는 찰나 나는 또 한 명의 기사가 지쳐서 무릎을 꿇는 것을 보았다. 그리고 그의 머리 위에서는 거대 몬스터가 그의 길고 날카로운 손톱을 기사의 머리 위로 내려치는 게 보였다.

"이런!"

늦었다라는 생각에 움찔하는 순간 갑자기 뒤쪽에서 배구공만한 압축된 공기의 덩어리가 날아와 기사와 몬스터 사이에서 터졌다. 엄청난 공기의 압력이 사방으로 퍼져 가 몬스터는 자신의 팔을 내려치는 대신 뒤로 주춤주춤 물러났고 힘이 빠진 기사는 몬스터의 반대쪽으로 날려가 두어 번 굴렀다. 정말 굿 타이밍의 마법이었다. 덕분에 기사도 살고, 시간을 번 내가 고개를 돌려보니 스와카가 팔을 흔드는 게 보였다. 나도 싱긋 웃으며 마주 흔들어주고는 실프를 한 명 더 소환해 기사를 뒤로 데려가게 했다.

내가 사람과 몬스터들 간의 치열한 싸움 가운데에서 여유만만하게 행동할 수 있는 이유는 간단했다. 내 뒤에는 아주 든든한 할아버지라는 백이 있었기 때문이다. 그렇기에 이렇게 한눈을 팔며 놀고 있어도 내 옆에서 머리가 관통당해 막 쓰러지는 몬스터처럼 나에게 접근한 녀석은 다 그렇게 되었다.

'헷헷… 싸움 중에 이러면 안 되는데 말야. 그래도 할아버지에게 고마운 인사 보내는 건 잊지 말아야겠지?'

할아버지에게도 고마움의 표시로 싱긋 웃으며 팔을 흔들어 보이고는 또다시 쓰러져 있는 기사가 없나 찾기 시작했다.

그런데 그때…

나와 얼마 떨어지지 않은 곳에서 내 쪽으로 등을 돌리고 있던 몬스터의 몸 주위로 흰 빛이 한번 번쩍 하더니 그 몬스터의 몸이 머리에서부터 둘로 쫘악 갈라지며 양 옆으로 넘어졌다. 엄청난 양의 피가 튀고 흐르면서 그 사이로 보이는 건 유령처럼 창백하다 못해 새파랗게 질린 얼굴로 굵은 땀방울을 뚝뚝 떨구고 있는 애쉬 녀석이었다. 몸도 안 좋은 상황에서 상당히 무리를 한 듯 용케 검을 쥐고 서 있었지만 몸은 사시나무 떨듯 떨리고 있었다.

'쯧쯧, 저 녀석도 옮겨야겠군.'

나는 몬스터들의 공격을 이리저리 피하면서 애쉬에게 다가가기 시작했다. 그런데 나보다도 먼저 몬스터 한 녀석이 애쉬의 뒤에서 그에게 다가가는 것이 눈에 보였다. 애쉬는 너무 지쳐서 뒤에서 자신을 죽이러 오는 몬스터의 살기를 눈치 채지 못하는 듯했다.

몬스터는 뱀처럼 미끈한 피부의 팔을 고무줄처럼 주욱 늘리더니 손을 송곳처럼 뾰족하게 만들어 애쉬의 등을 향해 찔러갔다.

"애쉬야, 엎드렷!"

너무 다급한 나머지 나는 내가 뭐라고 말했는지 채 깨닫지 못하고 나에게 덮쳐 온 몬스터의 어깨를 밟고 허공으로 도약해 그쪽으로 날아갔다. 애쉬의 놀란 표정이 눈앞에 들어오자 다급한 맘에 검에 마나를 가득 담고 재차 외쳤다.

"멍청아, 엎드리라니까!"

애쉬가 거의 엎어지다시피 몸을 땅에 붙이자 아직 숙련되지 않아 마나만 잔뜩 들어가 있는 뭉툭하고 통통한 내 검기가 검에서 빠져나와 몬스터에게 날아갔다.

퍼억~!

류미르나 세이몬이 날리는 검기는 적에게 날아가 '삭둑!' 같은 가벼운 음향만 날리고 적을 두 동강 내는 데 비해 내 검기는 몬스터의 가슴을 파고들어 가더니 그대로 수박 터지듯 몬스터를 터뜨려 버렸다. 그 이상한 음향에 몸을 일으키며 뒤돌아보다가 황당하다는 표정으로 온몸이 산산조각 나 있는 몬스터의 잔해를 보고 있는 애쉬 옆에 살짝 착지한 나는 속에서부터 울화가 치밀어서 다짜고짜 애쉬의 멱살을 잡아 들어 올렸다.

"이 멍청아! 그 큰 놈이 뒤에서 덮쳐 오는데도 모르고 있냐! 멍청한 자식 같으니라구… 그렇게 죽고 싶냐? 너, 한 번만 더 이런 바보 같은 짓을 하면 그전에 내가 먼저 죽여주겠어! 알았어?!"

웃긴 애쉬 녀석은 내가 무섭게 윽박질렀는데도 불구하고 방금 죽을 뻔했다가 살아난 충격 때문에 그러는 건지 첨에 황당하단 표정을 잠깐 짓더니 그 다음부터는 실실 웃기 시작했다.

그 모습이 더욱더 얄미워서 나는 그를 뒤로 밀어버렸다.

"빨랑 이곳에서 벗어나!"

하지만 곧 녀석이 거의 움직이지도 못할 정도로 지쳐 있다는 걸 기억해 내고는 자신의 임무를 마치고 돌아오는 실프에게 부탁해 녀석을 데리고 가게 했다.

'멍청한 자식, 엄마의 흔적이면서 그깟 몬스터 하나 처리 못하냐?!'

왜 이렇게 화가 치미는지 의식하지도 못한 채 속으로 씨부렁씨부렁거리면서 도움이 필요한 기사들을 찾는 동안 그 화를 주체 못해 나에게 달려드는 몬스터들에게 거리낌없이 쏟아 붓고 말았다.

"멍청한 놈!!"

콰앙!

꾸워어어~!

"누가 바보 아니랄까 봐······."

슈우욱~ 퍼어억!

커어어어~!

"바보 같은 짓만 골라 하고 있냐!"

콰과과광!

끼에에엑~!

"아린, 정신 차려! 몬스터 없애려다가 사람까지 없애겠다!"

류미르의 날카로운 외침에 겨우 정신을 차리고 주위를 보니 사방이 온통 폭격을 맞은 듯 난장판이 되어 있었고 그 많던 몬스터들은 어디로 갔는지 보이지 않았다. 그런데 이상한 건 류미르와 세이몬이 한쪽에서 방어막을 치고 기사들을 보호하고 있는 거였다.

"어? 무슨 일이야?"

의외의 상황에 어리둥절해진 내가 얼빵하게 묻자 막 방어막을 걷어내는 류미르의 이마에 핏줄이 하나 뽀득 솟았다.

"무슨 일이긴 무슨 일이냐! 이게 다 네가 날뛰어서 그런 거잖아!"

"엥? 내가 뭐?"

"뭐라니! 죽이려면 곱게 몬스터만 죽일 것이지 왜 힘 조절을 못해서 애꿎은 사람들까지 다치게 만드냐?!"

류미르가 식식대며 걸어오면서 악을 바락바락 질러댔다.

"에? 그럼, 이게 다 내가 그런 거야?"

다시 한 번 주위를 둘러보면서 묻자 류미르가 냉큼 대꾸했다.

"그래, 이게 다 네 작품이라고!!"

"그런 거냐? 몰랐네… 흥분을 좀 했더니 힘이 쬐께 과하게 들어갔나 봐."

"쬐께에에에~? 이게 쬐께라고 할 수 있는 상황이냐?!"

아무래도 그 여파에 류미르까지 휩쓸렸었는지 류미르는 쉽게 흥분을 가라앉히지 못했다. 하지만 그의 흥분을 단번에 가라앉힐 인물이 나타났으니.

"아린이 쬐께라고 했으면 그런 줄 알지 뭔 잔소리가 그렇게 많은 게냐? 덕분에 잘 해결됐으면 됐지!"

우리의, 아니, 나의 호프 할아버지 등장!!

"찍~!"

할아버지의 도끼눈에 류미르는 얼른 입을 다물고 뒤로 물러났다.

류미르가 찍소리만 내고 뒤로 물러나자 할아버지가 이제는 심각한 표정으로 나를 돌아보았다.

"아린아……."

"에? 왜요, 할아버지?"

이번에는 또 무슨 일인가 싶어 할아버지를 바라보니 할아버지가 다짜고짜 나를 끌고 사람들에게서 좀 멀리 떨어진 곳으로 가더니 심각한 어조로 물었다.

"너, 저 빨간 머리 인간 녀석과 무슨 일 있었냐?"

"에? 빨간 머리?"

할아버지의 눈길을 따라간 곳에는 기사들과 휴식을 취하고 있는 애쉬 녀석이 보였다.

"저 녀석이요? 저 녀석은 왜요?"

의아한 눈으로 할아버지를 바라보자 할아버지가 날카로운 눈길로 나를 찬찬히 뜯어보고 있었다.

"왜라니? 너, 저 녀석이 죽을 뻔하자 흥분했잖니? 도대체 저 녀석과 무슨 사이인 게냐?"

"무슨… 사이?"

'음… 엄마의 흔적과 친딸 사이라고나 할까? 그동안 여행도 같이 했고… '그 존재'랑 같이 대항해 싸우기도 했고… 허걱! 그러고 보니 나 저 녀석에게 사랑 고백 비스무리한 것까지 받은 적이 있었어……!'

하지만 그 말을 했다간 저 녀석은 당장에 할아버지에 의해 날아갈 것이 분명했으므로 그 말은 쏙 빼놓기로 했다.

"음… 저기요, 할아버지……. 기회가 없어서 아직 말씀을 못 드렸는데, 그동안 아펜젤러님과 제가 알아낸 바에 의하면 저 녀석이, 그러니까……."

나는 애쉬 녀석을 어떻게 해서 의심하게 되었는지부터 시작해 아빠와 함께 작전을 짜서 알아낸 것까지 장황하게 설명을 늘어놓

앉다.

 내 말을 조용히 다 듣고 계시던 할아버지가 애쉬를 힐끔 바라보며 나에게 속삭였다.

 "음… 그러니까 저 녀석이 네 엄마의 흔적이란 말이지? 그것도 용언까지 배운?"

 "그렇죠. 뭐, 용언이라고 해봤자 '엄마'란 단어뿐인 것 같지만. 그런데 그 용언을 사용할 줄 안다는 것도 기억 봉인에 의해 알지 못하는 듯해요. 그때도 무의식적으로 사용한 듯하거든요."

 "그러냐? 네 엄마가 도대체 뭔 생각으로 용언을 인간에게 가르쳐 줬는지 모르겠다만, 혹시 마법도 할 줄 아는 거 아니냐?"

 "그건 아니었어요. 그동안 저 녀석과 같이 다니면서 마법 쓰는 건 한 번도 본 적이 없는걸요. 그리고 아…—하마터면 아빠라고 부를 뻔했다—펜젤러님께서 알아본 바에 의하면 기사로서만 교육받고 자랐대요."

 거기까지 말하자 할아버지의 날카로운 눈길과 약간 긴장한 듯한 굳은 얼굴이 안도감으로 풀렸다. 아마 내 말이 내가 흥분한 이유로 납득이 간 듯했다.

 "그래? 정말 세세히도 알아봤구나? 하긴, 네 성격에 그걸 알고도 저 녀석에게 신경 안 쓰는 게 이상하긴 할 테지만… 하지만 아린아, 저 녀석이 인간인 이상 신경 쓸 필요가 없단다. 저 녀석은 우리랑 아무 상관이 없는 녀석이야."

 그 말에 나는 헤헤 웃었다.

 "저도 알아요. 아펜젤러님도 그렇게 말씀하시더라구요. 그래서 신경 끊으려고 했는데 그래도 무의식적으로 신경 쓰고 있었나 봐요. 하긴, 저 녀석은 엄마의 마지막 흔적이라고 할 수 있잖아요."

할아버지가 내 말이 맘에 걸렸는지 손을 들어 내 머리를 쓰윽 쓰윽 쓰다듬었다.

"흔적이란 허상과 같은 것. 100년도 채 안 돼 사라질 걸 뭐 하러 신경 쓰느냐? 여기에 이 세상에서 하나밖에 없는 정통 핏줄이 떡 하니 버티고 서 있는데 말이다. 자, 어찌 된 건지도 알았으니 이만 돌아가자꾸나."

"예에~"

할아버지와 내가 다시 사람들이 있는 곳으로 돌아가자 세이몬과 류미르를 제외한 모든 사람들이 거의 쓰러지다시피 땅에 주저앉아 휴식을 취하고 있었다. 하지만 얼굴들이 창백하고 손발이 힘없이 축 늘어진 것으로 보아 쉽게 회복될 것처럼 보이지 않았다. 그래도 다행인 것은 더 이상 그 괴상한 몬스터들이 나오지 않는다는 거였다.

"지금까지 나온 몬스터들이 다였나 보지 뭐. 하긴, 그렇게 강한 정신적 결계가 버티고 있는데 누가 뚫고 들어오리라 생각이나 했겠어?"

"아니면… 저 집 안에 또 다른 방어 체제가 있는지도 모르지. 아까의 그 몬스터들은 우리의 실력을 시험해 볼 겸 진을 빼놓을 겸 내보낸 거고 말야."

"음, 그럴 수도 있겠네. 그럼 지금은 우리의 실력을 대충 알았으니 그에 맞게 준비를 하고 있으려나?"

"그럴지도……."

"그럼 이 사람들, 이대로 있으면 위험하지 않을까?"

류미르와 세이몬은 거기까지 수군수군대다가 나를 돌아보았다.

"아린, 어떻게 생각해?"

안개 숲 209

"이제 어떻게 할까?"

그들의 시선에 나는 할아버지를 돌아보았다.

할아버지는 힐끔 주위에 널브러져 있는 사람들을 보다가 다시 한 번 공터 중앙에 버티고 서 있는 아담한 집을 보다가 하늘을 한 번 보더니 결정한 듯 입을 열었다.

"날이 저물고 있으니 날이 밝을 때까지 우리도 좀 쉬자꾸나. 나야 상관은 없지만 아린, 네가 저 떨거지들을 두고 가려 하지 않을 거 아니냐? 아마 내일 아침이면 성에서 결계가 없어진 걸 알고 사람들이 들어올 테니 그때 저 떨거지들을 처리한 다음 맘 편히 들어가는 게 좋겠지."

"헤헤헤, 찬성이에요, 할아버지. 역시 할아버지는 절 많이 생각해 주시는군요."

아부 반 진심 반으로 나는 할아버지의 팔에 엉겨 붙었다.

"헐헐헐, 당연하지. 누가 널 이렇게 생각해 주겠느냐?"

할아버지의 결정이 떨어지자 우리는 밤을 보낼 준비를 했다. 류미르와 세이몬은 사람들을 각자의 침낭에다 넣어주고는 모닥불을 군데군데 만들었다. 그동안 나는 준비해 온 식량으로 저녁을 준비했고 할아버지는 주위에 아무도 침범하지 못하도록 결계를 쳤다.

그렇게 다 준비한 후, 멀쩡히 돌아다닐 수 있는 넷이서만 한 모닥불 주위에 모여 앉아 저녁을 먹고 있다가 나는 문득 떠오른 생각에 할아버지를 돌아보았다.

"그런데요, 할아버지. 여기에는 왠지 '그 존재'는 없는 것 같아요. 그쵸?"

따뜻한 컵 수프의 온기를 음미하고 계시던 할아버지가 순순히 고개를 끄덕이셨다.

"그럴지도 모르지. 뭐, 정신 결계야 정신이 완전히 붕괴된 '그 존재'에게 소용없는 거라고는 하지만 이곳은 우리가 들어오기 전에는 누구에게 침입받은 흔적이라고는 없으니까. 여긴 누군가의 연구소 같거든? 아마도 이곳에 결계를 만든 녀석의 연구소일 테지. 그런데 그 정도의 정신 결계를 만든 녀석이 '그 존재'가 들어왔는데 곱게 물러났을 거라고는 생각지 않아."

"그렇군요. 하아~ 그럼 도대체 어디 있는 걸까요?"

"글쎄다. 뭐, 여기 일을 끝내고 다시 알아봐야겠지."

시큰둥한 할아버지의 말이었지만 난 약간 놀랐다. '그 존재'가 없는 걸 알면 당장 돌아가자고 날 재촉할 줄 알았는데 그냥 여기 일이 끝날 때까지 같이 있어준다니.

"어? 할아버지, 지금 당장 안 돌아가도 괜찮겠어요?"

"당장 돌아간다고 어디 있는지 금방 알아지겠냐? 어차피 뭔가 또 발견되면 그 아펜젤러 녀석이 당장에 연락을 할 테니 서두를 필요는 없겠지. 그리고 난 누가 여길 만들었는지 궁금해지기 시작했거든. 뭘 연구하는지도… 뭔 키메라를 연구하는 것 같지만 말야."

그제야 나는 할아버지가 인간 마법사들의 독특한 마법 연구에 흥미가 있다는 걸 기억해 냈다.

다음날, 우리가 푹 자고 일어나 아침까지 끝마쳤을 즈음—우리 넷만—할아버지의 생각대로 사르하와 리틀 조로가 십여 명의 기사들과 함께 숲 안으로 들어왔다.

숲이라고 해봐야 중앙 부분은 아무것도 없는 허허벌판이었으므로 우리는 쉽게 만날 수 있었다.

"아시리안님, 무사하셔서 다행이에요. 하지만 다른 분들은 그렇지 못하신 것 같네요."

"아아, 크게 다친 건 없고 단지 지쳐서 그래."

"그럼 제가 나서야죠."

사르하는 자신이 할 일이 있어서 기쁜 듯 팔까지 걷어붙이고 아직도 깨어나지 못하고 있는 사람들에게로 다가가 강한 신성 마법을 펼쳤다.

"사랑과 정의인 당신의 이름으로, 모든 만물에게 따스하게 내려주시는 당신의 자비로, 내 앞에 있는 이들에게 당신의 힘을 부여해 주소서. 홀리 레자스트!"

사람들의 중앙에 서서 두 팔을 벌리고 외치자 그녀의 온몸에서 강력한 빛이 뿜어져 나오더니 일어나지 못하고 있는 사람들을 둘러쌌다.

"호오, 신성 마법 중에서 가장 으뜸이라고 여겨지는 회복계 마법을 쓰다니. 저 꼬맹이가 제법이군."

"저게 그렇게도 대단한 건가요?"

"그래, 7서클의 마법과도 맞먹는 거지. 하지만 저들 대부분에게는 필요가 없을 텐데 괜한 힘을 쓰는구나. 저들 대부분은 육체적으로 지친 게 아니라 정신적으로 타격을 받은 건데 말이다."

"한 일이 없어서 힘이 남아도나 보죠."

할아버지의 말대로 사르하의 신성 마법의 구현이 끝나고 몸을 일으킨 사람은 어제 정신 결계를 통과하고도 정신을 잃지 않고 남았던 사람들 뿐, 나머지는 그대로 정신을 잃고 일어나지도 못했다.

"어라? 이게 어떻게 된 거지?"

대부분의 사람들이 일어나지도 못하고 있자 신성 마법의 효력을 맹신하고 있었던 듯한 사르하가 당황감을 감추지 못하고 나를 돌아보았다.

"그 사람들은 정신적 충격을 받아서 일어나지 못하는 거야. 육체적 활력을 불어주는 홀리 레자스크도 효력을 못 보는 게 당연한 거지. 성으로 데려가서 정신적인 치료나 해줘."

"에? 그, 그런 거예요?"

나의 무덤덤한 말에 쓸데없는 데 힘을 낭비한 꼴이 된 사르하가 볼이 빨개져서는 말을 더듬었다.

"너무 그렇게 무안해할 필요는 없어. 덕분에 몇몇은 일어났잖아. 엄청 지쳐서 밥도 못 먹고 쓰러진 사람들이었거든."

내 말대로 어제 너무 과한 힘을 써서 유령처럼 창백하다 못해 푸르딩딩한 얼굴들로 쓰러졌던 사람들이 멀쩡한 얼굴로 단잠을 자고 일어난 사람들처럼 기지개까지 켜며 일어나고 있었다.

하지만 그래 봤자 20명 정도였지만.

그중에는 어제 리더로서 활약한 쉴러 브더셀스 자작도 끼어 있었다.

나중에 사르하 덕에 정신을 차린 사람들이 아침을 챙겨 먹고 나자, 자작은 쓰러져 있는 사람들을 성으로 데려가게 하고는 공터 중앙에 있는 집으로 쳐들어갈 준비를 했다.

원래는 너무 인원이 적은 것 같아 아침에 온 성의 기사들로 인원을 보충하려 했지만, 애쉬가 나서서 지금은 소수의 정예가 좋을 것 같다고 해서 사람을 더 늘리지는 않았다.

사르하와 리틀 조로도 끼고 싶어했지만 일행 모두가 허락하지 않아 둘은 어깨를 축 늘어뜨린 채 돌아가야 했다.

"자, 그럼 다시 가볼까요?"

이번에도 브더셀스 자작이 리더가 되어 앞장을 섰다.

지치더라도 끝까지 쓰러지지 않고 있는 것보다 한번 쓰러졌다 다시 일어서는 것이 더 힘들다는 걸 알고 있는 모든 이들이 자작의 불굴의 정신력에 감탄한 터라, 그가 앞장을 서도 아무도 뭐라 하지 않았다.

어떤 마법 결계가 쳐져 있을지도 모르기 때문에 마법과 검술 둘 다 뛰어난 나와 류미르가 앞장을 섰다. 그리고 그 뒤에는 할아버지와 마이터, 스와카, 죠슈아가 보조를 해주기로 했다.

하지만 아무리 살펴보아도 집의 겉에는 아무런 결계가 없는 듯했다.

"류미르, 뭔가 발견했어?"

"아니. 너는?"

"나도. 아무것도 없는 것 같은데?"

그러자 뒤에서 스와카가 불쑥 끼어들었다.

"어쩌면 집 안으로 들어서자마자 발동되게 했는지도 모릅니다."

"그럼 어떻게 하죠?"

류미르의 질문에 모두의 시선이 자연적으로 마이터와 할아버지께로 쏠렸다.

둘이 가장 연장자인데다 뛰어난 마법사들이었기에 그동안 이 일행의 머리 역할을 해왔던 까닭에 이제는 뭐 막히는 일이 있으면 자연스레 그들이 뭔가 해결책을 마련해 주길 기다리게 된 것이었다.

마이터와 할아버지는 잠시 숙고하는 듯하더니 갑자기 할아버지가 나서서 세이몬을 불렀다.

"너, 이리 와봐."

"예? 저, 저요?"

"그래, 너 말야."

세이몬은 영문을 모르는 표정이었지만 안 갈 수는 없는 일이었기에 엉거주춤 조심스레 할아버지에게 다가갔다.

할아버지는 그를 자세히 살펴보더니 만족한 듯 고개를 끄덕이고는 세이몬의 머리 위에 손을 얹고 뭐라뭐라 중얼거렸다. 잘 모르겠지만, 아마도 방어용 주문인 듯했다.

갑자기 웬 마법인가… 고개를 갸우뚱하는 이들의 시선을 받으며 할아버지는 몇 가지의 주문을 더 세이몬에게 걸어주더니 한 걸음 뒤로 물러서며 갑작스레 외쳤다.

"에어로 봄!"

원래 '에어로 봄'이란 공기를 압축해 적을 강타하는 것으로 강한 펀치 정도의, 공격 마법 중에서는 위력이 약한 마법이었지만 할아버지 손에서 시전되니 압축된 공기가 세이몬과 부딪치자마자 강한 돌풍이 휘몰아치며 세이몬을 문짝이 날아간 현관을—어제 몬스터가 문짝을 부수고 나왔기에 문이 없었다—거쳐 집 안으로 날려버렸다.

"우갸갸갸~~!"

불시에 당한 세이몬은 반항 한번 못해보고 날려가 버렸고, 그 모습을 본 일행은 경악과 놀람과 당혹감으로 인해 입을 쩍 벌렸다.

하지만 그들의 시선에는 할아버지를 나무라는 듯한 빛도 있어 열받은 할아버지가 도끼눈을 뜨고 그들을 한번 쫘악 훑어보며 한

안개 숲 215

마디 했다.

"그럼 너희들이 대신 갈래?"

그 말에 모든 이들의 시선이 제각기 딴 방향으로 흩어져 버렸다.

그동안 세이몬은 아무런 방해 없이 집 안으로 들어갔고, 그가 들어가자마자 스와카가 짐작한 대로 강한 섬광과 함께 커다란 폭발음이 들려왔다.

콰과과광~!

얼마나 큰 폭발이었는지 집이 들썩들썩거리면서 지붕이 날아가더니 잠시 후 푸쉬쉬— 하는 김빠지는 소리와 함께 검은 연기가 모락모락 올라가면서 지붕을 받치느라 4면에 있던 벽이 하나씩 뒤로 넘어졌다.

콰앙!

쿵!

꽈당~!

그래도 맨 마지막에 있는 벽 하나는 용케 안 넘어지고 버티고 있었지만 금이 쩍쩍 간 데다가 시커멓게 그슬려 손가락 하나로 톡 건드려도 금방 넘어갈 것 같은 몰골을 하고 있었다.

그렇게 드러난 집—이라고 이제는 말할 수 없지만—내부의 중앙에서는 세이몬이 엉거주춤한 포즈로 머리를 감싼 채 엎어져 있었다. 그래도 그 폭발에도 무사한 걸 보니 할아버지의 마법 덕을 톡톡히 본 듯했다.

"자, 그럼 일단은 해결되었으니 가볼까나?"

왠지 잘 해결되어 기분 좋은 할아버지의 말에 모두들 반사적으로 고개를 끄덕인 뒤 앞장선 할아버지의 뒤를 따랐다.

할아버지가 이제는 집이라고 부를 수 없는 폐허로 들어가 이리 저리 둘러보고 있는 사이 나와 류미르는 얼른 세이몬에게 가서 그를 일으켰다.

"세이몬, 괜찮아?"

할아버지의 방어 마법은 물리적인 공격만 막아줄 뿐 옷에 달라붙는 먼지는 막아주지 못해서 세이몬의 온몸은 먼지투성이었다.

"으응… 괜찮은 거 같아. 하지만 아깐 너무 놀랐다구."

세이몬은 아직도 혼이 나간 듯했지만 그래도 멀쩡한 얼굴로 일어나서 옷에 묻은 먼지를 툭툭 털며 대꾸했다.

"하아, 그나저나 여긴 사람이 살지 않는 곳인가 봐. 아무것도 없는데?"

류미르가 세이몬이 괜찮은 걸 확인하고 나자 시선을 돌려 주위를 살펴보면서 중얼거렸다.

그러고 보니 폐허가 된 집 안 곳곳은 보통 사람 사는 집에 있어야 할 가구는커녕 천 조각 하나 보이지 않고 텅 비어 있는 채 맨나무 바닥에 먼지만 수북이 쌓여 있어 사람들이 움직일 때마다 엄청난 먼지구름이 피어 올랐다.

"뭐야? 이래서야 사람이 살고 있다고 할 수도 없겠군."

할아버지가 엄청 일어나는 먼지구름 때문에 인상을 찡그리시며 로브 자락으로 코와 입을 막자 스와카가 얼른 마법으로 바람을 일으켜 안에 있는 먼지들을 다 밖으로 내보냈다.

"별다른 공격 마법은 없는 것 같으니 조사해 봅시다. 하지만 혹시 모르니 이상한 것이 있으면 절대 건드리지 마시고 마법사를 부르도록 하십시오."

마이터가 집 안을 한번 훑어보고 브더셀스 자작에게 말을 건네자 자작은 마이터의 말을 받아들여 감히 안에 들어오지 못하고 밖에서 엉거주춤 서서 안쪽만 힐끔힐끔 들여다보는 기사들에게 외쳤다.

"자, 괜찮으니 들어와서 조사를 시작해라!"

기사들이 자작의 말에 하나둘 들어오려고 할 때 누군가가 다시 외쳤다.

"아, 잠깐만요!"

모두 소리나는 쪽으로 시선을 돌리니 거기에는 스와카가 손을 들고 서 있었다.

급해서 엉겁결에 손을 들고 소리쳤던 듯 스와카는 자신에게로 시선이 몰리자 얼굴이 붉어지며 손을 얼른 내렸다.

"무슨 일인데 그러는가?"

자작이 왜 방해하냐는 듯한 힐난이 담긴 어투로 그에게 묻자 스와카는 얼른 정색을 하고 입을 열었다.

"여기는 좁은 곳이니 조사하는 데 많은 사람이 필요없습니다. 오히려 사람이 많으면 방해만 될 뿐이니 여긴 저희 마법사들이 조사를 했으면 좋겠는데요. 그동안 여러분은 쉬고 계시구요."

한마디로 조사하는 데 기사는 필요없으니까 가만히 있어달라는 이야기였다.

자작이 그 말에 기분이 약간 상한 듯했지만 스와카의 말도 일리가 있다 느껴지는지 마이터를 바라보았다. 마이터도 곰곰이 생각해 보더니 그게 낫겠다고 결론이 났는지 자작에게 고개를 살짝 끄덕여 보였다. 자작은 알겠다는 듯 한숨을 쉬더니 다시 기사들에게 소리쳤다.

"너희들은 그 바깥을 조사해 보도록 해라!"

그래도 한 일이 없었으니 쉬라는 말은 안 나오나 보다.

세이몬도 마법을 할 줄 몰랐기에 조사가 방해된다는 이유로 밖으로 쫓겨났고 스와카와 같이 들어왔던 반담도 같은 이유로 쫓겨나 안쪽에는 마법을 할 줄 아는 사람들만 남았다.

하지만 집터(?)가 대충 25평쯤 되는 크기였기에 할아버지와 나, 마이터는 부서진 잔해 더미의 평평한 곳에 앉아서 대충 훑어볼 뿐, 쭈그리고 앉아서 세세한 조사를 하는 건 죠슈아와 스와카, 그리고 류미르뿐이었다.

한참 동안 텅 빈 집 안을 샅샅이 훑어보던 세 마법사(?)들은 용케 안 쓰러진 벽 밑에서 뭔가 이상한 점을 발견한 듯 고개를 갸웃거리며 두드려 보기도 하고 깨끗이 닦아 살펴보기도 하더니 농땡이를 치고 있는 두 노인네와 나를 불렀다.

"여기 좀 보십시오."

그들이 있는 곳으로 가보니 스와카가 바닥을 가리켰다.

그 지저분한 바닥 중 그들이 손으로 깨끗이 쓸어놓은 곳을 자세히 바라보니 잘 보이지도 않는 희미한 금으로 장정 하나가 충분히 드나들 수 있을 크기의 사각형이 그려져 있었다.

"정교하죠? 이곳에서 희미하게 마나가 흘러나오지 않았더라면 저희도 찾지 못할 뻔했습니다."

마치 칭찬을 받길 바라는 학생처럼 씨익 웃으면서 스와카가 설명했다.

"그런데… 어떻게 들어 올리죠? 혹시 이것도 들어 올리면 공격 마법이 발동되게 만들어져 있는 게 아닐까요?"

아무리 둘러봐도 그 바닥과 다를 바 없는 정교한 뚜껑을 들어

올릴 수 있는 홈이라던가 끈이 보이지 않아 류미르가 좌중을 둘러보며 묻자 모든 이들의 시선이 마이터와 할아버지에게로 쏠렸다.

마치 자신들의 할 일은 다했으니 이제 두 분이 나설 차례라고 말하는 듯했다.

그들의 기대를 저버리지 않을 생각인지 두 노인네는 심각한 표정으로 천천히 손바닥으로 그 나무 바닥을 조심스레 쓸어보더니 고개를 갸웃거렸다.

"흐음… 별다른 공격 마법은 안 걸려 있는 것 같은데요?"

"그렇군. 하지만 희미한 마나가 흘러나오는 건 맞아. 이 안에서 어떤 마법이 발동되는 것 같군."

"하지만 다른 곳에서는 이런 마나의 기척도 안 느껴졌지 않습니까? 아, 여기가 혹시 통로라서 마나가 새어 나오는 걸까요?"

"그럴지도……"

할아버지는 신중한 표정으로 나무 뚜껑을 바라보더니 손짓으로 류미르를 불렀다.

"예? 저, 저요?"

아까 세이몬의 경우를 당할까 봐 두려움이 가득한 얼굴로 류미르가 떨떠름하게 묻자 할아버지가 인상을 팍 썼다.

"그래, 어른이 부르면 제깍제깍 부르셨습니까? 할 것이지 뭘 확인하는 게야?"

"아, 예에… 그런데 왜, 왜요?"

"너, 정령 부릴 줄 알지? 그럼 정령보고 이 뚜껑 좀 들어 올리라고 해봐."

할아버지는 그렇게 말하면서 내 손을 잡고 그곳으로부터 멀찌

감치 떨어졌다. 혹시나 모를 만약을 대비한 거였다.

그러자 모든 마법사들이 후닥닥 그곳으로부터 멀어지고 류미르도 얼른 실프를 불러내 부탁한 후 후닥닥 물러났다.

그리고 우리 여섯 명은 잔뜩 긴장해 방어막까지 친 채 실프가 천천히 들어 올리는 뚜껑을 바라보았다.

끼이이익~

오랫동안 사용되지 않아 뻑뻑했는지 실프가 천천히 들어 올리는데 기분 나쁜 소리가 들렸다.

뚜껑이 완전히 열려 뒤로 젖혀지자 나는 질끈 눈을 감고 곧 이어 들릴 폭발음 소리를 예상하며 귀까지 막았다.

하지만 아무리 기다려도 폭발음이 들려오지 않아 이상하게 여긴 내가 살포시 눈을 뜨고 바라보자 역시나 아무 일도 일어나지 않고 있었다.

"어떻게 된 걸까요?"

마이터도 의아한 듯 할아버지를 바라보자 할아버지가 퉁명스레 대꾸하셨다.

"낸들 알간?"

그러면서 뭔가 음흉한 눈으로 류미르를 바라보자, 류미르는 할아버지의 시선을 느낀 듯 불안한 표정으로 연신 머리를 쓸어 넘겼다. 그리고 그의 예상을 빗나가지 않는 할아버지의 한마디.

"내려가 봐."

류미르는 역시나 하는 표정으로 고개를 푹 숙였지만, 감히 거역할 수 없는 분의 명인지라 죽을상을 하면서도 바람의 상급 정령을 불러 자신의 몸을 보호하게 한 후 방금 생긴 통로로 천천히 사라졌다.

하지만 그가 내려간 지 한참이 되었는데 별다른 일이 생기지 않았다.

그리고 잠시 후 류미르의 얼굴이 바닥 위로 빼꼼 올라왔다.

"아무 공격도 없습니다."

그의 말에 마이터는 다른 기사들과 마찬가지로 바깥을 조사(?)하고 있는 자작을 부르러 갔고 우리는 먼저 류미르의 뒤를 따라 밑으로 내려갔다.

바로 밑에는 그냥 넓은 방 안이 있었는데 위에 있던 집보다 더 큰 크기였다.

그곳은 빛 하나 들어오지 않는 곳이었지만 공간 가운데 커다란 마법진이 희미한 빛을 발하고 있어 어두컴컴하다고 느낄 정도였다.

그 마법진은 얼마나 컸는지 그 공간을 거의 다 차지하고 우리가 서 있는 변두리 부분만 조금 남겨놓고 있었다.

할아버지와 죠슈아, 그리고 스와카가 마법진을 밟지 않게 조심해 가며 마법진을 살펴보고 있는 동안 마이터가 내려왔고 그 뒤로 기사들이 하나둘씩 내려왔다.

"무슨 마법진입니까?"

자작이 궁금한 듯 할아버지에게 조심스레 물었다.

"공간 이동 마법진. 게이트로 반영구적으로 만들어놨구만. 그런데 마법진이 좀 강력한 게… 보통 공간 이동이 아니라 아마 차원의 틈새로 이동시키는 것 같아. 뭐, 어쨌든 가보자구."

할아버지가 무덤덤한 태도로 마법진 안으로 저벅저벅 들어가서자 모든 이들이 주춤주춤 할아버지를 따라 마법진 안으로 들어섰다. 그러자 시동어도 외치지 않았는데 갑자기 마법진이 강한 빛을 발하더니 발동되기 시작했다.

그리고는 눈 깜짝할 사이 우리는 전혀 다른 방 안—그러니까 전에 있던, 아무것도 없어 텅 비고 빛조차 들어오지 않는 어두컴컴한 방 안이 아니라 적당하게 밝은 빛이 방 안을 가득 채우고 있는 방 안—으로 이동해 있었다. 그 널찍한 방 안에는 여러 가지의 가구들이 여기저기 자리를 차지하고 있었다.

방은 약 50여 평 정도로 무척 넓어 보였는데—왠지 갈수록 공간이 더 넓어지는 듯한 느낌이—그 넓은 방의 한쪽 벽을 몽땅 차지하고 있는 책꽂이와 그곳에 가득히 꽂혀 있는 책들, 그리고 그것도 모자라 그 앞에 여기저기 사람 허리까지 쌓여 있는 책들이 위태위태하게 자리를 잡고 있었다. 그 앞에는 엄청 커다란 책상이 하나 있었는데 그 위에도 여러 개의 책이 쌓여 있거나 펼쳐져 있었고, 그 밑에는 아마 메모지로 보이는 종이들이 잔뜩 흩어져 있었다.

그 옆으로는 칸막이에 반쯤 가려진 검소한 침대가 보였고 한쪽에는 자그마한 옷장과 간단한 세면대가 보였다. 그 반대 편에는 여러 가지 약품이 진열된 장이 있었고, 성인 남자도 충분히 드러누울 수 있는 큰 직사각형의 탁자가 있었다. 그 한쪽 옆에는 마법으로 실드가 쳐진 공간이 있었는데 그 공간 안에는 나무로 만든 상자가 있었고, 상자 위에는 빛을 내는 야구공만한 구체가 떠 있었다.

그리고 그 앞에는 검은색의 로브를 입은 어떤 남자가 쭈그리고 앉아서 실드 안을 열심히 바라보고 있다가 우리가 나타나자 놀란 표정으로 돌아보았다.

"뭐냐, 너희들은?!"

천천히 일어나며 우리를 경계하는 듯한 태도를 취하는 그는 평범한 인상에 동글동글한 얼굴에 들창코를 가지고 있는 늙은 남자였는데 하필 대머리여서 얼굴의 주름만 아니었으면 완전 공 같았을 거였다.

게다가 키도 작달막해 그를 처음 딱 보고 생각난 게 바로 눈사람이었다.

키메라를 연구한다고 해서 깡마르고, 음침하고, 심성이 사악하고, 굉장히 못되게 생긴 흑마법사를 상상하고 있었는데 내 상상을 완전히 깨는 모습이자 나는 저절로 긴장이 풀려 버렸다.

나쁜 사람은 음침하고 사악하게 생겨야 싸울 맛이 나는 거 아니겠는가?

일행들도 나와 같은 생각인지 모두들 약간은 김샌 듯한 표정이었다.

게다가 여기가 연구실인 것 같은 게 어두침침하고, 여기저기에 해부당한 이상한 몰골의 몬스터가 보존액에 담겨 있는가 하면 한쪽에는 창살이 달린 감옥이 있어 그곳에서는 실험 중인 몬스터들이 울부짖는 연구소를 상상한 내 예상이 또 한 번 깨지는 순간이었다.

그 동글동글한 검은 로브의 마법사는 우리를 한번 쭈욱 훑어보다가 마이터를 보더니 한층 더 놀란 표정을 지었다.

"마, 마이터?"

아는 사이인 듯한 그의 어조에 마이터를 바라보니 마이터도 놀란 표정을 짓고 있었다.

"너는… 요르그? 40년 전에 갑자기 행방불명되었다고 알고 있었는데… 그렇다면 그때부터……?"

"뭐냐? 아는 사이냐?"

할아버지의 질문에 마이터는 놀란 표정으로 그 요르그라 불린 마법사에게서 시선을 떼지도 못한 채 천천히 고개를 끄덕였다.

"마법 학교 때 동기입니다. 몬스터나 동물에 꽤 흥미를 가지고 있었다고 알고 있었는데 여기서 키메라를 연구하고 있었다니……."

'그러고 보니 안개의 숲은 몇십 년 전에 생겼다고 했었지?'

요르그라고 불린 마법사는 일행 중에 마이터가 있자 약간 안심한 표정이었지만 그래도 경계를 누그러뜨리지 않은 채 재차 물었다.

"마이터, 네가 여긴 웬일이냐?"

요르그의 질문에 마이터는 놀란 표정을 아직도 지우지 않은 채로 떠듬떠듬 대꾸했다.

"나는… 안개 숲에서 괴상한 몬스터들이 나왔다기에… 조사하러 갔다가 여기까지 오게 된 거다. 그런데 네가 여기 있을 줄이야……."

"안개 숲? 웬 안개 숲?"

영문을 모르겠다는 듯 고개를 갸웃거리는 요르그를 향해 마이터가 재차 설명했다.

"모르냐? 네가 살고 있는 이 숲이 안개 숲이다. 항상 숲 안에 안개가 떠돌고 있다고 해서 그렇게 불리게 되었지."

"그래? …어떻게 된 건지 짐작은 가는군."

요르그가 이해한 표정으로 고개를 끄덕이자 이번에는 마이터가 물었다.

"넌 어떻게 된 거지? 네가 여기서 키메라를 연구한 거냐?"

그러자 요르그가 그 동글동글한 얼굴을 살짝 찡그렸다.

"키메라라… 그렇게 말하기에는 좀 그런데… 난 단지 새로운 멋진 동물을 좀 만들어보고 싶었을 뿐이야."

하지만 그 정도의 말로는 그의 행동을 이해하기가 부족했기에 만족을 못한 마이터가 재차 질문했다.

"그게 무슨 소리냐? 그렇다면 한번 들어오면 다시는 못 빠져나가게 한 이 숲의 결계는 뭐고 이 숲에서 나온 그 괴상한 몬스터들은 또 뭐냐?"

요르그는 여전히 살짝 찡그린 얼굴로 대꾸했다.

"난 단지 내 연구를 방해받고 싶지 않았을 뿐이야. 그리고 이상한 소문에 시달리는 것도 싫었고. 어차피 결계 안으로 들어온 사람들은 호기심 때문이 아니었나? 난 들어오라고 한 적 없어. 그리고… 네가 말한 그 몬스터들은 전에 몇 마리 여기서 빠져나갔었는데… 아마 그 녀석들 같군. 다시 돌아올 줄 알았는데 안 돌아오더라니… 사람들 사는 곳으로 갔다가 변을 당했을 줄이야……."

무지 안타깝다는 듯한 그의 태도에 마이터를 비롯한 우리는 더욱더 어리둥절했다.

자신의 실험체인 그들에게 동정심을 가지고 있다는 게 더 이상한 거 아닌가?

마이터도 요르그처럼 인상을 찌푸리며 물었다.

"그게 무슨 소리인가? 점점 더 알 수 없는 소리만 하는군. 여기서 도망친 몬스터들이 왜 돌아온단 말인가?"

"그 녀석들은 여기서 태어나고 자랐거든. 보통 동물들은 멀리 가더라도 자신이 태어난 곳으로 돌아오려는 본능을 지니지 않았는가? 그걸 아마 회귀의 본능이라고 하지?"

왠지 대화의 방향이 엉뚱한 곳으로 흘러가는 것 같은 느낌이 드는 도중 할아버지가 그들 사이로 끼어들었다.

"그건 그렇다 치고. 궁금한 게 있는데, 숲을 둘러서 만든 정신적 결계라든지 여기 차원의 틈새에 만들어놓은 이공간이라든지 모두 자네가 만든 건가? 내가 보기에 자네에게는 그렇게 큰 마나가 없는 것 같은데?"

요르그는 갑자기 끼어든 할아버지를 이상하게 한번 쳐다보기는 했지만 숨길 맘은 없었는지 순순히 대답해 주었다.

"물론 제 능력으로는 택도 없지요. 그래서 전 마족의 도움을 받았습니다. 이곳에 사람들이 들어오지 못하게 결계를 만든 것과 차원의 틈새에 이공간을 만들어준 것이 바로 그 마족이지요."

그러자 나와 류미르, 세이몬을 제외한 모든 이들이 놀라움을 감추지 못했다. 그중 마이터는 놀라움을 넘어 경악으로 물들었다.

"자, 자네… 마족과 계약을 했단 말인가?!"

아마도 편견 때문이겠지만, 마이터는 놀람을 가라앉히자 이제는 분노로 몸을 부들부들 떨었다. 아마도 그 분노는 태연한 요르그의 태도에 더 커진 것 같았지만.

"도대체 자네 제정신인 겐가? 자네의 연구심을 가지고 뭐라 하지는 않겠지만 마족과 계약까지 하다니… 그래, 도대체 계약의 조건이 뭔가?"

크게 분노하며 외치듯이 묻는 마이터를 잠시 바라보던 요르그는 한숨을 내쉬었다. 마이터와 같은 마법사인데다 같은 학교의 동기이니 마이터가 왜 분노하는지 잘 알기 때문일 거였다.

"마이터, 그렇게 화낼 필요는 없네. 마족이라고 다 사악한 건 아니거든."

하지만 그의 말은 마이터의 차가운 말에 중간에서 잘려 버렸다.

"변명은 필요없네. 도대체 마족과 한 계약의 조건이 뭔지나 말해 보게나."

요르그는 다시 한 번 깊은 한숨을 내쉬고는 입을 열었다.

"난 단지 그 마족이 맘에 들어할 만한 멋진 애완 동물 한 마리를 만들어주기로 했을 뿐이라네."

마이터는 기가 막힌 듯 비틀린 미소를 지었다.

"하, 이 세상을 정복하는 데 쓰일 괴물들이 아니라?"

요르그는 마이터를 이해시키려는 듯 침착한 목소리로 다시 한 번 설명했다.

"마이터, 그는 이 세상을 정복할 마음을 가지고 있지 않아. 단지 마계에서 잘 살 수 있고 멋진 모습을 가진 애완 동물을 원할 뿐이라고."

하지만 마이터는 코웃음을 칠 뿐이었다.

"하, 그런가? 얼마나 잔인하고 흉측한 괴물인지 정말 궁금하구만."

결국 말로써는 마이터를 이해시킬 수 없다 생각한 요르그는 포기의 한숨을 내쉬며 어느 한쪽을 가리켰다.

"그렇다면 자네가 직접 보지 그러는가? 저 안에는 그에게 보내줄 애완 동물까지 있으니 한번 보게나."

요르그가 가리킨 쪽에는 평범한 나무 문이 있었다.

마이터는 그 문을 보자마자 성큼성큼 그쪽으로 다가가 거칠게 문을 확 열었다. 하지만 그 안을 본 그는 들어가지도 못하고 그 자리에서 굳어버렸다.

"뭔데?"

궁금증을 참지 못한 할아버지가 그쪽으로 다가가자 그걸 기회로 나머지 일행들도 우르르 그곳으로 걸어가 문 안쪽을 들여다보고는 모두 놀라서 그 자리에서 굳어져 버렸다.

파아란 하늘 아래 끝도 없는 풀밭이 그 안에 펼쳐져 있었다. 아마 이곳도 이공간 안에 만들어진 세계인 듯한데 마치 천국과도 같은 이곳에는 여러 종류의 괴상한 몬스터들을 비롯한 일반 몬스터들과 여러 종의 동물들까지 그 안에서 노닐고 있었다.

물론 그들이 서로 사이좋게 놀고 있는 건 아니었다.

그 안에서도 엄연히 천적이 구분되어 있어서 초식 동물들은 육식 동물들과 몬스터들의 눈치를 보며 구석구석에서 자신들끼리 오밀조밀 모여 있었고, 몬스터들도 서로 상하의 계열 관계에 따라 혼자 떨어져 있거나 몰려 있곤 했다.

그런데 그때 입과 날카로운 이빨이 비정상적으로 큰 한 몬스터가 배가 고팠는지 어슬렁거리며 기회를 보다가 가까이에 있던 팔이 네 개가 달린 몬스터에게 달려들어 그의 한쪽에 있는 팔 두 개를 뜯어버렸다.

팔이 뜯긴 몬스터는 괴성을 지르며 뒤로 펄쩍 뛰어 물러났고 나는 다음 순간 입이 큰 몬스터가 다시 공격할 것이고 팔이 네 개인 몬스터는 죽으리라 예상을 했었다.

하지만 나의 예상을 깨고 입이 큰 몬스터는 팔 두 개로 만족한 표정을 지으며 뒤로 물러났고 팔이 뜯겨진 몬스터도 잠시 후 뜯겨진 면에서 새로운 팔이 돋아났고, 그 팔을 휘적휘적 움직여 보며 전혀 급하지 않은 걸음으로 그 자리를 벗어나는 거였다.

"세상에……"

누군가의 입에서 감탄이 흘러나왔다.

"몬스터들을 한곳에 데리고 있다 보니 제일 걸리는 게 숙식이더군. 물론 장소야 이공간을 만들었긴 했지만 먹이는 내가 계속 댈 수가 없더라고. 생각다 못해 이 안에서 자생을 할 수 있게끔 환경을 만들어줬지. 저들은 모두 트롤의 혼혈이야. 그래서 팔 한둘 정도는 충분히 재생이 가능하지. 저들도 그걸 알고 있는지 공격하는 녀석도 항상 그 정도만 노리고 당하는 녀석들도 그 정도는 양보해 주더군. 어떻게 보면 참 영리한 녀석들이지."

어느새 걸어왔는지 요르그가 우리 옆에서 중얼거리는 듯한 어조로 설명해 주자 우리 모두는 홀린 듯한 표정으로 그의 설명을 들었다.

"대단하군……."

마이터가 놀란 표정을 한껏 얼굴에 드러내며 중얼거리자 요르그가 그의 감탄이 싫지는 않은지 히죽 웃었다.

"여기에는 그에게 보내줄 애완 동물도 있다네. 한번 보겠는가? 아, 저기에 있구만."

요르그가 가리키는 손끝을 따라 쭈욱 가보니 너른 벌판에서 약간 높은 언덕이 있었는데 그 위에 요르그가 말한 그 마족의 애완동물이 거만하게 앉아 있었다.

마치 이공간 안에 있는 모든 동물들과 몬스터들을 굽어보는 듯한 녀석의 폼을 보니 제왕의 모습이라는 말이 떠올랐다.

온몸이 윤기가 자르르 흐르는 새카만 털로 뒤덮여 있었는데 커다란 두 눈만은 에메랄드 빛이었다. 게다가 이마 정중앙에는 혹이라고 할지, 점이라고 해야 할지 모를 마름모 모양의 붉은 돌이 박혀 있었다.

전체적인 면을 보자니 완전 표범이었는데 앉아 있는 크기만 해도 송아지보다 더 컸다.

그 녀석은 거만하게 주위를 둘러보다가 입구에 오밀조밀 서 있는 우리를 보자 경계를 하는 것인지 천천히 자리에서 일어났는데 그러면서 그의 몸을 감싸고 있던 거대한 날개가 쫘악 펼쳤다. 몸의 색깔과 같은 검은색의 피막 날개였는데 그 날개까지 편 걸 보니 몸이 두 배는 더 커 보여 장정 한두 명은 거뜬히 태울 수 있을 것 같았다.

'혹시, 그 마족이 저 녀석을 타고 다니려고 선택한 건 아닐까?'

그 녀석이 일어나자 그 근처에 있던 몬스터들과 동물들이 움찔거리면서 녀석과의 거리를 점차 늘렸지만 그 녀석은 그런 건 거들떠보지도 않고 날개를 천천히 움직여 날아올랐는데 그 모습이 그렇게 우아할 수가 없었다.

"멋지군……"

할아버지도 감탄한 표정이었다.

우리 앞에서 불과 2, 3미터 앞에 착지한 녀석은 날카로운 눈빛으로 우리를 찬찬히 살펴보기 시작했다. 마치 자신보다 강한지 약한지를 가늠하는 듯했다. 하지만 조금도 두려운 모습은 보이지 않는 게 되게 거만하고 잘난 척하는 녀석인 듯했다.

그 모습이 조금 맘에 안 든 듯 할아버지의 눈살이 쪼끔씩 찌푸려지기 시작하자 요르그가 할아버지의 상태를 눈치 챈 것인지, 아니면 그때 정말 막 생각이 난 건지 아차 하는 표정으로 말했다.

"아, 그러고 보니… 저 녀석의 동생이 곧 태어나지."

"뭐? 저놈의 동생도 있었나?"

마이터가 그의 말을 받으며 의아한 듯 묻자 요르그는 고개를 끄덕이며 자랑스러운 표정으로 입을 열었다.

"그래, 자네들이 오기 전에 내가 보고 있던 그 알이 바로 저 녀석의 동생이지. 저 녀석과는 좀 다르게 태어날 수 있도록 조작을 했는데… 어떻게 태어날지는 나도 모르겠어. 내 예상으로는 반 시간 내로 태어날 듯한데, 한번 보겠는가?"

그렇게 말하며 요르그가 걸음을 옮겨 그 공간에서 벗어나는 문으로 향하자 모든 이들의 걸음도 자연스레 그를 따라 그곳을 벗어났다.

그리고 요르그를 따라 요르그의 연구실 한쪽 구석에 얌전히 놓여 있는 알 상자 앞에 쭈그리고 앉았다.

물론 대빵 격인 할아버지와 마이터, 요르그와 나만이 맨 앞에 쭈그리고 앉았고 나머지들은 모두 뒤에 서서 구경할 수밖에 없지만.

"이건 뭔가?"

알 위에서 따스한 빛을 내고 있는 구체를 가리키며 마이터가 묻자 요르그가 한번 더 자랑스러운 얼굴로 실실 웃으며 설명해 줬다.

"이것도 내가 발명한 거지. 알이 부화하기 위해서는 따뜻해야 하지 않나? 실드가 쳐진 안의 온도를 조절해 주는 마법구야."

"호오… 그래? 거참, 신기하구만."

마이터가 다시 한 번 감탄한 표정으로 알 위에 떠 있는 구체를 바라보고 있는데 요르그가 움찔거렸다.

"아, 알이 움직였어."

그러자 모든 이들이 상자 안의 알을 뚫어져라 바라보기 시작했다.

알은 시선을 받고 있다는 걸 눈치 채기라도 한 듯 한동안 다시 움직이지 않고 가만히 있다가 조금 시간이 흐르자 또 한 번 움찔거렸다.

그리고 또 가만히 있다가 다시 한 번 움찔거리고, 또 가만히 있고… 그러기를 수차례.

기다리는 사람들이 초조함으로 인해 애간장이 타 녹아내릴 것 같을 무렵 드디어 알이 움찔거리기를 그치고 뽀직뽀직 소리를 내더니 알의 표면에 금이 가기 시작했다.

"나오려나 봐."

내가 태어났을 때도 저랬을까… 싶은 게 금이 가면 퍼뜩퍼뜩 부수고 나올 것이지 안에 있는 녀석은 힘든지 한참을 또 가만히 있다가 답답해질 즈음 다시 한 번 다른 쪽으로 알 표면에 금을 내었다.

그러더니 서서히 알 껍질을 부수기 시작했다.

작은 몸부림으로 금이 간 부분을 계속 톡톡 치는 듯하더니 균열이 점점 벌어져 틈이 넓어지자 그 사이로 계속 손인지 발인지를 내밀어 알을 부수기 시작했다. 그러나 그 작업이 너무 더디고 힘겨워 보여 참다못한 뒤에 서 있는 기사 하나가 중얼거렸다.

"거참, 도와줬으면 속이 시원하겠구만."

그러자 요르그가 냉큼 그를 나무랐다.

"도와주면 안 돼. 그러면 몸이 약해진단 말야. 스스로 알을 깨고 나와야 그만큼 살 수 있는 확률이 높아져."

머쓱해졌을 기사는—안 돌아보았지만 그럴 거 같다—다시 입을 다물었고 우리는 계속해서 알과 사투를 벌이고 있는 그 조그만 생명체를 바라보았다.

거의 한 시간이 지났다고 생각될 무렵 자그마한 생명체는 드디어 완전히 알에서 벗어났다.

처음 탄생한 생명체가 모두 그렇듯이 털이 하나도 없는 새빨간 피부로 덮인 내 손바닥만한 녀석이 몸에 묻은 알 껍질을 털어내려는 듯 자꾸 꼬물락꼬물락거렸다.

모두들 경의의 표정으로, 특히나 요르그가 눈물을 흘릴 정도로 감격한 표정으로 그걸 바라보고 있는데 그 생명체가 갑자기 부르르 떨더니 동작을 멈춰 버리는 거였다.

놀란 사람들이 헛바람을 들이키고 있을 때 요르그가 재빨리 실드 안으로 손을 집어넣어—물리력 결계는 아니었는지—그 생명체 위에 손을 얹고 회복 주문을 외우기 시작했다.

그러자 잠시 후 다시 그 생명체가 꼼지락거리기 시작했는데 놀랍게도 그 생명체의 몸에서 털이 눈에 보이는 속도로 자라기 시작하더니 곧 그 생명체의 몸을 다 덮고 생명체도 조금 자라 있었다.

그렇게 자란 생명체는 하얀 털로 뒤덮인 강아지 모양을 하고 있었는데 머리 위에는 새끼손톱 반만한 자그마한 뿔에다가 등에는 새의 날개까지 달고 있었다.

하지만 그 강아지 비스무리한 생명체는 힘이 겨운지 누워서 일어나지 못한 채 요르그의 마력에 힘입어 몇 번 꼼지락대더니 결국 바르르 떨다가 죽어버렸다.

"이런……"

할아버지까지 안타까운 표정으로 중얼거리며 고개를 흔들더니 자리에서 일어나 슬며시 뒤로 물러났다.

요르그가 너무 침통한 표정으로 그 죽어버린 강아지 비스무리한 녀석을 쓰다듬고 있었기 때문이었다. 마치 소중한 자식이라도 되는 양 조심스럽고 부드럽게 손끝으로 쓰다듬는 모습이 너무 안쓰러워 보였다.

"나 때문이다… 나 때문이야……. 내가 너무 욕심을 부려 너를 죽게 했구나… 성장 촉진제는 사용하지 않는 건데… 시간이 별로 없다는 생각에… 차라리 시간이 모자라더라도 사용하지 말 것을……."

그렇게 중얼거리며 울먹이는 요르그의 어깨에 마이터가 조심스레 손을 얹었다.

"이보게, 자네는 최선을 다한 거 아닌가? 그러니 너무 심려치 말게나. 그리고 또다시 만들면 될 거 아니겠는가?"

요르그는 마이터의 말에 중얼거림을 멈추고 한참 동안 계속 그 죽은 녀석만 쓰다듬고 있다가 힘겹게 입을 열었다.

"그래도… 이 녀석이 태어나는 건 아니지. 게다가 난 이제 연구를 계속할 수 없다네……."

"무슨 소린가? 왜 시간이 없어?"

의아한 듯한 마이터가 묻자 요르그는 천천히 일어서며 슬픈 눈으로 그 죽은 녀석을 바라보더니 한숨을 내쉬며 돌아서서 마이터를 바라보았다.

"내가 처음에도 말했듯이 내 능력으로는 이곳을 유지하지 못한다네. 그래서 마족의 힘을 사용했는데, 그것도 오늘까지라네. 마족의 힘을 사용할 수 있는 건 그의 애완 동물이 다 자랄 때까지였거든. 자네도 보다시피 저 녀석은 다 자란 상태지. 그래서 그가 오늘 데리러 오기로 했다네."

"그, 그렇다면 다른 곳에서 하면 되지 않는가?"

"하~ 다른 곳에 이 정도의 시설이 있을 것 같나?"

"그, 그건……."

마이터가 말문이 막힌 듯 말을 더듬자 요르그가 부드럽게 웃었다.

"연구하기 위해 다시 또 마족의 힘을 빌릴 수는 없지. 그리고 나도 원하는 만큼 연구를 했으니 더 이상의 미련은 없네."

"그런가……."

둘이서 그렇게 말을 주고받고 있을 때 갑자기 연구실 안의 공간이 살짝 일그러지며 허공에서 조그마한 구멍이 생기더니 급격하게 커졌다.

할아버지가 나를 자신의 곁으로 끌어당길 즈음 벌어진 구멍에서는 빛나는 은발을 허리까지 늘어뜨린 데다 귀가 엘프처럼 뾰족한 인물이 튀어나왔다.

무척 아름다운 외모를 지니고 있었지만 그의 붉은 입술 사이로는 송곳니가 살짝 삐져 나와 있었고 손톱도 마치 동물의 것처럼 길고 뾰족하면서 끝이 살짝 구부러져 있었다.

그는 이곳이 마치 제 집인 양 당당히 서서는 주위를 둘러보다가 요르그를 바라보며 물었다.

"뭐야? 인간이 많네?"

그러자 요르그가 얼른 웃으면서 그를 반겼다.

"오셨습니까? 이들은 제 친구들과 그의 호위들이니 크게 신경 쓰실 건 없습니다."

'친구들'이란 말에 할아버지의 인상이 잠깐 구겨졌지만 뭐라 하지는 않았다.

마족은 우리를 둘러보며 알겠다는 듯 고개를 끄덕였다.

"흐음, 오늘이 이곳에서 나가는 날이니 친구들이 마중을 나왔나 보군. 나야 뭐 상관없는 일이지. 그런데……."

말끝을 늘이던 마족이 갑자기 우리 일행 쪽으로 손가락을 가리키며 물었다.

"네 친구 중에는 마족도 있었나?"

그가 가리키는 손가락을 끝에는 세이몬이 서 있었던 것이다.

모든 이들이 놀라 세이몬과 조금씩 떨어지며 그를 바라보는 가운데 마족이 세이몬에게로 다가오며 그를 아래위로 훑어봤다.

"헤에, 뭐야? 너, 아벨리아 족이잖아?"

놀랐다는 표정으로 그를 바라보는 마족에게 세이몬은 조용히 물었다.

"아저씨는 누구세요?"

순간 황당하다는 표정으로 세이몬을 다시 바라본 그 마족은 황당감이 가득 담긴 목소리로 중얼거렸다.

"아벨리아 족 중에 어떤 덜떨어진 녀석이 용케 성년식을 치렀다는 소리를 들었지. 그런데 그게 너였냐?"

"우쒸……."

자신을 비웃는 말에 화가 난 세이몬의 볼이 부풀어 오르자 그 마족이 하하 웃으며 뒤로 물러났다.

"아아, 화내지는 말라고. 아벨리아 족이랑 싸울 생각은 없으니까. 너도 네가 아무리 아벨리아 족이라고 해도 나에게 이기긴 어려울 테니 그만두라고. 우리 타자시나 족도 너희 아벨리아 족 못지않은 고위 마족에 속하니까."

그의 말에 세이몬이 뭔가 떠오른 표정을 지었다.

"아, 타자시나 족 들어봤어요. 사치와 허영을 무지 좋아한다는 마족이라고… 은발에 호박색 눈이 특징이라는……."

"참내, 그렇게 잘 알면서 왜 못 알아본 거냐?"

세이몬의 말이 맘에 안 드는지 투덜거리는 그 마족의 눈은 세이몬의 말대로 노란빛이 도는 호박색이었다.

"어쨌든, 나는 다른 볼일이 있으니 이만… 이봐, 요르그? 그 녀석은 어디 있지?"

여전히 기분 나쁘다는 투로 몸을 휙 돌린 마족이 요르그에게 묻자 요르그가 얼른 이공간으로 통하는 문을 가리켰다.

"저 안에 있습니다."

"그래, 알았다. 내가 직접 데리고 가지. 아, 그리고 오늘 이곳이 사라진다는 건 알지? 반 시간 후에 사라지도록 조절할 테니 얼른 얼른 정리하고 여기서 나가라고."

"그러죠. 그동안 고마웠습니다."

요르그가 얼굴 가득 사람 좋은 웃음을 지으며 정중히 인사하자 그 마족이 물끄러미 요르그를 바라보더니 어깨를 으쓱거렸다.

"뭐, 나 좋으려고 한 계약이니까 고마울 건 없지. 하지만 너도 참 이상한 인간이군. 내가 알기로 마족과 계약을 하는 인간들은 다 자기중심적이고 불평 불만만 가득하다고 들었는데 말야."

"하하, 그렇습니까?"

"어쨌든, 이걸로 이별이군. 그럼 잘 있으라고."

마족은 요르그에게 손을 흔들며 문을 열고 그 안으로 사라졌다.

마족이 사라지자 할아버지는 내 손을 붙잡고 말했다.

"자, 그럼 우리도 서둘러 나가자꾸나."

할아버지의 말에 모든 이들이 서두르는 발걸음으로 마법진으로 향했다. 하지만 요르그만이 그 자리에서 움직일 줄을 몰랐다.

"요르그?"

몇 발자국 가다가 요르그가 자신과 같이 움직이지 않는다는 걸 안 마이터가 의아한 듯 그를 바라보며 묻자 요르그가 피식 웃으며 말했다.

"어서 가게나."

"자네도 가야지. 시간이 없으니 서두르게나. 뭐 챙길 게 있는 건가?"

챙길 게 있으면 도와주려는 모습으로 마이터가 주위를 둘러보자 요르그가 고개를 저었다.

"아니야, 마이터. 그게 아니라 난 가지 않을 거야."

"그게 무슨 소리인가? 가지 않으면 여기서 죽게 돼. 이공간이 사라진다는 소리 못 들었나?"

놀란 마이터가 다시 요르그에게 다가오며 외쳤지만 요르그는 요지부동이었다.

"나도 알고 있네. 그래서 남겠다는 거야."

"도대체 왜 그러는 건가?"

"처음부터 그럴 생각이었네. 이곳이 사라지면 저 안에 있는 녀석들도 같이 사라질 테지. 난 저 녀석들과 운명을 같이할 거라네. 원치 않는 녀석들을 강제로 개조시킨 죄책감이랄까?"

"그런 말도 안 되는……"

마이터가 막 화를 내며 입을 열려고 하는데 요르그가 그의 말을 막았다.

"그리고 내가 원하지는 않았지만… 이곳에 들어와서 죽은 사람들이 있지 않나? 그들은 내가 죽인 셈이야. 게다가 말일세……"

요르그가 약간 머뭇거리더니 한 톤 낮은 목소리로 속삭이듯 말했다.

"난… 애완 동물을 만들 때… 사람도 사용했다네."

"허걱!!"

충격적인 발언에 마이터가 경악성을 터뜨리자 요르그가 그 모습을 보며 씁쓸히 웃었다.

"그것만으로도 커다란 죄를 지은 거지. 물론 사람을 죽인 적은 없네만… 인류를 저버린 게 아니겠나? 그런 고로 난 갈 수 없어. 어쩌면 나가서 죗값을 치를 것이 두려워 그런지도 모르지. 이해해 주겠나?"

마지막에 간절한 표정으로 마이터를 바라보는 요르그의 눈에는 단호한 결심이 서려 있었다. 그래도 마이터가 머뭇머뭇대자 요르그가 몇 마디 덧붙였다.

"난 나이도 먹을 만큼 먹었고, 이 나이까지 내가 하고 싶은 걸 하면서 살았네. 더 이상 원도 없지."

한참을 머뭇거리며 갈등하던 마이터는 결국 요르그를 데리고 나가길 포기했다.

"그런가? 허허, 자네가 부럽구먼. 나도 죽을 때 원없이 살았다고 말하고 싶군. 그럼 먼저 가게나. 이 다음에 저 세상에서 만나세."

"후후, 그러지. 좋은 자리 맡아놓고 있을 테니 서둘지 말고 쉬엄쉬엄 오게나."

"그러지……."

그렇게 말하는 마이터나 요르그나 모두 조용한 미소를 띠고 있었다. 그리고 마이터는 잠시 후 그에게서 몸을 돌려 우리가 있는 마법진으로 들어왔다.

곧 마법진이 다시 한 번 발동했고 우리는 부서져 버린 집 밑에 있던 어두운 방 안에 돌아와 있었다.

"여기서 나가야 합니다. 이공간이 사라지면 여기도 같이 사라질 겁니다."

마이터의 말에 우리는 그 방에서 서둘러 빠져나왔다.

그리고 잠시 후 우르릉거리는 천둥이 치려는 신호와 비슷한 소리가 울려 퍼지며 땅이 한차례 진동을 하더니 곧 조용해졌다.

이곳과 연결되어 있던 이공간이 사라진 것이다.

그리고 그 울림에 마지막까지 버티고 있던 폐허의 한쪽 벽이 무너지고 말았다.

"요르그……"

그 모습을 보며 마이터는 슬픈 얼굴로 중얼거렸지만, 곧 고개를 저으며 그 감정을 털어내더니 평상시의 모습으로 돌아와서는 말했다.

"자, 이제 돌아갈까요?"

하지만 문제가 하나 더 남아 있었다.

모든 사람들이 세이몬을 두려움과 호기심이 섞인 눈으로 바라보며 아무도 가까이 하려 하지 않는 것이었다.

"에이, 아까 그 마족이 쓸데없는 소리를 해서 그래."

"글쎄 말야. 아까 그 말 못하게 막을 걸 그랬어."

나와 류미르는 투덜투덜대다가 할아버지를 간절한 눈으로 바라보았다. 아무래도 이 상황을 해결해 줄 수 있는 능력자가 할아버지뿐인 것 같았기 때문이다.

내 간절한 시선을 차마 무시할 수 없었는지 할아버지는 입맛을 한번 다시더니 고개를 끄덕이며 외쳤다.

"그래, 그래, 알았다. 내가 힘 한번 써주마."

그리고는 나와 류미르, 세이몬을 자신의 곁으로 끌어당기시더니 용언으로 나머지 일행들에게 명하셨다.
 "그 마족이 이 아이를 마족이라고 밝혔던 대화 모두를 잊어라. 그리고 내가 마법을 걸었다는 사실도!"
 권능이라고도 말해지는 용언 마법이 발현되는 순간을 목격하게 된 것이다.
 사람들은 순간적으로 한결같이 멍한 표정이 되더니 곧 정신을 차리며 어리둥절하게 서로를 바라보았다.
 "뭔 일이 있었어?"
 "몰라. 있었어?"
 "나도 몰라."
 "우리가 왜 여기 가만히 있는 거지? 빨리 돌아가자구."

 수도에서 일행들을 데리고 온 피에르 백작은 우리가 성으로 돌아온 3일 후에 깨어났다.
 하지만 아직 완전히 회복된 것이 아니라서 수도로 돌아간 뒤 얼마 동안은 요양을 계속해야 한다고 했다. 물론 그뿐만이 아니라 안개 숲에서 실려 나간 모든 사람들이 다 그러했지만.
 그와는 반대로 끝까지 남아서 나중에 걸어서 그 숲을 나온 사람들은 모두 쌩쌩했다.
 아마도 정신적 결계를 이겨냈다는… 그러니까 자신의 가장 무서운 점을 이겨냈다는 자신감이 붙었기 때문일 거였다.
 그건 자작도 마찬가지로, 맨 처음 그를 봤을 때 느꼈던 어두운 모습이 많이 사라진 듯한 느낌이었다.
 그는 일행을 안개 숲에서 무사히 데리고 나온 공로가 인정되어 곧 수도로 불려갈 거라고 했고, 이 영지도 안개 숲이 사라진 탓에 누군가의 영지로 하사될 거라고도 했다.

　여담이지만, 안개 숲 일을 빨리 해결하고 구경가려고 했던 암시장은 결국 못 가게 되었다.
　안개 숲을 조사하러 수도에서 기사단이 파견되는 바람에 며칠 뒤에 열릴 암시장이 급하게 취소된 데다가 안개 숲이 사라졌다는 정보가 벌써 밖으로 나돌게 되어 앞으로의 암시장 장소가 바뀌게 되었기 때문이다.
　자신이 잘못한 일인 양 미안한 표정으로 그 이야기를 전해주던 마이터가 빠른 시간 안에 어디서 암시장이 열리는지 알려주겠다고 했지만, 나는 한번 김이 새버려서 그런지 가고 싶은 마음이 싹 사라져 버리고 말았다.

제28화
결심

결심

'내일당장가자. '그 존재'가날기다릴거야.
자신을 인도해 주길······.'

이제는 평범한 숲이 되어버린 '안개 숲'의 조사를 마치고 돌아온 수도는 사건이 하나 터져 있었다. 하루의 절반은 침대에서 지내야만 할 정도로 몸이 좋지 않던 국왕의 건강이 급속도로 악화되어 오늘내일하게 되었던 것이다.

그런데 이 국왕이 그냥 그대로 조용히 갔으면 좋았을 텐데 오늘내일하는 그 힘겨운 상황에서도 쥐어짜낸 소리로 브랜트 제1왕자를 황태자로 임명해 버린 거였다.

그 국왕이 그대로 죽었으면 똑같이 왕위 계승권을—상식적으로 이럴 수 없는데 그 국왕이 빠득빠득 우겨서 이렇게 되었다나 어쨌다나—가졌다고 하나, 여러 가지의 타당성이 있는 논리에 의해 루실 왕녀가 왕위를 이어받았을 테고, 그럼 괜찮았을 텐데 국왕이 그런 하등 쓸데없는 짓을 하는 바람에 국왕이 죽을 때까지 왕위 쟁탈전이 치열해지게 된 것이었다.

그동안도 왕위 쟁탈전이 음으로 아주 없었던 것은 아니었지만 어차피 황태자로 지정된 이가 없는 와중에 왕자 파가 있다고 해도 왕자가 흥미를 보이지 않고 능력도 안 보여주는 이상 왕녀 파 쪽에서는 크게 왕자를 견제할 필요가 없었다.

하지만 이제는 필히 왕자라는 존재가 세상에서 사라져야만 했기에 불쌍한 브랜트는 이제는 노골적인 암살에 시달리게 되었고 루실 왕녀도 노골적인 감시에 시달려 몸을 사려야만 했다. 덕분에 그들을 가장 가까이에서 지키고 보필해야만 하는 자카르와 애쉬만 엄청 바쁘게 되어 수도에 오기도 전에 먼저 출발한 그들은 내가 수도로 돌아와도 코빼기도 비치지 않았다.

뭐, 나야 왕궁에 직책이 있는 것도 아니고 국왕에게 보고하러 갈 의무조차 없었으니 할아버지와 함께 아빠네 저택에서 땡까땡까 놀고만 있었다.

그나마 다행이라면 왕자 파와 왕녀 파에서 서로 견제하느라 겉으로 드러내며 아빠를 끌어들이려는 몸짓은 보이지 않았기에 아빠네 집으로 찾아오는 이들은 없어 아빠네 집 주위는 귀족들 사이의 분위기에 맞지 않게 무척 한가하고 평화로웠다.

그래도 매일 왕성으로 출근해야 하는 아빠는 내가 루실과 친하다는 걸 알고 있어서인지 저녁때마다 왕성의 분위기를 세세하게 이야기해 주곤 했다. 재미있다는 듯이 이야기하는 걸로 봐서 아빠는 은근히 그런 분위기를 즐기고 있는 것도 같았다(그런 사람들이 가장 무섭지, 아마?).

"하아~ 심심하당. 수도에 돌아오면 저 녀석들을 데리고 왕성에 놀러 갈까 했는데 말야. 루실 왕녀를 소개도 시켜줄 겸……."

무지 한가한 날의 오후.

여느 때처럼 할 일이 없어 빈둥대고 있던 나는 집 안에만 있기 답답해서 집 뒤에 마련된 연무장으로 나갔다. 그곳에서는 류미르와 세이몬이 서로 검술 연습을 위한 가벼운 대련을 하고 있었다. '그 존재'를 잡는 데 더욱더 도움이 되고 싶다나 어쨌다나 하면서.

원래 같으면 나도 홈에게 검술을 배울 시간이었지만 할아버지가 오고 난 후로는 중단되었기에 하릴없이 빈둥대고 있었던 것이다. 뭐, 전에는 할아버지랑 같이 놀기도 했지만, 지금은 할아버지가 아빠 서재에 콕 박혀 독서에 열중하고 있었기에 심심함을 견디다 못해 나온 거였는데, 류미르와 세이몬도 자신들의 할 일을 찾아서 하고 있는 모습을 보니 그 사이에 끼어들기도 그렇고 나만 하릴없이 빈둥대는 것만 같아―실제로 그렇지만―왠지 처량해졌다.

그래서 연무장가에 경계를 표시하기 위해 땅에 박아둔 커다란 돌멩이 위에 앉아 멍하니 그 둘이 대련하는 모습을 보며 중얼거리고 있다가 둘이 대련을 멈추고 의미심장한 눈짓을 교환하는 걸 눈치 채지 못했다.

촤악~!

그걸 눈치 챘다면 갑자기 머리 위에서부터 물이 쏟아져 내려도 충분히 피할 수 있었을 텐데… 하지만 넋을 거의 빼놓고 있던 나는 불시에 물벼락을 맞고 물에 빠진 생쥐 꼴이 되어버렸다.

너무나 순식간에 일어난 일이라 그 일이 일어났음에도 불구하고 믿기지 않는 상황에 멍청히 앉아 있는데 늦가을의 차가운 바람이 휭하니 불어와 쫄딱 젖은 내 몸을 한번 휘감고 가자 그제야 차가운 기운이 온몸을 엄습해 오기 시작했다.

"이, 이게 도대체……."

황당함을 감추지 못하며 정면을 바라보자 거기에는 나와 마찬가지로 황당함과 놀라움을 감추지 못하고 멍하니 서 있는 류미르와 세이몬이 보였다.

"아, 아린?"

"너… 괜찮냐?"

왠지 더듬거리는 듯한 그들의 질문에 나는 어리둥절한 상태 그대로 대꾸했다.

"아니, 안 괜찮은 거 같아. 애들아, 도대체 이게 무슨 일이니?"

어리둥절한 상태라 목소리가 약간 잠겨 나와 목소리를 다듬고 다시 말하려 했는데 갑자기 류미르와 세이몬의 얼굴이 하얗게 질렸다. 그리고 세이몬이 먼저 부들부들 떨리는 걸음으로 뒷걸음질 치더니 손사래를 치며 중얼거렸다.

"나, 난 아니야. 난 안 그랬어. 난 안 그랬다구. 난 하지 말자구 했는데에……."

멍하니 세이몬을 바라보던 나는 그게 무슨 뜻인지 몰라 류미르에게 시선을 돌렸다. 그러자 나처럼 세이몬을 바라보던 류미르가 고개를 돌려 나를 바라보려다가 나와 눈이 마주치자 헛바람을 삼켰다.

"허걱! 아, 아린… 그게 말이지……. 난 단지 정신을 차리게 해 주려고… 멍하니 있길래… 저기, 난 네가 충분히 피할 줄 알았거든? 정령을 불러낼 때까지 가만히 있길래… 눈치 챈 줄 알고… 저기… 그래서……."

류미르의 말이 대뇌에 전달되고 그걸 받아들인 대뇌가 맹렬히 회전을 시작하자 머리에서부터 서서히 열기가 번져 나와 온몸으로 뻗어가자 굳어 있던 몸이 차츰차츰 풀어졌다. 그리고 대뇌가 열심히 움직인 덕분에 류미르의 말을 해석하여 이 상황을 추리해 낼 수 있었다.

"그러니까… 내가 멍하니 있는 걸 보고 너희 둘이 장난을 치자고 결의했고, 곧 류미르가 물의 정령을 불러내어 날 이 모양 이 꼴로 만들었단 말이지?"

물기를 머금고 앞으로 축 늘어져 시야를 방해하는 머리카락을 손으로 집어 뒤로 넘기며 한 자 한 자 또박또박 묻자 류미르와 세이몬이 움찔하는 모습이 보였다.

"아, 아린… 그게 말이지… 장난이라기보다는……."

류미르가 얼른 열심히 변명을 하려고 했지만, 그의 그런 노력은 세이몬의 행동에 의해 수포로 돌아갔다. 세이몬이 류미르가 채 변명을 끝내기도 전에 겁에 질려 어린애 같은 비명을 지르며 후다닥 도망가 버린 거였다.

"우아아아악~!!"

하긴, 예전에 한번 실수로 날 쌍코피 터뜨리게 했다가 엄청 당한 기억이 있는 세이몬이었다. 이 상황에서 담담히 있었다면 그가 아니었을 거다.

세이몬의 돌발적인 행동에 뒤통수를 맞은 류미르는 변명을 하다 말고 멍하니 세이몬이 도망가는 모습을 보고 있다가 내가 부르자 화들짝 놀랐다.

"류미르? 말은 끝까지 해야지."

나는 자리에서 천천히 일어나 머리카락을 모아서 쥐어짰다. 자꾸 머리카락에서 물이 뚝뚝 떨어졌던 것이다.

류미르는 그 모습을 조용히 보고 있다가 내가 다시 고개를 들어 그를 바라보자 이 한마디를 하고는 튀어버렸다.
"아린, 미안해애애애~!!"
그의 점점 멀어져 가는 뒷모습을 바라보며 나도 한마디 해줬다.
"너희들은 죽었어."

밖으로 나가진 않았을 거다.
류미르와 세이몬은 지리도 모르는 데다 내가 찾기 힘든 저택 밖으로 나갔다가는 나중에, 이 숨바꼭질이 끝났을 때 나에게 엄청 당할 것을 잘 알고 있을 테니까. 게다가 돈도 한 푼 없어서 나갔다가는 식사 시간대가 되어도 밥도 못 먹을 테니 집 안 어딘가에 숨었을 게 분명했다.
하지만… 내가 술래의 소질이 없는지 저택을 샅샅이 뒤졌는데도 녀석들은 코빼기도 보이지 않았다. 물론 내가 몸을 말리고 옷 갈아입는 동안 충분히 꼭꼭 숨었겠지만, 그렇다고 이렇게 꼭꼭 숨었을 줄이야……
마법을 사용한 흔적은 보이지 않았다. 혹시 사용하고 있을까 봐 내가 계속 마나의 흐름을 주시하고 있었던 것이다. 하지만 어디에서도 마법을 사용하는 듯한 마나의 변동은 없었기에 그냥 꼭꼭 숨어 있던지, 아니면 내 행동을 보면서 몸을 요령있게 피하고 있을 거였다.
내가 그 둘보다 운동 능력이 떨어지니 충분히 가능한 이야기였다.

한 시간이 넘도록 찾지 못하자 조금 열받기 시작했다.

그동안은 녀석들이 마법을 사용하지 않고 순수 자신들의 힘으로 숨어 있을 거라 나도 마법을 사용하지 않고 찾아다닌 거였다. 그런데 한 시간이 지나 생각해 보니 류미르는 정령도 다룰 줄 알았다. 그리고 정령을 이용하면 마법을 사용할 때 일어나는 마나의 변동이 일어나지 않았다.

'이걸 지금 생각해 낸 나는 혹시 바보가 아닐까······.'

라는 자기 비하 생각도 들긴 했지만, 그래도 혹시 내 예상이 틀렸을 수도 있을까 봐 마법을 사용할지 말지 고민하던 나는 그들을 직접 찾아낼 수 있는 탐지 마법보다는 육체적 능력을 약간 높여주는 마법만을 사용해서 찾기로 했다.

'뭐, 어차피 그들의 운동 능력이 나보다 뛰어나니까 이 정도는 괜찮잖아.'

라고 자신을 스스로 위안하면서 말이다.

그래서 선택한 것이 '윈드 보이스'였다. 시전자가 능력만큼, 원하는 범위 안의 소리를 들을 수 있는 마법. 이걸로 저택 안의 모든 소리를 듣는다면 류미르나 세이몬을 찾기 수월하겠지만 어차피 이 마법으로 저택을 감시한다 해도 그들이 조금의 소리도 안 낸다면 난 헛고생하는 거긴 했다.

하지만 지들이 동상이 아닌 이상 언젠가는 소리를 낼 테고, 나도 양심이 있어 저택 전부를 범위 안에 넣기보단 반경 5m만 범위로 설정하기로 했다.

그렇게 마법을 시전하며 다시 한 번 저택의 온 구석을 샅샅이 뒤지기 시작했지만 결국 저택 내에서는 찾아내지 못해 정원으로 나왔을 때였다.

너무나 익숙한 아빠의 목소리가 귓가에 들려왔다.

"여기 계셨습니까?"

위를 올려다보니 정원 쪽으로 난 아빠 서재의 창문에 아빠의 것이 분명한 은발 머리가 슬쩍 비치는 거였다.

의도한 것은 아니었지만 아빠 서재가 마법의 범위 안에 들어간 듯했다.

'허걱! 그러고 보니 서재에는 할아버지도 계셨지?'

얼른 이곳에서 벗어나려다가 혹시나 아빠가 할아버지에게 깨지는 게 아닐까 하는 생각에 발걸음이 멈칫거렸다. 그래도 엿듣는 건 안 좋은 거라 다시 가려고 했지만, 은근히 두 분이 무슨 이야기를 나누실지 호기심이 생겨서 잠시 갈등을 하다가 결국 류미르와 세이몬을 찾는 건 뒤로 미루고 그 근처에 있던 커다란 나무의 그늘로 들어갔다. 이곳에 가만히 서서 듣다간 왠지 들킬 것만 같았기 때문이다.

나무의 그늘 밑에 편안히 자리를 잡고 앉아서는 잠든 척하며 서재 안에서 들려오는 할아버지와 아빠의 대화에 귀를 기울였다. 마침 오후라서 그런지 정원을 지나가는 사람들도 거의 없어서 엿듣기에는 안성맞춤이었다.

"아시리안 양은 어디 갔나 보죠?"

"아아… 그 두 꼬맹이들과 놀고 있는 것 같더군. 그런데 그건 왜?"

건성으로 대꾸해 주던 할아버지의 말투가 끝에 가서 갑자기 살벌하게 변했다.

"하, 하, 하… 전 단지… 칸 시스파슈타인님 옆에 아시리안 양이 안 보여서 그냥 물어본 것뿐입니다."

아빠의 목소리가 약간 경직된 것이, 안 봐도 식은땀을 흘리며 긴장하고 있는 아빠의 모습이 훤히 보이는 듯했다. 그 뒤에 할아버지의 낮은 코웃음 소리와 함께 잠시 서재에 침묵이 흐르기에 이제 대화가 아예 단절된 줄 알고 나는 다시 류미르와 세이몬을 찾아 나서려고 했다.

하지만 내가 몸을 다 일으키기도 전에 아빠의 목소리가 다시 들려와 나는 엉거주춤 엉덩이를 다시 마른 풀밭 위에 올려놓았다.

"그런데… 이건 제가 상관할 일은 아닌 것 같습니다만… 저는 좀 의외였습니다."

"뭐가?"

여전히 무성의한 할아버지의 태도였지만 그래도 꼬박꼬박 말을 받아주는 걸 보아 아빠가 못마땅하긴 해도 날 도와주는 상황이다 보니 최소한의 예의는—물론 할아버지 입장에서—지켜주는 듯했다. 아빠도 그걸 알고 있는지 자신이 알고 싶은 걸 조심스레 물어보았다.

"아시리안 양을 왜 재촉하지 않으시는 겁니까? 지금 아시리안 양이 시간을 끌고 있다는 걸 모르시지는 않을 텐데요."

'엥? 이게 무슨 소리?'

"흥, 그랬나?"

"'인도자'는 빠른 시간 안에 자신의 임무를 해결해야 하는 거 아닙니까? 이것이 전에는 같은 종족이었던 '파멸되어 가는 존재'에 대한 마지막이자 최고의 예의이지 않습니까?"

처음 듣는 소리에 나는 어리둥절했다.

물론 '인도자'의 임무가 '파멸되어 가는 존재'가 된 혈족의 수치를 조금이나마 줄여주기 위한 거라고 알고는 있었지만 빠른 시간 안에 해결해 주는 것이 예의였다니……

아무도 나에게 그렇게 말해 주지는 않았었다. 단지 내가 처리해야만 한다고 말해 줬을 뿐이었다.

아빠의 질문에 할아버지가 아무런 대꾸 없이 묵묵히 있는 걸 보니 아빠의 말이 사실인 듯했다.

한참 후에 할아버지가 내뱉듯이 말했다.

"흥! 지금의 '파멸되어 가는 존재'에게 예의 따위를 지켜주고 싶은 맘은 눈곱만큼도 없다. 아린을 이 일에 끌어들인 것만 해도 괘씸한 마당에……"

"하지만 전에는 당신의 딸이 아니었던가요?"

"흥, 지 아비는 안중에도 없던 딸? 차라리 그것보다는 애교있는 우리 아린이 백배는 났지. 아니, 천 배라고 해도 괜찮겠군."

"…그래도, 시간을 끌면 아시리안 양만 더 괴로워지지 않겠습니까? 빨리 끝내는 편이……"

아빠가 조심스레 자신의 의견을 피력했지만 할아버지가 아빠의 말을 중간에서 잘라 버렸다.

"난, 그 애의 뜻에 따를 거야. 다른 이유는 필요없어. 지금 그 아이가 현실에서 도망치고 있다고 해도 그 앤 곧 자신의 현실을 직시할 거라고 믿으니까. 괜히 나나 자네가 쓸데없이 나설 필요는 없어."

할아버지의 칼같이 단호한 말에 아빠가 감탄했다는 어조로 말했다.

"아시리안 양에 대한 믿음이 대단하시군요."

"당연하지. 그 앤 내 손녀야."

"…부럽습니다……"

의미심장한 아빠의 말에 할아버지가 의기양양한 어조로 대꾸했다.

"헹, 자네의 핏줄에서는 저런 아이가 나오기 힘들걸?"

부럽다는 의미가 둘 사이에서 살짝 엇갈렸다는 걸 할아버지는 아실런지…….

나는 슬며시 미소를 떠올리며 자리에서 일어나 마법 시전을 중단했다. 그리고 저택을 아무도 모르게 조용히 빠져나왔다. 어떤 의도가 있는 건 아니었고 단지 탁 트인 거리를 그냥 걷고 싶을 뿐이었다.

얼마나 걸었는지도 모르는 채 하염없이 걷다 보니 어느새 내가 처음 와보는 거리에 와 있었다. 아마도 부유하지 못한 사람들이 사는 거리인 듯, 내가 늘상 보아왔던 넓은 골목이 아니라 약간은 좁고 거리에 깔린 돌도 군데군데 깨져 있는 골목의 양 옆으로는 아담한 집들이 일정한 간격으로 늘어서 있었다.

그리고 골목이 여러 갈래로 갈라지는 길목에는 약간 넓은 공터가 있었고 그곳에는 근처 사람들의 생활 용수를 담당하는 듯한 분수가 있었다.

뭐, 분수라고 해봤자 멋진 동상에서 물이 뿜어져 나오는 게 아니라 단지 깨끗한 벽에 상수도와 연결된 관을 벽 바깥으로 나오게 하여 그곳에서 물이 언제나 쏟아져 나오도록 설치해 놓은 거였다. 그리고 그 앞에는 일정량의 물이 항상 고여 있을 수 있도록 돌로 만든 낮은 둑이 만들어져 있었다.

그 돌로 만든 낮은 둑 위에 20대 중반쯤으로 보이는 어떤 젊은 남자가 앉아서 아이들에게 이야기를 해주고 있었는데, 이야기하는 남자의 얼굴이나 그 앞에 올망졸망 앉아서 이야기를 듣고 있는 어린 꼬맹이들의 얼굴이 너무 즐거워 보여서 나는 나도 모르게 발걸음을 멈추고 멀찍이 떨어져 그 모습을 물끄러미 바라보고 있었다.

어디서나 영웅에 대한 이야기는 있는 법. 그 남자가 재미있게 들려주는 이야기도 한 용사가 나쁜 마왕을 물리치고 세상을 구한다는 줄거리였는데 한참을 그 근처에서 듣고 있어도 웬일인지 그 이야기는 끝날 기미를 보이지 않았다.

그 용사가 여기저기로 모험을 하면서 친구를 만났을 때 나쁜 마왕이 나타나 나라를 위협하여 용사와 친구들이 힘을 합하며 마왕을 물리치면 또 다른 모험을 겪게 되는 거였다.

결국 그 남자의 이야기는 날이 어두워져 아이들의 부모가 그 아이들을 데리러 왔을 때까지 끝나지 못했다.

아이들은 부모 손에 이끌려 그 자리를 떠나면서도 안타까운 마음에 내일 다시 나머지 이야기를 해달라고 했고, 그 남자도 그러마 하고는 아이들과 작별 인사를 나누었다.

아이들이 사라지고 난 다음 남자가 자신의 옆에서 낡은 류트를 집어 들었는데, 아마도 그 남자는 음유 시인인 듯했다.

'하긴… 음유 시인이 아니라면 그렇게 좋은 말솜씨로 아이들을 홀딱 반하게 하지는 못했겠지.'

아이들이 골목골목으로 다 사라지고 주위가 한산해지자 남자가 내 쪽으로 고개를 돌리더니 싱긋 웃어 보였다. 어깨 너머로 늘어뜨린 갈색 머리에 단정한 얼굴 선을 가진 남자는 약간 야위어서 그런지 유약해 보이는 인상이었다.

그의 태도가 내가 아까부터 보고 있었다는 걸 알고 있는 듯해 나는 서슴지 않고 그에게 다가갔다.

"안녕하세요? 좋은 저녁이죠?"

역시나 그는 내가 가까이 다가가자 자리에서 일어나 빙긋 웃으면서 인사를 건넸다.

"그렇군요. 좋은 저녁이에요."

예의상 무덤덤하게 고개를 끄덕이며 대꾸를 해주자 그의 미소가 좀 더 깊어졌다. 기뻐서 짓는 미소라기보다는 위로를 해주는 듯한 따스한 미소였다.

"이런 저녁에는 따끈한 스튜를 먹는 게 제일이죠. 제가 잘 아는 식당에서는 스튜를 아주 맛있게 만들거든요. 같이 가시겠어요?"

그러고 보니 벌써 저녁때였다.

'돌아가지 않으면 할아버지와 아빠가 날 찾으려고 사람들을 풀어놓을지… 아, 아니구나. 두 분은 내가 어디 있던 쉽게 찾으실걸.'

나는 그의 청에 고개를 끄덕거렸다.

모르는 사람이 청하는데 쉽게 고개를 끄덕이는 내가 스스로 생각해도 이상했지만, 왠지 이 사람에게는 경계심이 들지 않았다.

그 사람의 손에 이끌려 골목골목을 돌아가자 오래되어 보이는 자그마한 식당이 모습을 드러내었다. 이곳에 오래 자리를 잡고 있었던 듯한 그곳에 그는 익숙한 듯 거침없이 들어갔다.

그다지 넓지 않은 공간에 몇몇 개의 오래된 나무로 만든 탁자와 의자가 있고, 입구 바로 옆에는 카운터가 있었는데 그곳에는 덩치가 큰 중년 여자가 앉아 있다가 우리가 들어오는 것을 보고 못마땅한 듯 살짝 눈살을 찌푸렸다.

그러나 그는 개의치 않고 그 중년 여자에게 싱긋 웃으며 인사를 건넸다.

"좋은 저녁이에요, 메이."

"쯧쯧, 매일 그렇게 놀러 다니지 말고 어디 일자리라도 알아봐야지. 젊은 사람이 그렇게 빈둥빈둥 놀면 써? 오늘도 꼬맹이들이랑 놀다가 들어온 거지?"

"하하하……."

그가 웃음으로 얼버무리자 중년 여자가 고개만 설레설레 저었다.

눈살을 찌푸린 것이 그가 미워서 그런 게 아니라 걱정스러워서 그런 듯했다. 첫인상을 찡그린 모습을 봐서 좋게 안 봤는데 그녀는 의외로 인심이 좋은 여자인가 보다.

하지만 그 뒤로 흘러나온 여자의 말에 나는 내 생각이 옳은 건지 의심해 봐야 했다.

"그러다가 밀린 방 값 못 내면 어쩌려고 그래? 벌써 세 달 치나 밀렸다는 거 알아?"

"하하하, 돈이 생기면 곧 갚겠습니다."

메이라고 불린 중년 여자는 뭐라고 더 한마디 하려다가 옆에 멀뚱멀뚱 눈을 뜨고 둘만 바라보는 날 보더니 그냥 입을 다물었다. 그리고 그 틈을 타서 남자가 나를 이끌고 식당 안에서 주방과 가장 가까운 식탁으로 가서 앉게 했다.

"백수였어요?"

황당하다는 눈으로 그를 바라보며 묻자 그가 다시 어색하게 웃었다.

"뭐… 틀린 말은 아니지만 정확히 말하면 음유 시인이에요. 요즘은 일이 없어서 쉬고 있지만."

"흐음……."

그때 주방에서 카운터에 앉아 있던 여자 못지 않은 큰 덩치를 가지고 있는 남자가 나오다가 우릴 보더니 웃으면서 다가왔다.

"여어, 데이너. 오늘도 꼬맹이들과 놀고 온 거냐? 어라? 이 아가씨는 누구냐?"

흥미로운 눈으로 나를 이곳저곳 뜯어보던 남자가 내 정체를 짐작하지 못하겠던지 고개를 갸웃거렸다.

하긴, 나는 류미르와 세이몬과 놀다가 그대로 나온 상태였기에 수중에 돈 한 푼 없었고, 옷도 놀기 편하게 입은 단순한 바지에 셔츠 차림이었다.

"그냥 우연히 만난 분이세요. 피터가 생각하는 그런 사이 아니에요."

"그으래? 하지만 이 근처에서 살진 않나 보구나. 처음 보는 얼굴인데?"

"하하하, 저도 잘 몰라요. 그냥 오늘 처음 만났다니까요. 신경 끊고 저녁 좀 주세요. 계속 아가씨만 쳐다보다가 메이가 질투하면 어쩌려고 그래요?"

아닌 게 아니라 카운터에 앉아 있던 중년 여자가 이쪽을 날카로운 시선으로 바라보고 있어 신경이 쓰이고 있던 참이었다.

"알았다, 알았어. 어쨌든 너도 참 큰일이다. 빨리 일자리를 찾아야 하는데 말야. 데이너, 너는 목소리도 좋으니까 좀 큰 식당 같은 데 가서 테스트라도 한번 받아보지 그래? 이런 곳에서만 머물고 있으면 올 기회도 안 온다고."

"그럴게요."

"말로만 대답하지 말고 내일은 정말 그쪽으로 나가보라구."

"계속 그렇게 잔소리만 하실 거예요? 저 배고프다구요."

"아이고 참, 내 정신 좀 봐. 잠시만 기다려라. 곧 가져다 줄 테니."

그 덩치 큰 남자는 자신의 이마를 딱 치더니 다시 주방으로 들어가 버렸다.
"참 좋은 분이세요. 덕분에 신세를 지고 있죠."
주방으로 사라지는 남자의 뒷모습을 바라보던 데이너가 나에게로 시선을 돌려 싱긋 웃으며 말했다. 그러나 지금 그가 백수라는 것을 알아버린 나는 그에게 약간의 선입관이 생겨서 그런지 그 순수한 웃음도 좋게 보이지 않았다.
"빨리 신세를 갚아야겠네요."
그래서 그런지 의도하지는 않았지만 약간 냉담한 말투가 튀어나왔다. 내 말에 데이너의 눈이 놀란 듯 휘둥그레지자 좀 미안해져서 시선을 돌려 버렸다.
생각해 보니 나란 존재도 부모를 잘 만나서 떵떵거리며 살았던 것뿐 내 스스로 일해서 먹고 산 적이 없었으니 그를 안 좋게 볼 자격 또한 없었던 것이다.
한참 동안 그가 입을 다물고 있자 나는 더욱 미안해져서 조심스레 그의 눈치를 살피며 사과했다.
"미안해요. 그런 말 할 자격은 없는데……."
그러자 그가 피식 웃었다.
남을 기분 좋게 해주는 웃음이라기보다는 허탈하게 보이는 자조적인 웃음이었다.
"그럼, 그런 자격이 있으면 말해도 된다는 소리군요."
명랑한 어조였지만 그 말속에 들어 있는 차가운 뜻에 허를 찔린 것 같아서 나는 발끈했다.
"적어도 어른이라면 자신은 책임질 수 있어야 한다고 생각했을 뿐이에요."

"그래요? 그럼 어른이라면 실수도 하지 말아야 되고, 방황도 하지 말아야겠군요?"

"예?"

또다시 내 말을 걸고넘어지는 그의 질문에 그가 화가 난 건 아닌지 의아해져서 살펴보았지만, 그다지 화난 얼굴은 아니어서 좀 안심했다. 하지만 그래도 그의 말에 대꾸할 말이 생각나지 않아 그냥 입을 다물고 있었다. 그러자 그가 재차 입을 열었다.

"한순간의 실수로 모든 걸 잃어버릴 수도 있죠. 그리고 갈피를 잡지 못해 방황하다 보면 스스로를 책임질 수 없을 수도 있죠. 그러면 어른이 아닌가요?"

왠지 약간은 자조가 섞인 그의 말에 내가 하지 말아야 할 말을 했다는 걸 깨달은 나는 조심스레 물었다.

"그건… 당신 이야기인가요?"

"글쎄요……"

애매한 말로 대답을 회피하며 싱긋 웃는 그의 얼굴이 왠지 그늘져 보였다. 그런 그의 모습에 문득 엄마가 생각나 버렸다. 한순간의 실수로 인하여 모든 것을 잃어버린 어른이란 꼭 엄마를 말하는 듯했다.

잠시 그나 나나 입을 다물고 각자의 생각에 골몰해 있을 때 주방에서 예의 그 아저씨가 커다란 쟁반을 들고 나왔다.

김이 모락모락 피어 오르는 스튜에 빵, 중간을 십자 모양으로 갈라 구운 감자가 전부였지만 그걸 바라보는 데이너는 진수성찬을 바라보는 듯한 표정이었다.

"와우, 오늘도 멋진 메뉴군요. 고마워요, 피터."

"오냐, 많이 먹어라. 아가씨도 많이 먹어요."

친절하게 웃으며 건네는 피터의 말에 나는 얼결에 고개를 끄덕이고 스푼을 집어 들었다.

비록 좋고 비싼 재료가 가득 들어간 것은 아니었지만 매콤달콤한 게 꽤 맛있었다.

"맛있죠? 피터의 음식 솜씨는 정말 끝내준다니까요."

한참 신나게 퍼먹던 데이너가 문득 생각났다는 듯 싱긋 웃으며 나에게 말을 건넸다.

"맛있네요."

나도 순순히 고개를 끄덕이며 계속 스튜를 떠먹고 빵을 뜯어먹는데 데이너가 멈칫하더니 작게 속삭였다.

"아까는… 미안했어요."

"예?"

의아한 시선으로 그를 바라보자 그가 멋쩍은 듯 웃으며 스튜를 뜬 스푼을 들어 보였다.

"왜… 아까 당신이 말할 때마다 걸고넘어진 거 말예요. 나도 모르게 화가 났었나 봐요."

그제야 그가 뭘 가지고 사과를 한 건지 안 나는 피식 웃었다.

"아아… 그건 내가 잘못한 건데요. 호의를 베풀어주신 분에게……."

내가 쉽게 사과를 받아들이자 데이너의 표정이 활짝 펴졌다.

20살이 넘은 듯한데 마치 어린애 같은 면을 보이는 그가 신기하게만 보였다.

"하하, 호의랄 것까지야… 단지 당신이 아까 부럽다는 듯이 애들이랑 나를 바라보기에 피터가 만든 음식을 대접하고 싶었어요. 피터의 음식은 맛도 좋지만 따뜻해서 우울한 기분을 씻어

주거든요."

"그런 것 같네요. 그런데… 내가 그런 표정으로 보고 있었어요?"

"그래요, 그랬어요. 주제넘은 말인지는 모르겠지만, 당신은 그 아이들처럼 해맑게 웃고 싶은 거죠? 아무런 걱정 근심 없이……."

"후후, 그건 누구나가 꿈꾸는 일 아닌가요? 아, 그건 그렇고 궁금한 게 있는데……."

그의 말이 왠지 내 맘을 콕콕 찌르는 것 같아 나는 얼른 화제를 돌렸다.

"뭐든 물어봐요. 대답 못하는 것 빼고 다 대답해 줄게요."

데이너는 싱긋 웃는 얼굴로 구운 감자를 하나 집어 들어 껍질째 베어 물며 시원스레 대답했다.

"당신이 그 애들에게 해준 이야기 말인데요… 그거 어디서 들은 이야기예요?"

그러자 그가 악동 같은 표정으로 씨익 웃었다.

"왜요? 내 이야기가 그렇게 재미있었어요? 하지만 그 이야기는 딴 데서 들을 수 없는 거라구요."

"알아요. 그렇게 긴 이야기는 처음 들어봤으니까. 보통 이야기는 용사가 한 가지 악당을 물리치고 잘 먹고 잘 산다는 걸로 끝나지 않나요? 그런데 당신 이야기는 끝이 없더군요. 용사가 마왕을 무찌르면 이번엔 드래곤이 나타나고, 드래곤을 무찌르면 폭군이 나타나고… 당신 이야기의 주인공은 도대체 몇 살까지 살죠?"

황당하다는 듯한 내 말을 듣고 있던 그가 자꾸 피식피식 웃었다.

"모르죠. 한 천 살 정도 살려나? 어쩌면 저주에 걸려서 영원히

결심 265

살지도."

"참 불쌍한 주인공이군요. 작가를 잘못 만나서⋯ 그 이야기 당신이 지은 거죠?"

그러자 그는 크게 웃으며 고개를 가로저었다.

"하하하, 아니에요. 저도 들은 이야기예요."

"에?"

믿겨지지 않는 그의 말에 내가 진짜냐고 묻는 눈초리로 그를 쳐다보니 그는 뭔가를 생각하는 듯한 그리운 표정으로 입을 열었다.

"그건, 제 할아버지가 들려주신 이야기예요."

"당신 할아버지가요?"

어리둥절한 표정을 짓는 나에게 그는 한번 더 웃어주고는 고개를 끄덕였다.

"예, 제 할아버지가 지으신 거니까요."

"헤에……"

의미가 불분명한 내 감탄사에 그는 피식 웃더니 말을 이었다.

"예전에 내가 어렸을 때 할아버지께선 많은 이야기를 들려주셨죠. 난 이야기 듣는 걸 좋아했거든요. 그런데 이야기 하나하나가 끝날 때마다 무척 아쉽고 안타까워했죠."

"그거야 보통 그렇잖아요."

당연한 말을 한다는 내 말에 그가 소리없이 웃고는 말을 이었다.

"당신 말이 맞아요. 하지만 할아버지께선 내가 안타까워하는 게 맘에 걸리셨나 봐요. 그래서 어느 날부턴가 시작된 할아버지의 이야기는 그분이 돌아가실 때까지 끝나지 않았죠."

"헤에……."

그의 할아버지에게 감탄되어 나는 나도 모르게 고개를 끄덕였다.

"나중에 할아버지께서 말씀하시길, 이야기가 끝나지 않길 간절히 바라는 내 눈초리를 도저히 외면할 수가 없었다고 하시더라구요. 훗, 지금은 할아버지의 말에 저도 동감하지만요. 어쨌든 할아버지가 돌아가실 때 내가 그분에게 끝이 어떻게 되냐고 물었죠."

"그랬더니 뭐라고 했어요?"

"네가 이어간다면 그 주인공은 더 오래오래 살 거라고 하시더군요."

"와! 그래서 당신이 그 이야기를 이어가는 건가요?"

"그렇죠. 뭐, 솔직히 말하면 할아버지가 이야기해 주신 것이 아직 끝나지는 않았지만, 그 뒤에도 계속 이어갈 생각이에요. 난 아직 그 이야기가 끝나지 않길 바라거든요. 내 이야기를 듣는 어린 청취자들도 나와 같은 심정이래요."

"호오……."

그 이야기를 하는 데이너의 얼굴이 너무 환해서 나는 나도 모르게 그의 이야기에 빠져 고개를 끄덕거렸다.

그는 그의 말솜씨보다는 자신의 말에 폭 빠져 신나게 떠들게 되는 그의 행동에 취해 이야기를 듣게 하는 매력을 지닌 사람이었다.

그 이야기를 해서 기분이 좋아진 듯 데이너는 싱글싱글 웃으며 마지막으로 남은 삶은 감자를 집어 먹다가 문득 손도 안 댄 내 접시에 담겨진 구운 감자를 바라보았다.

"그거 안 먹어요? 따뜻할 때 먹어야 맛있다구요."

"아아, 스튜하고 빵을 먹다 보니 배부르네요. 당신이 하나 더 먹을래요? 내가 하나 먹을게요."

"난 좋죠."

신나라 하며 내가 건네주는 감자를 받아 드는 그를 물끄러미 바라보다가 나는 조심스레 입을 열었다.

"할아버지께서 아쉬워하셨겠네요. 당신에게 더 많은 이야기를 해주고 싶으셨을 텐데……."

감자를 먹던 그의 행동이 멈칫거렸지만 곧 그는 예의 그 기분 좋은 미소로 싱긋싱긋 웃으며 대꾸했다.

"괜찮아요. 내가 있으니까. 내가 그분 대신 다른 아이들에게 이야기를 해줄 테니까 날 믿고 편히 눈을 감으신 거겠죠. 당신의 이야기를 세상에 널리 퍼뜨리고 당신을 계속 기억해 줄 내가 있으니까요. 서운하지는 않으셨을 거예요."

그의 부드러운 말이 눈에 안 보이는 물결이 되어 내 마음을 부드럽게 흔들었다.

"그렇군요. 당신이 있으니까……."

'엄마는 어떨까? 서운하겠지? 하지만… 지금처럼 그렇게 살고 싶지는 않을 거야. 혹시 지금 괴로워하고 있는 건 아닐까? 내가 가면… 기뻐해 줄까?'

접시에 달랑 혼자 남은 감자를 내려다보며 생각에 잠겨 있는데 데이너가 접시를 톡톡 건드렸다.

의아한 눈으로 그를 바라보는데 그가 싱긋 웃었다.

"감자가 식는다니까요. 당신에게 먹혀지길 열렬히 바라며 기다리고 있잖아요. 그 기대를 버리지 말아줘요."

"그러죠. 기꺼이 그 기대에 부응해야죠."

나도 그에게 싱긋 웃어주며 감자를 집어 올리며 속으로 결심했다.

'내일 당장 가자. '그 존재'가 날 기다릴 거야. 자신을 인도해 주길……'

든든하게 얻어먹고 일어나 그와 작별하고 집으로 가려는데 식당을 나가기 전에 메이라고 불리는 중년 여자가 나를 가로막았다.

"5셀이라우."

"예?"

분명히 나보고 식사 값을 내라고 하는 건데 나는 아까도 말했다시피 집에서 그냥 나와서 동전 하나도 가지고 있지 않았다. 물론 데이너에게 초대를 받아서 먹은 거긴 했지만, 저 중년 여자가 데이너를 어떻게 생각하는지 눈치 채고 있기에 돈이 있으면 그냥 내가 냈으면 좋으련만, 돈이 없어 난처해진 나는 데이너를 돌아보았다.

그러자 데이너가 나서서 그녀에게 말했다.

"메이, 이건 내가 사는 거예요."

하지만 그녀는 눈 하나 꿈쩍하지 않았다.

"흥! 외상은 안 돼. 네가 저녁마다 여기서 노래를 부르는 건 알지만, 그건 네 식비 값일 뿐이잖아. 방세도 밀린 주제에 언제 갚겠다고? 아가씨, 말해 두지만 외상은 안 돼우. 돈이 없다면 병사를 부를 수밖에 없어."

나에게도 날카로운 눈길을 보내며 단호하게 말하자 무지 난처해졌다.

'하아~ 돈이 없으면 무지 서럽구나.'

이런 서러움을 매일 겪을 데이너가 가엽기도 했고 그걸 꿋꿋이 버텨왔을 그가 대단하게 보이기도 했지만, 그렇게 생각했다고 이 상황이 변하는 건 아니었다.

"저기요, 지금 제가 돈이 없거든요. 그러니 집에서 돈을 가져와서 드리면 안 될까요?"

'흑흑… 처량하다, 아린아. 네가 언제 이렇게 쩔쩔매고 살았더냐…….'

할아버지가 아시면 노발대발하실 만큼 나는 미안한 미소로 정중하게 물었건만 메이라는 여자는 코웃음만 쳤다.

"흥, 미안하지만 그건 안 되겠구만. 집에 갔다 온다고 해도 올지 안 올지 어떻게 알아?"

이럴 때 장식품이라도 하나 떼어주면 좋으련만… 뭐가 달려 있는 걸 별로 안 좋아하다 보니 내 옷에는 그 흔한 금 단추나 브로치 하나 달려 있지 않았다.

"하아~ 그럼 어떻게 할까요? 전 지금 돈이 없는데요."

그러자 그녀가 두 눈에 쌍심지를 켰다.

"돈이 없는데 식당에는 왜 들어온담?"

"메이, 내가 대접한 거라고 했잖아요."

데이너가 또 중간에 끼어들자 여자의 시퍼런 눈길이 그에게 쏟아졌다.

"돈도 없으면서 누굴 대접해? 네가 그런다고 내가 봐줄 것 같아?"

그녀의 목소리가 조금 높아진 탓인지 주방에 있던 피터가 나왔다.

"뭐야? 무슨 일이야?"

"아, 이 아가씨가 돈이 없다고 하잖아요. 돈이 없으면 먹질 말던가."

그녀가 나를 손가락으로 가리키며 말하는데 되게 기분 나빴다.

'내가 원해서 여기 온 건가?'

피터는 난처한 데이너의 얼굴과 막 화가 나려고 하는 내 얼굴을 번갈아 바라보더니 그 여자에게 손짓했다.

"그냥 보내줘. 데이너가 대접한 거잖아."

하지만 여자는 막무가내였다.

"여봇! 우리는 뭐 땅 파서 장사하는 줄 알우? 우리도 먹고 살기 힘든데 누굴 공짜로 먹여줘요? 앙? 당신은 우리가 부자인 줄 알우? 난 절대 못 보내요. 돈이 없으면 병사를 부를 테니 알아서 해요."

"병사를 부르면 당신이 난처해질 텐데요? 난 이래 봬도 귀족이라구요."

화가 속에서부터 끓어올랐지만, 용케 참고 침착하게 말해 줬다. 하지만 그녀는 콧방귀만 한번 더 뀔 뿐이었다.

"하, 요즘 귀족 나리들은 돈 한 푼 없이 이런 변두리 식당에서 밥을 먹나 보지? 당신이 귀족이면 난 왕족이겠다."

그런 그녀에게 나는 참지 못하고 차갑게 대꾸했다.

"무식한 게 용감하다더니 딱 그 짝이로군."

"머여?"

여자의 거대한 얼굴이 분노로 인해 벌겋게 달아올랐다.

"이게 어리다고 봐줬더니만 싸가지가 없네."

"누가 봐줬는지 모르겠군. 이런 걸 보고 적반하장이라고 하지 아마?"

팔짱까지 딱 끼며 정말 싸가지없게 고개도 돌린 채 틱틱거리자 옆에서 안절부절못하는 데이너와 피터가 뻗어 나오는 분노를 주체 못해 곧 폭발할 것 같아 보이는 그녀와 나를 걱정스럽게 번갈아 보고 있었다.

"이, 이, 맞아야만 정신을 차리려나!"

본격적인 행동으로 나서려는 듯 자신의 소매를 걷어붙이며 여자가 카운터 뒤에서 걸어나왔다. 그리고 내 앞에 서서 두 손을 올리는 찰나, 식당 문이 벌컥 열리며 나에게 낯익은 얼굴이 모습을 드러냈다.

그 낯익은 얼굴은 식당 안을 두리번두리번거리다가 카운터 앞에서 여자와 대치하고 있던 나를 보더니 달려왔다.

"아가씨, 여기서 뭐 하고 계시는 겁니까? 시피르님께서 엄청 화가 나셨습니다."

그 순간 나에게 손을 뻗치던 여자의 몸이 딱 굳었다.

"흠, 혹시 할아버지 저녁 안 드셨어?"

흠 뒤로 알렌과 몇몇의 사병들이 식당 안으로 주르르 들어왔다.

"당연하죠. 저녁도 안 드시고 아가씨를 기다리고 계신다구요."

"그래? 큰일 났네. 나 여기서 밥 먹었는데… 아, 맞다. 흠?"

"예?"

"돈 있어? 내가 집에서 그냥 나오느라고 돈을 안 가지고 나왔거든. 그랬더니 이 여자가 날 막 패려고 하네?"

내가 손가락으로 바로 앞에 있는 여자의 얼굴을 가리키자 흠이 황당하다는 듯이 나와 여자를 번갈아 바라보더니 입을 열었다.

"그런데 용케 그냥 두셨군요. 보통 그러면 반쯤 죽이지 않으셨습니까?"

"아아, 흄이 조금만 늦게 왔다면 그랬을 거야. 흄이 내 일을 방해한 거 알아?"

"아, 그런 거였습니까? 그럼 지금 다시 나갔다 올까요?"

"그럴래?"

능청맞은 흄과 나의 대화를 듣고 있던 여자의 얼굴이 하얗다 못해 새파랗게 질려 바닥에 털썩 주저앉았다.

"어머나, 놀랐나 보네? 내가 귀족이면 넌 왕족이라며?"

내가 기분 나쁜 어조로 비아냥거리자 옆에서 가만히 있던 피터가 털썩 내 앞에 무릎을 꿇었다.

"용서해 주십시오. 미천한 것이 귀한 분을 못 알아봤습니다. 제발 선처를 베푸시어 목숨만은 살려주십시오."

그 모습을 보니 여자를 골려주려던 생각이 싸그리 사라져 버렸다. 이곳의 평민과 귀족 간의 격차가 얼마나 심한지 잠시 잊고 있었던 탓이다.

아까까지만 해도 인심 좋은 얼굴로 웃으며 많이 먹으라고 말해주던 아저씨가 무릎까지 꿇고 싹싹 비는 모습을 보는 건 정말 보고 싶지 않은 장면이었다.

나는 그 모습에서 시선을 돌려 버리고 괜히 흄에게 쨍알댔다.

"흄, 돈 있냐니까?"

내 기분을 알아챈 듯 흄이 선선히 대꾸했다.

"얼마나 필요하십니까?"

"내가 집에 가서 줄 테니 있는 거 탈탈 털어봐."

내 말에 흄이 자신의 품을 뒤져 꺼낸 건 50셀 은화 한 개와 10셀 은화 3개, 그리고 5셀과 1셀 동전이 각각 5개씩이었다.

나는 그걸 그에게 건네받아 옆에서 굳어 있는 데이너에게 넘겨

주었다.
"자요, 이건 내 몫의 식사 값이에요. 난 남이 사주는 건 별로 안 좋아하니까 더치페이로 하자구요."
그리고 아직 무릎을 꿇고 있는 피터 앞에 쪼그리고 앉아 그와 눈 높이를 맞추었다.
"이봐요, 피터?"
"예?"
두려움으로 가득한 그 눈을 바라보다가 나는 피식 웃어줬다.
"당신 요리 맛있었어요. 고마워요."
그리고는 일어나서 데이너와 피터를 번갈아 보며 한마디 했다.
"잘 있어요."
몸을 돌려 내가 먼저 식당을 빠져나오자 그 뒤로 흄과 알렌이 줄줄이 빠져나왔다.
이미 밖은 캄캄했고 싸늘한 바람이 불고 있었다.
셔츠 하나만 달랑 입은 내가 염려스러웠는지 흄이 자신의 망토를 벗어서 걸쳐 주었다.
"고마워, 흄. 그런데 말이지, 내가 저기 있는 거 어떻게 알았어?"
"주인님께서 말해 주시더군요. 여기 있을 거라고."
'흠, 마법을 사용했구나.'
"그리고 전언이 있었습니다."
이어지는 흄의 말에 나는 쿡 웃었다.
"돌아오시면 배가 부르더라도 꼭 저녁을 드셔주십사 하더군요. 안 그러면 큰일 난다고 전해달라고 하셨습니다."

제29화
결판

결판

> 레드 드래곤의 죽음은 불과 함께 사라지는 것.
> 나는 '그 존재'의 모습을 한동안 바라보다가 조용히 시동어를 중얼거렸다.
> "헬 파이어!!"

오랜만에 아침 일찍 일어났다.

나를 깨우려고 들어온 마샬(내 전속 시녀장)이 벌써 세수까지 마치고 머리를 빗고 있는 나를 보더니 눈이 둥그레졌다.

"어머나, 아가씨, 벌써 일어나셨어요?"

"좋은 아침이야, 마샬. 내가 오늘 어디 좀 다녀와야 하거든. 그런데 할아버지하고 아빠는 일어나셨어?"

"주인님이야 벌써 일어나셨죠. 음, 그러고 보니 시피르님도 일어나셨더군요. 오늘 제가 모르는 무슨 날인가요?"

의아한 표정으로 대답하며 나에게 다가와서 머리 빗을 받아 들려는 그녀에게 나는 손을 저어 보였다.

"됐어. 오늘은 내가 할 거야."

"그러실래요? 그럼 옷이라도 준비해 드려야겠군요. 외출하신다니까 외출복을 준비해 드릴까요?"

몸을 내 드레스 룸 쪽으로 돌리며 묻는 마샬에게 나는 다시 한 번 미안한 미소를 지어 보였다.

"벌써 내가 다 준비해 놨으니까 신경 쓰지 마."

내 말에 방 안을 둘러보던 마샬이 탁자 위에 놓인 망토와 물건들을 발견하더니 황당함을 감추지 못했다.

"어머나, 아가씨, 또 임무 때문에 나가시는 건가요? 하지만 출장 가신다는 소리는 못 들었는데요? 게다가 이 근처에서 일이 생겼다는 이야기도 못 들었구요."

"임무 때문에 가는 건 아니고 내 개인적인 일 때문에 가는 거야. 마샬, 거기 있는 것들 좀 가져다 줘."

머리를 다 빗고 목덜미 부근에서 가죽 끈으로 머리를 질끈 동여맨 다음 전신 거울 앞에 서며 말했다.

"이런 옷차림으로 가시는 거라면… 심각한 일이신가요?"

마샬이 망토와 물건들을 가져오며 걱정스레 물었다.

"음… 개인적으로 중요한 일이기는 해."

제일 먼저 할머니의 서클렛을 착용하고 레이피어는 가지고 갈까 말까 망설이다가 그냥 가지고 가기로 했다. 마지막으로 망토를 두르자 준비는 끝났다.

"주인님도 알고 계세요?"

뒤에서 망토에 잡힌 주름을 펴주면서 마샬이 다시 한 번 물었다.

"지금부터 말하러 갈 거야."

할아버지와 아빠는 응접실에서 가벼운 모닝 티를 즐기고 있었다.

"안녕히 주무셨어요?"

활기 찬 나의 인사에 둘의 시선이 나에게로 쏠렸다.

망토까지 다 갖춰 입은 내 옷차림에 둘의 시선이 의아하게 변하길 기대했는데 의외로 두 분은 담담하게 나를 바라보았다.

"잘 잤니?"

"호오, 드디어 결심이 선 게로구나?"

할아버지의 말에 나는 고개를 끄덕였다.

"헤헷. 벌써 눈치를 채고 계셨네요. 아침 먹고 갈 생각이에요."

"그래, 알았다. 장소는 어디냐?"

"알베르트 산이요. 거기에 있을 거 같아요."

"지금 간다구?"

식당에서 아침을 먹기 위해 내려와 있던 류미르와 세이몬이 내 옷차림을 보고 의아해하다가 설명을 듣고 나자 무지 놀란 표정이 되었다.

"정보가 들어온 거야? 저번에는 출발하기 며칠 전에 알려줬잖아?"

"맞아. 설마 우리를 떼어놓고 가려는 건 아니겠지?"

류미르의 질문에 세이몬까지 맞장구를 치며 나를 바라보는데 그 시선에는 서운함이 깃들어 있었다.

"에… 그게… 솔직히 말하자면… 그동안은 내가 찾기 싫어서 정보가 들어오는 대로만 쫓아다닌 거지. 내가 직접 찾으러 다니면 금방 찾아낼 수 있어. 지금부터 그럴려고 하는 거고."

"그러면 너랑 항상 같이 다니던 그 사람들하고는 같이 안 가는 거야?"

"응. 이번에는 나 혼자 갈 거야."

세이몬의 물음에 대답을 하는데 갑자기 할아버지의 호통이 들려왔다.

"무슨 소리냐? 누가 너 혼자 보낸다고 하든? 나도 간다!"

"에? 하, 하지만……."

'인도자'와 '파멸되어 가는 존재'의 싸움에는 아무도 끼어들면 안 돼는 거잖아요라고 말하려고 했는데 할아버지가 내 말을 잘라 버렸다.

"누가 네 싸움에 끼어든다고 했냐? 난 단지 구경하러 갈 거다."

"그, 그래요?"

손녀 싸움을 구경하러 간다는 말에 황당해져 있는데 아빠가 끼어들었다.

"뭐, 그 싸움에 참관자가 몇 명 있어도 상관은 없겠죠. 그래서 말인데, 저도 같이 가면 안 될까요?"

아빠의 질문에 내가 뭐라 대답하기도 전에 할아버지가 먼저 반응을 보였다.

"네가? 뭐 하러?"

"하하하, 솔직히 말하자면… 보고 싶어서요. 안… 될까요?"

남은 목숨 걸고 싸우는데 보고 싶어서 따라간다고 하는 말이 별로 맘에 안 들었지만, 아빠의 간절한 눈빛과 설마 딸내미가 싸우는데 구경하러만 따라가지는 않겠지 하는 생각에 난 고개를 끄덕이며 할아버지를 바라봤다.

"난 괜찮은데요. 할아버지도 괜찮죠?"

"맘대로 해라. 뭐, 여차하면 어디에든 사용할 수 있겠지."

탐탁지 않다는 표정이었지만, 그래도 할아버지까지 고개를 끄덕이자 이번에는 류미르와 세이몬이 나섰다.

"저기… 저희들도 가면 안 될까요?"

"방해는 안 할게요."

'이게 뭔 구경거리인 줄 아나?'

목숨 걸고 싸우는 것이 갑자기 구경거리로 전락해 버린 느낌에 긴장감이고 결심이고 다 풀려 버리는 듯했지만 그동안 날 도와준 두 녀석의 청을 거절하기는 힘들었다.

"에휴~ 맘대로 해라. 난 모르겠다."

그러자 할아버지도 한마디 하셨다.

"구경하다 죽고 싶지 않으면 조심하는 게 좋을 게다."

그렇게 해서 알베르트 산에는 나와 구경꾼(?) 네 명이 같이 가게 되었다.

알베르트 산과 도나휴 카페티안이 살던 오두막 집 근처에는 결계가 쳐져 있었지만 할아버지가 못 뚫을 분은 아니었으므로 나의 기억에 따라 할아버지가 우리 모두를 이동시켰다.

내가 해도 될 거였지만 난 싸움을 위하여 힘을 아껴야 한다나 뭐라나…….

그런데 의외로 우리 말고도 그곳에 온 이가 또 있었다.

"이게 누군가?"

"안녕하셨습니까, 칸 시스파슈타인님? 100년 전에 성룡식 인사차 같이 오셨을 때 뵙고 처음 뵙는군요?"

"그렇군. 그런데 자네를 여기에서 볼 줄은 몰랐는걸?"

"호호호, 모르셨군요? 저기 있는 칼 아펜젤러가 '인도자'와 '파멸되어 가는 존재'에 대한 정보를 얻기 위해 저에게 몇 번 다녀갔었답니다. 덕분에 저도 이번 일을 알게 되었지요."

"그래서… 구경하러 왔다는 말이로군?"

"호호호, 눈치 채셨군요. 단도직입적으로 말하면 그렇죠."

할아버지가 눈살을 살짝 찌푸리긴 했지만 그렇다고 심히 못마땅한 표정은 아니었기에 그녀는 안심하고 나에게 다가왔다.

"안녕하셨어요, 칸 크제나님?"

그랬다.

그녀는 예전에 내가 성룡식을 끝마치고 인사를 한 고룡 중 한 명으로 얀스크 산에 살고 있던 실버 드래곤이었다.

"오랜만이로구나. 이런 일로 만나서 그렇긴 하다만… 어쨌든 힘내거라."

"걱정해 주셔서 감사합니다."

그녀와 내가 인사를 나누자 아빠가 슬그머니 다가왔다.

"일찍 오셨군요, 칸 크제나님?"

"호호호, 자네 연락을 받자마자 곧장 달려왔지. 오고 나서 보니 내가 너무 서둘렀더군."

"연락이요? 아빠가 연락했어요?"

아빠와 칸 크제나의 대화에 놀란 내가 작게 속삭였다. 저쪽에서 주위를 둘러보고 있는 할아버지에게 이 소리가 들렸다간 아빠가 또 한 번 곤욕을 치를 것 같았기 때문이다. 칸 크제나도 그걸 알고 있는지 나와 마찬가지로 작게 속삭여 줬다.

"그래, 내가 고서를 뒤적여 정보를 알아내는 대신 아펜젤러도 돌아가는 상황을 알려주기로 했단다. 흥흥흥."

나에게는 심각한 일을 재미있는 일이라고 여기고 있다는 게 좀 미안했는지 칸 크제나가 약간 멋쩍은 미소를 지어 보였다. 칸 크제나가 말하는 모습을 보니 아빠가 내 친아빠라는 것도 다 말한 듯했다.
"그랬군요. 그런데 여기에서 아무도 못 보셨나요, 칸 크제나님?"
"글쎄다… 나도 방금 전에 왔기 때문에……."
내 질문에 칸 크제나와 아빠도 약간 긴장된 표정으로 주위를 둘러보기 시작했다.
칸 크제나의 표정에 약간의 호기심이 이는 걸 보니 정말 우리가 오기 바로 전에 온 듯했다. 그래서 나는 여기저기 둘러보고 있는 할아버지에게로 시선을 돌렸다.
"할아버지, 뭐……."
나는 말을 하다 말고 딱 멈췄다.
거의 쓰러져 가는 도나휴 카페티안의 오두막 집에서 살기가 천천히 뻗어 나오고 있었기 때문이다.
"어머나, 내 예상이 맞았네?"
긴장감을 떨치기 위해 일부러 호들갑을 떨며 오두막의 반은 떨어져 나간 문짝을 바라보았고 할아버지와 류미르, 세이몬도 내 쪽으로 급하게 다가왔다.
잠시 후 우리 모두의 시선을 받고 있던 문짝이 천천히 기울어지며 완전히 떨어져 나가 바닥과 부딪쳤다.
쾅~!
모두가 입을 다물고 있어 조용한 가운데 그 소리가 유난히 크게 들려 움찔하는 가운데 어두컴컴한 집 안에서 '그 존재'가 서서히 모습을 드러냈다.
저 집 안에서 얼마나 오래 움직이지 않고 가만히 있었는지 마치 창고에 오래 처박아둔 물건처럼 온몸에 먼지가 가득 쌓여 있어서 머리카락 색이나 옷 색이 보이지 않을 지경이었고, 움직일 때마다 머리카락과 몸에서 먼지가 뚝뚝 떨어졌다.
 하지만 그 눈만은 여전히 붉은 안광으로 번쩍이고 있었다.
 '그 존재'의 모습을 처음 본 할아버지와 칸 크제나는 작은 신음성을 흘렸다.
 "쯧쯧, 목욕이라도 하고 있지… 음, 그건 너무 무리한 바램이었나?"
 하등 쓸데없는 말을 하면서 내가 일행 앞으로 한 걸음 나서자 그것을 신호로 할아버지를 비롯한 나머지 일행이 저 뒤쪽으로 몸을 피하는 것이 느껴졌다.
 그리고 내 앞으로 열 발자국쯤 떨어져 선 '그 존재'의 몸에서 좀 더 진한 살기와 뒤엉킨 마나가 뻗어 나왔다.
 꿀꺽~
 긴장감으로 인해 메마른 입 안을 적시려 마른침을 한번 삼키고 할머니의 서클렛에 손을 가져갔다.
 드디어 할머니의 힘을 써먹을 때가 온 것이다.
 "우~ 떨려라……."
 너무 긴장이 되어 손끝이 떨리자 조금이나마 긴장을 풀려고 '그 존재'에게 실없이 한번 웃어주고 나서 심호흡하고 단호하게 외쳤다.
 "봉인 해제!"
 장소가 장소이니만큼 나는 공중으로 천천히 떠오르면서 온몸을 감싸오는, 서클렛에서 흘러나온 거대한 마나의 기운에 몸을 적용시키면서 다시 한 번 중얼거렸다.
 "폴리모프!"
 아무래도 인간의 몸으로는 할머니의 힘을 감당하기가 너무 힘들 거라는 걸 알기 때문이었다.

　내 몸이 점점 커지는 것을 느끼며 앞을 바라보자 어느새 '그 존재'도 허공에 몸을 띄우고 드래곤으로 변모하고 있었다. 내가 변신하면 감당하지 못할 걸 알고 같이 모습을 바꾸는 듯했다.

　쿠워어어어어~

　완전히 모습이 변한 '그 존재' 드래곤이 크게 울부짖었다.

　나도 울부짖을까 하다가 아직 그런 거에 익숙하지 않아 쑥스럽게 느껴졌기 때문에 울부짖는 대신 고개를 쳐들고 울부짖느라 훤히 드러난 '그 존재'의 가슴팍에다 강하게 돌려차기… 는 다리가 짧아서 불가능하기 때문에 몸을 돌려 꼬리로 후려쳤다.

　파앙!

　거대한 북을 치는 듯한 소리와 함께 제대로 들어간 듯 꼬리에 감각이 왔다.

　"우씨~!"

　다시 몸을 돌려 '그 존재'를 바라보니 인상을 팍 쓴 채 뒤로 약간 밀려가 있었다.

　마나가 뒤엉켜서 그런지 예전에는 선명한 선홍색과 비슷한 붉은빛을 띠고 있던 몸이 지금은 되게 짙은 검붉은 색을 띠고 있었다.

　"꼭 상한 거 같아……."

　깔보는 것처럼 눈을 내리깔며 중얼거리자 내 말을 들었는지 '그 존재'가 이빨을 빠드득 갈더니 나보다도 더 큰 거대한 몸을 그대로 나에게 부딪쳐 왔다.

　슈우우웅— 퍼억!

　마치 제트기가 날아오는 듯한 음향과 함께 그대로 옆구리를 부덮쳐 버린 나는 머리가 크게 흔들려 어지럼증을 느낄 지경이었지만 필사적으로 정신이 흩어지지 않게 붙잡고 있었다.

그리고 그때부터 본격적인 육탄전이 시작되었다.

옆구리와 옆구리를 붙인 상태에서 '그 존재' 드래곤이 자신이 더 몸집이 큰 점을 이용하여 굵고 뭉툭한 팔로 손톱을 가득 드러낸 채 내 목덜미를 향해 내려치는 거였다.

"아린아, 목 조심해라!"

밑에서 보고 있던 아빠가 재빨리 용언을 보내왔다.

그 말을 듣자마자 몸을 완전히 밑으로 180도 회전시켜 '그 존재' 드래곤의 배를 보게 되자 거기를 손톱으로 쫘악 긁어버렸다. 하지만 '그 존재'도 가만있지 않고 내가 몸을 숙여 버리자 내 목덜미 대신 내 날갯죽지를 내려쳤다.

퍼억!

"아야야~ 아퍼라~ 왠지 나만 당한 거 같아."

날갯죽지를 맞은 데다가 드래곤의 배를 긁은 손톱이 빠질 것처럼 무지 아팠다. 아직은 내 손톱이 드래곤의 비늘보다 강하지 못한가 보다.

"꼬리를 사용해, 꼬리를!!"

이번에는 할아버지가 다급하게 외쳤다.

그래서 꼬리를 위로 올렸다가 힘차게 내려치자 뭔가가 맞았다.

"머리가 맞았다. 다시 한 번 내려쳐!!"

할아버지의 지도에 따라 다시 한 번 꼬리를 올렸다가 내려쳤는데 이번에는 뭔가 때리는 느낌 대신에 엄청난 통증이 꼬리에서 느껴졌다. 꼬리를 물린 것이었다.

키에에엑~!

"우갸갸갸~! 아포, 아포!!"

"날아올라! 날아올라서 상황을 보면서 싸워!"

아빠가 다급하게 용언을 날렸다.

날개를 파닥거리려고 했지만, 아까 날갯죽지를 맞은 게 잘못됐는지 날개를 한번 움직일 때마다 통증이 와서 마법을 사용해서 몸을 띄웠다.

"레비테이션!!"

꼬리가 아직 물린 상태였기에 너무 아파 눈물을 글썽이며 몸을 위쪽으로 떠오르게 하자 꼬리를 물고 머리를 흔들고 있는 '그 존재'의 머리통이 보였다.

퍼억!

꼬리를 더 이상 못 물고 있도록 위에서 그대로 밑으로 하강하면서 뒷발로 '그 존재'의 머리를 쳐버린 거였다. 하지만 덕분에 '그 존재' 드래곤의 이빨에 내 꼬리가 쫘악 찢어져서 피가 튀었다.

쿠워워워~!!

"우에에엥, 아포라~!!"

"정신 차려! 그대로 목덜미를 물어버렷!!"

아빠의 지도에 나는 좀 더 하강하면서 엉덩이로 '그 존재'의 등을 한번 찍어주고 위에서 '그 존재'의 목덜미를 양손으로 꽈악 부여잡은 채로 목을 힘껏 물었다.

쿼어어어어~!!

'그 존재'가 고통을 느끼는지 크게 울부짖었다.

찝찔한 맛이 입 안에 느껴지는 것이 피가 나온 듯했다. 거기에 만족하지 못한 아빠가 또 한 번 외쳤다.

"마법을 써라, 마법을 써!"

'마법? 뭘 쓰지?'

하지만 길게 생각할 시간이 없었다. 내 엉덩이 공격에 의해 날개가 부러졌는지 밑으로 추락하면서 '그 존재'가 나를 떨궈내려고 몸을 강력하게 흔들기 시작했기 때문이다.

'그 존재'가 강력하게 머리를 흔들면 흔들수록 내 머리도 같이 흔들렸고, '그 존재'의 목에 박힌 이빨이 흔들거려서 아팠다. 하지만 그와 함께 내가 물고 있던 '그 존재' 목의 상처가 점점 더 벌어져 피가 더 많이 나오기 시작했다.

"아린아, 빨리 서둘러라. 조금 있으면 땅에 부딪친단 말이다!"

정신이 없는 와중에 할아버지의 다급한 목소리에 번뜩 정신이 들면서 좋은 생각까지 떠올랐다.

"다그 하우트!!"

강력한 마나를 지면으로 날려보내며 외치자 우리 바로 밑의 땅에서 거대하고 날카로운 바위들이 송곳 모양으로 솟아오르기 시작했다. 그리고 그 모습을 본 나는 '그 존재'의 위에 타고 있는 형상이었지만 만약을 대비하여 내 몸에 실드를 쳐놓고 '그 존재'가 밑을 볼 수 없도록 목을 문 입에 더욱더 힘을 주었다.

콰과과광—!

'그 존재'가 날카로운 바위 송곳을 몸으로 직접 부딪칠 때부터 눈을 감고 있다가 갑자기 그보다도 더 큰 충격이 느껴지자 눈을 번쩍 떴다.

콰앙~!

드디어 땅에 부딪친 것이었다.

비록 '그 존재'를 쿠션 삼고 있었다지만 충격이 고스란히 전해져 와 나는 머리가 어질어질했고, 목을 물고 있던 이빨이 빠지는 것만 같았다.

"에구, 에구, 에구구… 이럴 줄 알았으면 충격 흡수 실드까지……."

그러나 내 푸념은 계속되지 못했다. 할아버지와 아빠가 동시에 외쳤기 때문이었다.

"뭐 하는 거냐?! '그 존재'가 일어난다."

"아린아, 빨리 거기에서 비켜라."

두 분의 말에 나는 재빨리 '그 존재'의 위에서 비켜나 긴장된 눈으로 바라보고 있었다. 역시나 이 정도로는 택도 없는지 '그 존재'가 서서히 일어나고 있었다. 그래도 아프긴 아팠는지 얼굴을 찡그리며 일어났는데 아까보다 살기가 더욱 짙어져 나는 오싹 소름이 끼치고 비늘이 다 곤두서는 듯한 느낌이었다.

"아린아, 뭐 하는 거냐?! 빨리 공격해야지!! 마법을 써라!!"

할아버지가 또다시 다급하게 외치자 그제야 정신을 차린 나는 아직 몸을 완전히 일으키지 못한 '그 존재'를 향해 외쳤다.

"그레이 봄!!"

내 말이 끝나자마자 '그 존재' 밑의 땅에 커다란 폭발이 일어나면서 '그 존재'를 뒤로 벌렁 넘어뜨렸다. 그 순간을 놓치지 않고 나는 또다시 외쳤다.

"한 번 더!! 레이 프리즈!!"

뒤로 벌렁 넘어가느라 아직 정신을 못 차린 '그 존재'를 십여 개의 빛의 고리가 생성되어 단단히 감쌌다. 하지만 곧 정신을 차린 '그 존재'가 강하게 몸부림을 치는 걸 보면 곧 끊어질 것만 같아 나는 다시 한 번 마법을 날리려고 했다. 그런데 너무 처절해 보이는 그 몸부림이 날 망설이게 만들었다.

왜 저렇게 몸부림을 치는 건지… 그렇게 살고 싶은 건지… 왜 그렇게 살고 싶어하는 건지… 날 이렇게 힘들게 만들어놓고도 아무런 감정이 없는 건지… 정말 저 존재는 날 잊어버린 건지… 그래서 내가 어떤 심정이든 아무런 상관도 없는 건지…….

여러 가지 생각이 머리 속에서 휘몰아치면서 날 착잡하게 만들었다.

저렇게 살고 싶어하는데 꼭 이렇게까지 해야 하는가… 하는 생각마저 들어 가슴이 싸~해지며 할아버지와 아빠의 다급한 외침이 귀에 들려오지도 않았다.

"아린아, 뭐 하는 거니?"

"아린아, 지금이 기회란 말이다. 곧 있으면 '그 존재가 풀려날 거야!!"

그러나 이미 의욕을 거의 잃어버린 나는 자꾸만 망설이고 있을 뿐이었다.

드디어 '그 존재'의 몸부림에 '그 존재'를 얽매고 있던 빛의 고리들이 하나둘 갈라지기 시작했다. 할아버지와 아빠는 더욱더 다급하게 나를 불러댔지만, 나는 그냥 멀거니 그 모습만 보고 서 있을 뿐이었다.

그런데 어느 순간, 몸부림을 치며 고개를 이리저리 흔들고 있던 '그 존재'와 눈이 마주쳤다. 자신을 이렇게 만든 내가 너무나 증오스러운지 날 바라보는 그 눈에는 살기와 증오와 분노만이 가득 담겨 활활 타오르고 있었다. 그 모습에 나는 허망한 웃음이 나왔다.

"왜 그렇게 바라보는데요? 내가 이렇게 하게 만든 건 당신이잖아요. 그런데 내가 그렇게 미워요?"

눈시울이 뜨거워졌다. 눈앞이 뿌옇게 흐려지는 게 아마 눈물이

나려는 것 같았다. 그리고 날 저렇게 바라보며 몸부림치는 저 모습을 더 이상 보고 싶지 않았다.

"이제 그만둘래요. 당신을 바라보며 괴로워하며 망설이는 것도 힘들다구요. 하긴, 내가 힘들든 말든 당신은 상관도 없죠? 나도 더 이상 이렇게 있기는 싫으니까 모든 걸 끝낼래요. 그러니까 당신도 안녕히 가세요."

고개를 한번 흔들어 눈에 고인 눈물을 털어낸 뒤 나는 여전히 날 보며 이를 득득 갈고 있는 '그 존재'를 똑바로 바라보며 외쳤다.

"다이너스트 브라스!!"

강력한 마법인만큼 마법이 시전되는 곳에 가까이 있던 나도 피해를 입기 쉬웠기에 나는 얼른 내 몸에 방어막을 친 채 '그 존재' 주위로 그려지는 거대한 오성망의 마법진을 바라보았다.

마법진은 완성되자마자 거대하고 너무나 뜨거워서 아예 불의 빛을 잃어 하얗게 보이는 불기둥이 솟아올랐다. 불의 속성을 가진 내가 방어막까지 치고 있어도 그 뜨거움이 느껴졌지만 나는 그 자리에서 벗어나지 않은 채 불기둥이 사라지기를 기다렸다. 내 주위 반경 수십 미터에 있던 초목들은 아예 재가 되어 흩날렸고, 내가 딛고 있던 바닥도 녹아서 용암처럼 흘러내렸다.

그리고 잠시 후, 불기둥이 사그라들자 그 자리에는 이제 겉이 까맣게 그슬린 '그 존재'가 웅크리고 있는 모습이 보였다. 그 와중에서도 방어막을 전개해 목숨을 유지한 듯했다. 그리고 불길이 완전히 사라지자 '그 존재'의 몸에서 희미하게 붉은빛의 마나가 흘러나오며 온몸을 감싸기 시작했다.

"아린아, 치유하는 거다. 지금 끝장을 보아야 해!!"

할아버지의 다급한 말에 이어 아빠까지 다급하게 외쳤다.

"그래, 어서 서둘러라. 빨리 목을 잘라 버려라!!"

"아냐, 아냐. 심장이야!!"

"에에? 목이에요, 심장이에요?"

아빠와 할아버지의 급한 말소리 때문에 퍼뜩 정신을 차리기는 했지만 두 가지로 갈린 의견 때문에 나는 갈팡질팡했다. 그러면서 평소의 목소리로 되묻는 내 자신에게 실소가 났다. 아까까지만 해도 맘이 아파서 어쩔 줄 몰라 했으면서 지금 얼마나 지났다고 평소처럼 되돌아온 건지……. 어쩌면 나는 내가 힘들고 견딜 수 없어서 이곳에 올 결심을 한 건지도 몰랐다. 그래서 지금 거의 결말이 난 것 같으니까 평소처럼 회복된 건지도.

"심장이라니까! 빨리 심장을 찔러라!"

"뭐 하는 거냐? 목이야, 목을 잘라 버렷!"

"흐에에에~!!"

할아버지와 아빠의 재촉이 계속 이어졌지만 나는 당황만 할 뿐 어떻게 하질 못하고 있었다. 솔직히 의견이 한 가지였어도 하지 못했을 것이다.

어떻게 목을 자르고 심장을 찌른단 말인가.

두 분의 다급한 목소리가 또 한 번 재촉을 했지만, 어찌할 바 모르던 난 이리저리 기웃대기만 할 뿐이었다.

"아린아!!"

"아린아!!"

그때 그 두 분의 목소리를 잠재우는 또 다른 목소리가 있었으니…….

"두 분, 그만 좀 하세요. 얘가 어떻게 해야 할지 몰라 하잖아요. 애야,

네 맘대로 하려무나. 하지만 서둘러야 할 거다. 지금 '그 존재'가 정신을 차리려고 하거든."

침착하고 온화한 목소리였지만 내용은 날 경직시키기에 충분했다. 칸 크제나의 말에 밑을 내려다보니 '어느새 아까의 그 붉은 기운은 거진 사라지고 검게 그슬린 비늘들도 제 모습을 찾아가고 있었다. 게다가 그 존재'가 움찔움찔거리는 것이 곧 일어날 것만 같았다.

"어떻게 해, 어떻게 해!!"

"아린아!!"

"어서 서둘러!!"

"깨어난다!!"

또다시 아까의 괴로움은 정말로 겪고 싶지 않았기에, 그렇게 되지 않으려면 더 이상 머뭇거릴 수 없다는 걸 안 나는 될 대로 되라는 심정으로 외쳤다.

"에라, 나도 몰라!! 루비아이 블레이드!!"

나는 아직 검기를 제대로 다룰 줄 몰랐기에 검을 형상화하는 마법을 쓴 것이었다.

곧 내 손에는 마나가 모여들어 무척 밝은 선홍색의 거대한 검 모양을 형상화시켰고, 나는 그것으로 곧장 '그 존재'의 심장을 향해 찔러 버렸다.

푸헉—!

내 손톱까지 막는 비늘이라 찌르는 것이 힘겨울 거라는 내 예상과는 달리 쉽다고 여겨질 정도로 너무 수월하게 그 뾰족한 마나 덩어리는 '그 존재'의 비늘을 뚫고 들어가 버렸다.

"들어… 갔다?"

심장을 찔렸기 때문인지 곧 엄청난 양의 피가 쏟아져 나왔다.

'그 존재'가 꿈틀댈 때마다 울컥울컥하면서 검붉은 피가 쏟아져 나와 내 몸을 적시는데 나는 그걸 알아차리지 못한 채 계속해서 '그 존재'만을 바라보고 있었다.

심장이 찔렸기 때문인지 움직임은 경미했다. 그리고 한참 후에 '그 존재'의 움직임은 멈춰 버렸다.

"끝난… 건가……?"

저 위쪽, 그러니까 도나휴 카페티안이 살고 있던 절벽 위에서 상황을 보고 있던 이들이 내가 있는 곳으로 날아 내려왔다.

"아린아, 괜찮으냐?"

"정신 차려."

"얘야, 이제 다 끝났단다."

할아버지부터 아빠, 칸 크제나까지 한마디씩 다 던졌다.

"…끝난 건가요?"

멍한 얼굴로 중얼거리듯 묻자 세 분이 또 한마디씩 대답했다.

"그래, 끝났어. 네가 해낸 거야."

"잘했다, 아린아."

"수고했어."

"그렇군요. 끝났군요……."

이제는 차가운 주검이 되어버린 '그 존재'의 모습을 바라보는데 슬프기도 하고 시원하기도 하고 서운하기도 하고 미안하기도 하고, 하여튼 여러 감정들이 뒤엉켜서 정신이 하나도 없었다.

"아린, 괜찮아?"

갑자기 들려오는 인간의 말에 내가 화들짝 정신을 차리고 고개를 옆으로 돌리니 거기에는 류미르와 세이몬이 내 얼굴 부근의 공중에 동동 떠서 나를 걱정스러운 눈으로 바라보고 있었다.

"아, 얘들아……."

"괜찮은 거야?"

세이몬이 다시금 걱정스럽게 묻자 류미르가 세이몬의 어깨를 툭 치며 미소를 지었다.

"괜찮아, 괜찮아. 아린은 생각보다 너무 쉽게 이겨서 정신이 하나도 없어서 그래."

"아아, 그런 거야?"

정말이냐는 눈으로 나를 보는 세이몬에게 나는 의연하게 고개를 끄덕여 주고 싶었는데, 이놈의 고개가 갑자기 내 말을 안 들었다. 세이몬이 내가 가만히 있자 걱정스러운 표정이 되었지만 나는 조금도 움직일 수가 없었다. 그리고 곧 이어 내가 원하지도 않았는데 눈에서 눈물이 주르르 흘러내렸다.

"아, 아린!!"

세이몬이 놀라서 나에게 다가오려 했지만 류미르가 그를 만류하며 저쪽으로 끌고 갔다.

"잠깐만 세이몬, 아린은 지금 동족을 해했기에 가슴 아파서 그러는 거니까 건드리지 말아."

"그, 그런 거야?"

"응, 그래."

류미르가 세이몬을 데리고 가자 나는 아예 엎드려서 펑펑 울고 있는데 내 입가를 누군가가 부드럽게 쓰다듬는 게 느껴졌다. 눈물이 그렁그렁한 눈을 떠보니 할아버지와 아빠, 그리고 칸 크제나가 서 있었다.

"흐에에엥~~ 할아버지이이이~~"

"그래그래… 이그… 이제 괜찮다, 괜찮아. 모든 건 다 끝났으니까… 맘 놓고 울어라. 그럼 좀 시원해지겠지……."

"아리시안 양, 정중하게 장례는 치러야 하지 않을까?"
한참 동안을 정말 정신없이 울고 조금씩 정신을 차리려는데 칸 크제나가 조심스럽게 말을 건넸다.
"그래야죠. 제가 할게요."
이것이 나의 임무였으니 마지막까지 확실하게 마무리해 주고 싶었다.
레드 드래곤의 죽음은 불과 함께 사라지는 것.
나의 말에 할아버지와 아빠, 그리고 칸 크제나가 저 멀리 물러나 있는 류미르와 세이몬 쪽으로 갔고 나는 '그 존재'의 모습을 한동안 바라보다가 조용히 시동어를 중얼거렸다.
"헬 파이어!!"

'그 존재'의 몸 전체가 불꽃에 휩싸이기 시작하자 그 열기는 엄청났다. 하지만 이곳에 있는 이들 중 이 정도를 견디지 못하는 이는 없었기에 모두들 멀찍이 물러나서 아린이 하는 양을 지켜보고 있었다.
의연하게 서 있었지만, 그래도 칸 시스파슈타인의 눈 깊숙한 곳에 안도감과 슬픔이 교차하고 있다는 걸 알아챈 칸 크제나가 그에게 부드럽게 말을 건넸다.
"무사히 끝나서 다행입니다, 칸 시스파슈타인님. 칼 아시리안도 훌륭하게 잘해냈구요."
"그래, 그렇군. 어쨌든 와줘서 고맙네, 칸 크제나. 도움이 됐어."

칸 크제나는 빙그레 웃었다.

"뭘요. 그나저나 다 잘되었군요. 아시리안 양도 임무를 잘 끝냈고, 칸 시스파슈타인님도 아시리안 양의 아버지와도 화해를 하신 듯하니……."

칸 크제나의 말에 한 용은 얼어버렸고, 한 용은 의아한 듯 그녀를 바라보았다.

"허걱!!"

"엥? 그게 무슨 소리인가?"

그러자 칸 크제나는 얼어버린 용을 가리키면서 친절히 설명해 줬다.

"무슨 소리냐니요? 저기 있는 아시리안 양의 아버지와 행동을 같이 한 걸 보면 서로……."

칸 크제나는 설명을 끝내지 못했다. 칸 시스파슈타인의 온몸이 붉은 분노의 마나로 휩싸였기 때문이다.

"칸 크제나, 다시 한 번만 말해 주겠나? 누가 아린의 아.버.지.라.고?"

그제야 상황을 눈치 챈 칸 크제나가 당황한 표정으로 입을 열었지만 쏟아진 물이었다.

"어머나, 모르고 계셨었나요? 난 다 아시는 줄 알고……."

칸 시스파슈타인은 그녀의 말을 듣고 있지 않았다. 고개를 획 돌려 슬금슬금 몸을 피하려는 칼 아펜젤러에게 분노와 살기에 찬 시선을 보냈기 때문이었다.

"이, 이 노오오오오옴~!!"

"우아아아악~~!!"

한참 감상에 젖어서 활활 불타오르는 불꽃을 보고 있는데 갑자기 처절한 비명이 울려 퍼져 놀라서 뒤를 돌아보니 어느새 아빠와 할아버지가 사라지고 없었다. 의아한 얼굴로 바라보고 있는데 칸 크제나가 어쩔 줄 몰라 하는 표정으로 달려와서 말해 줬다.

"이걸 어쩌니, 내가 네 아버지가 칼 아펜젤러라는 말을 칸 시스파슈타인님 앞에서 해버렸구나. 설마 모르고 계시리라고는……"

"허걱!! 그럼 혹시 아까 그건 아빠의……?"

"그래, 어쩌면 좋지? 칸 시스파슈타인님이 무척 화가 나신 듯한데… 그분 성격에……"

경악에 찬 나는 급하게 폴리모프하여 사람의 모습으로 돌아왔고, 칸 크제나가 언제 챙겨두었는지 내 망토를 가져다가 알몸인 내 몸 위에 덮어주었다.

"큰일 났네요. 할아버지 성격상 아빠는 오늘 반은 죽을 거예요. 어디로 가셨죠?"

"저쪽으로……"

칸 크제나가 가리킨 숲에서는 여기저기서 폭발이 마구잡이로 일어나고 있었고, 그에 따른 음향 효과로 할아버지의 분노에 찬 고함 소리와 아빠의 처절한 비명, 그리고 고래 싸움에 새우 등 터진다고 두 분의 추격전에 말려들어 죽어가는 애꿎은 몬스터들의 비명 소리가 울려 퍼지고 있었다.

"거기 안 서!!"

쿠와앙―!

"우갸갸갸~ 제발 고정하시고오오오~ 제 말 조오오오옴~"

"시끄럽다. 네놈의 말 따윈 듣고 싶지 않아~!"

콰과과광!!

"우아아악~ 그럼 아린을 생각해서라도오오~"
"닥쳐! 네가 아린을 들먹일 자격이나 있어?!"
쿠구구궁— 콰앙!!
"헬프 미이이이~!!"
잠시 넋을 잃고 그 소리를 듣고 있던 칸 크제나와 나는 서로를 바라보며 서로의 의견을 묻고 곧바로 동의하며 고개를 끄덕였다.
"가봐야겠죠?"
"그래, 칸 시스파슈타인님을 말릴 수 있는 이는 너뿐이니까. 저러다 네 아버지가 죽겠다."
"그럼 가요!!"
마지막으로 이제 거의 다 타버려서 작은 불꽃만이 남아 있는 그곳을 바라보던 나는 미련없이 고개를 돌렸다.
'이제 내 임무는 끝난 거야. 그리고 이제는… 아빠를 구해주러 가야지?'

아빠와 할아버지를 찾는 건 쉬웠다. 워낙 지나간 흔적이 뚜렷한 데다가 두 분이 어디 있다는 걸 폭발음이 확실하게 알려줬으니까.
우리가 아빠와 할아버지를 따라잡았을 때는 아빠가 결국 할아버지에게 붙잡혀 죽을 위기에 처해 있었다.
"이노오옴, 죽을 준비 해라!!"
할아버지의 무시무시한 눈길에 아빠는 새파랗게 질려 어쩔 줄 몰라 하고 있었다.
"허거걱……!"
할아버지의 손에서 새빨간 붉은 마나가 검의 모양을 형성한 채 위로 치켜져 있는 순간이었다.

"할아… 헉!"

급한 김에 할아버지의 팔에 매달리려고 달려가던 나는 갑자기 번개를 맞은 듯 온몸을 강타하는 충격에 말도 잇지 못하고 쓰러지려다가 달려가던 탄력 그대로 땅바닥에 헤딩한 뒤 몇 바퀴 구르고 말았다.

"칼 아시리안!!"

칸 크제나의 다급한 외침과 함께 누군가가 나를 부축해 주는 것이 느껴졌지만 온몸이 오래달리기를 하고 난 듯 힘이 하나도 없고 심장이 너무 격렬하게 뛰어 아플 지경이어서 대답도 하지 못했다.

"허억, 허억, 허억……."

"아이고, 아린아!!"

칸 크제나의 외침을 들었는지 할아버지의 놀란 음성이 들려왔고 곧 이어 후닥닥 하는 발걸음 소리가 들려왔다.

"애야, 정신 차려라! 얘가 왜 이러는 거지?"

당황한 할아버지의 말소리와 함께 몸 안에 차갑고 이질적인 마나가 스며 들어왔다.

그 차갑고 이질적인 마나가 온몸을 구석구석 돌면서 한번씩 어루만져 주자 터질 것처럼 비명을 질러대던 세포들이 조금 안정을 되찾는 것 같았다.

"왜 그러는 것 같은가?"

할아버지의 질문에 칸 크제나가 대꾸했다.

"힘을 무리하게 사용한 것 같군요. 이상하지 않습니까? 아까의 싸움에서는 그렇게 크게 힘을 과용하지 않은 듯한데……."

"아, 그렇군. 그랬었어!"

칸 크제나의 말에 할아버지가 뭔가 생각났다는 듯 외쳤다.

"이 녀석이 지 할미의 힘을 썼거든. 칸 세실리스가 생의 종지부를 찍을 때 자신의 힘을 봉인하여 아린에게 줬었지. 이때를 대비해서 말야. 그래서 아까 이 아이가 쉽게 이긴 것처럼 느껴졌었군."

"그랬군요. 그렇다면 지금 칼 아시리안의 모습이 이해가 갑니다. 감당하지 못할 힘을 쓴 뒤의 부작용이군요. 며칠 쉬면 다시 회복할 겁니다."

"그래그래, 수고했네."

칸 크제나가 나를 할아버지에게 넘겨주는 모양이었다.

"상황이 모두 끝난 것 같으니 전 이만 가보겠습니다."

"그러게. 다음에 기회가 있으면 다시 보세나."

"예. 칼 아펜젤러, 그대도. 늦게나마 만난 딸에게 잘 대해주도록."

"도와주셔서 감사했습니다, 칸 크제나님."

목소리가 멀쩡한 걸 보니 아빠는 무사한 모양이었다.

그 뒤로 나는 잠 속에 빠져 버렸고 깨어보니 다시 아빠 저택이었다.

할아버지와 아빠가 동시에 내 곁에서 나를 반겨주는 걸 보니 아빠가 할아버지의 시달림 속에서 살아난 모양이다.

"잘 잤니, 아린아?"

"고생했다."

"헤헤헤……."

제30화
그 후의 이야기

그 후의 이야기

"험험, 아린… 괜찮다면… 음… 결혼을 전제로 나와 사귀어주겠소?"
'어! 이런… 설마 했었는데…….'
'설마가 사람 잡는다는 말이 사실일 줄이야…….'

알베르트 산에서 정신을 잃고 나서 며칠 만에 일어나 보니 그 동안에 국왕이 죽었다.

국장은 한 달 동안 행해졌기 때문에 국왕의 시신이 무덤 속에 묻힐 때까지는 모두가 검은 옷을 입고 있어야만 했고 귀족이라면 한 번쯤은 국왕의 시신 앞에 예를 표해야 했다.

나도 명색이 이 나라의 자작이라 귀찮았지만 오랜만에 브랜트 왕자와 루실 왕녀를 만나볼 생각으로 검은 드레스를 입고 아빠를 따라 성으로 갔다.

국왕의 시신이 안치된 무지 넓은 홀에는 검은 갑옷을 입은 왕성 근위대가 지키고 있었고, 나처럼 예를 올리러 온 상복을 입은 귀족들과 시종들이 조용히 지나다니고 있었다.

홀의 단상에는 마법으로 냉장 처리된 국왕의 시신이 화려한 관 안에 담겨 놓여 있었고, 그 앞에는 예를 표하러 온 귀족들이 놓고

간 하얀 꽃들이 수북이 쌓여 있었다.

아빠를 따라 그 홀로 들어서자 홀 안에서 삼삼오오 모여서 저희들끼리 속닥속닥거리던 귀족들이 아빠를 보고는 모여들어 말을 건넸다.

"오셨군요, 재상 각하."

"각하, 혹시 소식 들으셨습니까?"

"각하 생각으로는 왕위 즉위식을 언제 하는 것이……."

아빠가 모여든 귀족들에게 둘러싸이자 나는 저절로 아빠와 떨어져 버렸다. 하지만 나는 그들을 헤치고 아빠에게 다가가는 대신 그 틈을 타서 살짝 뒤로 물러 나와 홀을 빠져나왔다. 친하지도 존경하지도 않는 국왕이 죽었다고 예를 표하고 싶은 마음이 조금도 없었기 때문이다.

그 길로 나는 원래 목적인 왕녀와 왕자를 만나보려고 본성에서 빠져나와 우선 루실 왕녀를 만나기 위해 태자궁으로 향했다.

태자궁은 예전과 달리 삼엄한 경계가 펼쳐져 있었고, 처음 보는 시종장이 나와서 나를 맞았다.

"어떻게 오셨습니까?"

"왕녀님을 뵈려고 하네. 그런데……."

너무나 삼엄한 경계에 어리둥절해 있던 내가 그 이유를 물으려 했지만, 묘하게 굳어지는 시종장의 표정에 뭔가 잘못되었다는 걸 눈치 채고는 얼른 입을 다물었다.

그 시종장은 기분 나쁜 눈치였지만, 경륜이 있는 시종답게 정중히 입을 열었다. 하지만 그 말투는 차갑기 그지없었다.

"죄송하지만, 왕녀님께서는 얼마 전에 왕녀궁으로 거처를 옮기셨습니다. 이곳은 태자 전하께서 거하고 계신 태.자.궁.입니다."

묘하게 태자라는 말을 강조하는 그 시종장의 말투가 되게 기분 나빴지만, 브랜이 태자로 책봉된 후 이곳으로 옮겼을 거라고 예상하지 못한 내 잘못이 있었으므로 화를 내지는 못했다.

"그래? 그랬었군. 뭐, 어차피 태자 전하도 뵈려고 했었으니까. 그럼 태자 전하를 뵐 수는 있는가?"

그러자 시종장이 딱딱한 어투로 대답했다.

"죄송합니다만, 태자 전하께서는 지금 몹시 바쁘십니다. 성함을 말씀해 주시면 태자 전하께 왔다 가셨다고 전해드리겠습니다."

'어라라? 잘못 찍혔나 보네?'

그렇다고 이대로 물러나기에는 자존심이 상했으므로 나는 다시 한 번 말했다.

"태자 전하가 지금 시간을 내시면 나중에 밤을 새시게 되더라도 나는 만나주실 테니 전하기나 하겠는가?"

"하지만 전하께서는……"

끝까지 버티는 시종장이 점점 미워지기 시작한 나는 그의 말을 자르고 차갑게 말했다.

"나를 만나고 안 만나고는 전하께서 정하실 일이네. 자네는 시종장이지 전하가 아니지 않는가?"

시종장의 얼굴이 벌겋게 달아올랐지만 내 말을 반박할 수는 없었는지 뒤로 물러났다.

"그럼 응접실로 안내해 드리겠으니, 거기서 잠시만 기다려 주십시오. 전하께 말씀 올리겠습니다."

"그러지."

시종장의 뒤를 따라 느긋하게 응접실로 향하고 있는데 누군가가 나를 알아봤는지 내 이름을 불렀다.

"아린?"

뒤를 돌아보니 거기에는 검은 경갑옷을 착용하고 있는 애쉬가 서 있었다.

"맞군요. 여긴 어쩐 일이오?"

반갑다는 듯 미소까지 띠며 나에게 다가오는 애쉬의 모습이 왠지 낯설었다.

'얘가 언제 나랑 이렇게 친했었지? 왜 애칭까지 부르고 그래?'

지금 가만히 있다가는 애칭 부르는 걸 허락하는 게 될 것만 같아 나는 차갑게 입을 열었다.

"반갑게 맞아주시니 고맙네요, 레드포드 자작. 하지만 제 할아버지 앞에서는 제 애칭을 부르지 말라고 충고해 드리고 싶군요."

그러자 애쉬가 피식 웃었다.

"그 충고 고맙게 받아들이지요. 하지만 여기에는 당신의 할아버지가 안 계시지 않소?"

'허걱! 얘가 언제 이렇게 능글맞아졌지?'

내 말을 잘 돌려서 할아버지가 안 계신 곳에서는 애칭을 불러도 된다고 만들어 버린 애쉬의 능력에 나는 놀라서 그를 바라보자 그의 미소가 더욱 진해졌다.

"그런데 여기 오신 이유를 아직 못 들었군요?"

왠지 애쉬에게 진 것만 같아 기분 나빠진 나는 그의 시선을 피해 고개를 돌려 버렸다.

"태자 전하를 뵈러 왔어요."

"그래요? 마침 잘되었군요. 나도 태자 전하께 가는 길이었으니 제가 안내해 드리죠. 이보게, 자네는 이만 가보도록 하게."

애쉬가 멍하게 서 있는 시종장에게 말하자 시종장이 퍼뜩 놀라

고개를 끄덕였다.

"예, 예."

시종장이 가버리고 나서 응접실로 가는 대신 곧바로 브랜이 있는 곳으로 가면서 나는 아니꼽지만 애쉬 녀석에게 궁금했던 걸 물었다. 아무래도 애쉬가 잘 알고 있을 것 같았기 때문이다.

"레드포드 자작, 왜 이곳 경비가 이렇게 삼엄해진 거죠? 예전에는 안 그랬던 것 같은데."

그러자 이 애쉬 녀석이 내가 묻는 질문에는 대꾸를 하지 않고 엉뚱한 말을 꺼냈다.

"애쉬라고 불러주겠어요, 아린? 나는 애칭을 부르는데 당신이 그러지 않으면 남들이 이상히 여기잖아요."

'이, 이 녀석이……!'

"흥, 누가 애칭 부르는 걸 허락했나요? 당신이 멋대로 부른 거잖아요."

"하지만 당신도 부르지 말라고 한 적은 없잖아요. 안 그래요, 아린?"

너무나 즐겁다는 듯이 내 애칭을 부르는 녀석의 면상을 날려주고 싶었지만, 아까 내가 말을 잘못한 걸 인정할 수밖에 없었다. 그 시종장 앞에서 애쉬에게 단도직입적으로 망신을 주기 싫어서 둘러서 말한다는 것이 애칭 부르는 것을 허락한 꼴이 되어버린 것이다.

'이 녀석의 입장을 헤아려 주려고 한 내가 바보지. 이딴 자식 입장이고 뭐고 그냥 딱 잘라 거절했어야 하는 건데……'

하지만 지금에 와서 후회해 봤자 쏘아버린 화살이요 쏟아진 물이었다. 되돌릴 수 없음을 안 나는 한숨을 한번 내쉬고는 입을 열었다.

"됐어요. 됐으니까 아까 질문한 거나 대답해 줘요. 왜 이렇게 경계가 삼엄한 거예요? 태자궁이라서 그런 거예요?"

그러자 애쉬는 마지막으로 한번 더 웃고는 진지한 표정으로 돌아가 설명해 줬다.

"그런 건 아니오. 단지, 며칠 전에 태자 전하께서 암살을 당하실 뻔했기 때문에 그런 거요. 혼자 정원을 산책하시다가 변을 당하셨다오. 다행이 미수로 그쳤지만 또다시 어떤 일이 생길지 몰라 귀족들이 건의하여 경계를 강화한 것이라오."

"흐음, 그랬군요."

'짐작은 했었지만……'

브랜은 서재에서 공부를 하고 있었다. 아무래도 태자로 책봉된 뒤에 그동안 정책에 참여 안 하고 빈둥빈둥 놀았던 것을 만회하려는 듯했다. 학자 타입의 노인 한 명과 탁자에 앉아 열심히 이야기를 나누고 있는 와중에도 서재 안에는 세 명의 기사가 그의 뒤에 떡하니 버티고 서 있었다.

"오랜만에 뵙습니다, 전하."

예의를 갖추어 치마를 살짝 들고 무릎을 굽히자 브랜이 반색하며 자리에서 일어섰다.

"이게 누구십니까? 정말 오랜만입니다. 크게 다치셨다고 들었는데 몸은 괜찮으십니까?"

"예?"

의외의 말을 들은 내가 어리둥절해서 반문하자 브랜 또한 당황한 얼굴로 말했다.

"아닌가요? 자작께서 그동안 나라를 어지럽히던 살인마를 처리하셨다고 들었습니다. 그리고 그 와중에 크게 다치셔서 그동안 성에 오지 못했다고 하던데요."

'아빠가 그렇게 말해 놨나 보군.'

그제야 상황을 이해한 내가 고개를 끄덕였다.

"아아, 그걸 말씀하시는 거군요. 단지 며칠 동안 정신을 잃었던 것뿐입니다. 그래서 그동안 있었던 일을 알지 못하였습니다."

"그랬군요. 어쨌든 건강해 보여 다행입니다. 아, 남작, 토론은 나중으로 미뤘으면 하는데요."

브랜이 자신과 마찬가지로 자리에서 일어선 늙은 학자를 향해 말하자 그가 순순히 고개를 끄덕이고 물러났다.

"알겠습니다. 제가 나중에 다시 오도록 하겠습니다."

"고맙소."

브랜은 그에 만족하지 못하고 자신의 뒤에 버티고 서 있던 세 명의 기사를 바라보았다.

"당신들도 잠시 나가 있도록 하시오."

"하, 하지만 전하……"

그들 중 한 명이 난처한 표정을 지었지만 브랜의 표정은 단호했다.

"뭘 걱정하는 거요? 대단한 실력을 가진 두 자작이 곁에 있는데 못 미더운 거요?"

그제야 기사들은 나와 애쉬를 바라보다가 고개를 숙이고 물러섰다.

"알겠습니다."

그들이 서재의 문을 닫고 나가자 브랜은 폭신한 소파로 가서 털썩 주저앉으며 한숨을 쉬었다.

"하아~ 이제야 살 것 같군."
"그동안 힘들었나 봐요, 브랜. 좀 야윈 것 같기도 한데요?"
내가 그의 맞은편 소파에 앉으면서 말을 건네자 브랜이 처량한 표정을 지어 보였다.
"아린이 보기에도 그래요? 사실 요즘 난 죽을 것 같다구요. 어딜 가나 기사들이 붙어 있죠, 맘대로 움직이지도 못하죠. 게다가 공부하라는 건 왜 그리 많은지… 이대로 있다가는 제명에 못 살 것 같아요."
"왕이 된다는 게 쉬운 일은 아니잖아요."
빙그레 웃으며 위로조의 말을 건네자 브랜이 한숨을 내쉬었다.
"하아~ 그렇죠. 무척 힘드네요. 왕 같은 거 되고 싶지도 않은데……."
그러자 브랜의 뒤에 서 있던 애쉬도 브랜을 바라보며 우울한 표정을 지었다.
"브랜, 왕이 되고 싶지 않아요?"
내 질문에 브랜이 힘없이 고개를 끄덕였다.
"예, 그래요."
"그럼 왜 돌아가신 국왕께 말을 안 했죠? 왕이 되기 싫다고 했으면 이런 고생은 안 했잖아요."
그러자 브랜이 움찔거렸다.
"하, 하지만… 아바 마마께서 워낙 강경하게 나오셔서……."
"에휴, 하긴… 돌아가신 국왕께서는 고집이 되게 세시다면서요? 브랜도 고생 많아요."
내 말에 브랜이 힘없이 웃었다.
"나보다도 누님께서 더 안되셨죠. 확실히 누님이 왕의 자리에 더 어울리시는 분인데… 이제는 누님의 얼굴도 제대로 보지 못하겠어요."

한심하기도 하고 가엽기도 한 브랜을 가만히 보고 있던 나는 이왕 브랜이랑 인연이 된 거 그를 한번 도와주기로 마음먹었다.

"브랜, 나에게 좋은 생각이 있는데… 한번 들어볼래요?"

"예? 무슨……?"

어리둥절한 표정으로 나를 바라보는 그에게 가까이 다가오라고 손짓했다. 브랜이 당황한 표정으로 주춤주춤 다가오자 그의 귓가에 대고 작게 내가 생각한 계획을 말해 줬다.

"그게… 그렇게 간단하게 될까요?"

다 듣고 난 뒤 겁먹은 듯한 표정을 짓는 브랜에게 나는 자신만만하게 웃어 보였다.

"뭐, 어때요? 당신이 맘만 먹으면 가능해요. 그리고 정 안 될 거 같으면 내가 아빠를 부추겨 둘 테니 너무 걱정 말아요. 어때요, 해 볼래요? 이게 마지막 기회라구요."

마지막이라는 말에 움찔한 브랜이 한참 동안 생각하더니 단호하게 고개를 끄덕였다.

"예, 아린의 말대로 한번 해볼게요."

"좋아요. 지금 그 마음 잊지 말아요."

"저… 애쉬에게는……."

브랜이 자신의 뒤에 서 있던 뻣뻣하게 굳은 애쉬를 슬쩍 가리켰다. 아마 나와 브랜 둘이서 속닥대는 게 되게 맘에 안 들었나 보다.

"그건 브랜 맘대로 하세요. 그럼 난 이만 가볼게요."

그러자 브랜이 당황해서 일어났다.

"에? 벌써 가게요? 식사라도 같이 하고 가시지……."
"아니에요. 고맙지만 지금은 또 가볼 데가 있으니까 나중을 기약할게요. 그럼 나중에 만나요."

태자궁을 나온 나는 루실이 머물고 있다는 왕녀궁으로 향했다. 원래 여기는 브랜이 살고 있을 때는 왕자궁으로 불렸는데 루실로 주인이 바뀌니까 왕녀궁으로 이름이 바뀐 듯했다. 그리고 그곳도 태자궁 못지 않게 경비가 삼엄했다.
"언니, 혹시 언니도 암살당할 뻔했어요?"
주위를 둘러보며 묻자 루실이 픽 웃었다.
"아니, 태자는 경호해 주고 나는 감시하는 거지."
어지간히 심사가 안 좋은지 루실의 말에는 가시가 팍팍 돋쳐 있었다.
"그나저나 아린은 이번에 큰 공을 세웠던데?"
더 이상 경비 이야기는 하고 싶지 않다는 듯 루실이 찻잔을 들며 묻자 나도 그에 응해줬다.
"그거야 뭐… 운이 좋았죠. 저 혼자 한 게 아니라 친구들과 할아버지의 도움을 받았는걸요. 그런데 언니, 왠지 궁 안이 어수선한 것 같네요."
이 나라를 위하여 한 일도 아닌데 자꾸 그 이야기를 듣는 게 별로 안 좋아서 나도 화제를 돌렸다. 하지만 그것이 루실을 더욱 못마땅하게 만든 모양이었다. 루실의 인상이 팍 찡그려졌다.
"아아… 국장이 끝나고 태자께서 왕위에 오르시면 이 궁을 비워달라고 하더구나. 대공에게 하사된 영지로 가라고 강력히 권유하던걸?"

"그래서 짐을 싸고 있는 거예요?"

"쌀 필요가 있나? 이사 온 뒤로 짐을 안 풀렀을 뿐이야."

"에휴, 어지간히 화가 나 있네요."

되게 틱틱거리며 대꾸하는 그녀의 모습에 웃음이 나오기도 하고 안됐기도 하여 조용히 한숨을 쉬며 그녀를 바라보며 웃자 루실이 자신의 앞에 놓여진 찻잔을 만지작거리다가 크게 심호흡을 했다.

"미안해, 아린. 국왕만 생각하면 화가 치솟아서……."

"쿡쿡, 언니, 감정이 많이 격해졌군요? 전에는 폐하라고 꼭꼭 존칭을 하더니 이제는 국왕이래."

"냅둬라. 이렇게 해서라도 화를 풀지 않으면 어떻게 하니? 어떻게 해서든 날 골탕 먹이려 하더니 끝에 가서는 뒤통수를 치는구나."

"너무 화내지 말아요. 그러면 언니만 손해야. 혹시 알아요? 누군가가 언니 대신 국왕의 뒤통수를 쳐줄지?"

부드럽게 웃으며 은근한 어조로 말하자 루실이 내 말속에 담겨 있는 묘한 의미를 알아챘는지 의아한 얼굴로 나를 돌아보았다.

"응? 그게 무슨 말이니?"

"훗훗, 그런 게 있어요."

다 이야기해 주고 싶었지만, 그랬다간 나중에 루실의 놀라는 표정을 볼 수 없게 되기 때문에 나는 장난꾸러기처럼 웃으며 그 정도로만 이야기하고 물러났다.

그리고 즐거운 맘으로 집으로 돌아와서 내 계획을 아빠에게 말하며 도와줄 것을 부탁했다.

"아빠, 도와줄 거죠?"

"그래, 알았다. 누구 부탁이라고 거절하겠냐?"

"후훗, 아빠만 믿어요."

이제 배역은 다 준비되었으니 무대가 만들어져 막이 오르기만 기다리면 되었다.

드디어 국장의 기간이 끝나고 국왕은 무덤 속에 묻혔다. 그리고 왕자 파 귀족들의 주장으로 인해 일주일 뒤 왕위 즉위식이 거행됐다.

드넓은 홀에는 화려하게 차려입은 귀족들이 꽉 차 있었고 홀의 가운데를 가로지르는 붉은 비단천은 옥좌가 있는 단상까지 이어져 있었다.

"준비되었어요, 전하?"

식이 시작되기 전 잠깐 만난 브랜은 굳은 결의에 차 있었다.

"예!"

팡파르가 울림과 동시에 홀의 거대한 출입구가 열렸고 그곳에는 아직 왕관을 쓰지 않은 브랜이 흰색과 황금색이 조화를 이룬 화려한 옷과 하얀 털로 테두리를 이룬 길다란 붉은 망토를 걸치고 나타났다. 브랜의 뒤에는 어린 시종 둘이서 땅에 끌리고도 남을 망토의 끝자락을 잡아주며 뒤따르고 있었다. 그리고 단상 옥좌 옆에는 최고위 신관이 붉은 방석 위에 왕관과 홀을 든 두 명의 신관과 함께 브랜을 기다리고 있었다.

드디어 브랜이 단상 앞에 다다르자 그는 최고위 신관 앞에 한쪽 무릎을 꿇었다.

최고위 신관은 그에게 엄숙하게 물었다.

"그대는 이 나라의 왕으로써 백성을 사랑하고 …왕의 임무를 다할 것을 맹세합니까?"

"맹세합니다."

"사랑과 정의의 여신 엘라이어드의 이름으로 브랜트 소르드가 국왕이 되었음을 엄숙히 선포합니다."

최고위 신관의 선포와 함께 또다시 팡파르가 울렸고 귀족들이 환호성을 질렀다. 그리고 최고위 신관은 뒤에 서 있던 두 명의 신관에게 왕관과 홀을 받아 브렌에게 씌워주고 건네주었다.

이로써 브랜이 정식으로 국왕이 된 것이다.

브랜은 최고위 신관의 축복의 말을 들으며 단상 위로 올라가 옥좌 앞에 떡하니 서서 손을 들어 올렸다. 그러자 그것을 신호로 귀족들이 모두 입을 다물고 브랜에게 시선을 집중했다.

국왕이 된 멋들어진 소감 한마디를 기대하면서.

그런 귀족들을 한번 쭉 훑어보던 브랜은 단상 아래 끝 쪽에 서 있던 루실 왕녀를 바라보고 침을 한번 꿀꺽 삼킨 뒤 입을 열었다.

"짐의 즉위식에 와준 여러분께 감사를 표하는 바이오. 이제 짐이 국왕이 되었으니 이르기는 하지만 첫 번째 왕명을 명하는 바이오."

귀족들은 어리둥절한 표정이었으나 조용히 귀를 기울였다.

"나 브랜트 소르드는 다음 소르드 왕국의 태자로 루실 소르드를 책봉하는 바이오."

그 말에 홀 안은 벌집 쑤신 듯이 소란스러워졌다. 왕자 파 귀족들은 새파랗게 질렸으며, 왕녀 파 귀족들은 이런 상황이 믿기지 않는 표정들이었다. 그리고 루실 왕녀는 너무 놀라서 둥그레진 눈으로 믿지 못하겠다는 듯 브랜을 쳐다보고 있었다.

"조용히 하시오. 내 말은 아직 끝나지 않았소."

마법의 힘을 빌려 증폭된 브랜의 말에 귀족들의 입은 즉각 다물어졌지만 그들은, 특히 왕자 파 귀족들은 할 말이 많은 듯이 보였다. 하지만 브랜은 그런 그들을 싹 무시해 버리고는 루실의 반대 편에 서 있던 나를 바라보았다. 내가 힘내라는 듯 싱긋 웃으며 고개를 끄덕여 주자 브랜이 미미하게 고개를 끄덕이며 시선을 돌려 자신을 뚫어져라 바라보는 루실에게 싱긋 웃어주고는 다시 한 번 선포했다.
 "그리고 나 브랜트 소르드가 두 번째이자 마지막 왕명으로써 지금 이 자리에서 루실 소르드 태자에게 왕위를 물려주겠소. 이에 항의하는 자는 왕명을 거역하는 죄로 다스릴 것이니 명심하기 바라오."
 브랜의 말에 이제는 시뻘게진 얼굴로 외치려던 왕자 파 귀족들은 브랜의 뒷말에 입을 다물고 이빨만 득득 갈아댔다. 멍해 있던 왕녀 파 귀족들은 브랜이 직접 단상에서 내려와 자신의 손으로 왕관을 벗어 아직도 정신을 못 차린 루실에게 왕관을 씌워주고 홀을 건네주자 환호성을 질렀다.
 브랜은 루실을 이끌어 단상 위의 옥좌에 앉힌 뒤 그 앞에 공손히 무릎을 꿇고 말했다.
 "나 브랜트 소르드가 국왕 폐하께 충성을 다할 것을 엄숙히 맹세합니다. 국왕 폐하 만세!"
 그러자 아빠가 단상 앞으로 걸어나가 외쳤다.
 "국왕 폐하 만세!"
 그에 호응하듯 여기저기에서 발작적으로 국왕 폐하 만세를 외치는 소리가 터져 나왔다.
 그 와중에 정신을 차린 루실이 나를 바라보았다. 그녀의 시선에는 '네가 말한 게 이거였어?'라고 묻는 듯해서 나는 기꺼이 고개를 끄덕여 줬다.

이렇게 얼렁뚱땅 브랜이 즉위하자마자 루실에게 왕위를 물려주었지만, 아빠가 나서서 루실을 옹호하자 왕자 파 귀족들의 반발은 금세 수그러들었다. 그리고 루실은 갑작스럽게 국왕이 되어버려 일을 해결하느라 무지 분주한 듯했다.

다행히 브랜과 루실은 화해한 모양이었다. 그리고 브랜은 왕성에 머물지 않고 아카데미에 들어갔다. 하고 싶은 공부가 있었지만 국왕의 반대로 하지 못했다면서 이제부터라도 하고 싶은 거 맘껏 하며 살겠다고 말하는 브랜의 표정은 무척이나 환해 보였다.

그리고 브랜이 자신의 근위대를 없애는 바람에 애쉬는 레드포드 공작의 부관으로 들어가서 일하게 되었고 자카르는 국왕의 근위대 대장으로 승격되었다.

나중에 루실이 나에게 영지나 상금을 주겠다고 전해왔지만 필요없다고 정중히 거절했고, 대신 할아버지가 인간들의 마법에 관심이 많으니 왕성 안에 있는 마법사 도서관에 들어갈 수 있는 특권을 달라고 해서 그걸 받았다. 덕분에 할아버지는 마이터와 함께 인간 마법을 토론하는 재미에 폭 빠져서 거의 왕성에서 살다시피 했다.

그리고…

아빠의 저택에서 뒹굴뒹굴하며 류미르, 세이몬과 놀러 갈 계획을 짜고 있는데 자카르가 찾아왔다. 생각지도 못한 이의 방문이었지만, 그 사람이 내 호감을 사고 있는 인물이었기에 나는 기쁘게 그를 맞았다.

"자카르, 바쁘지 않아요?"

"하하하, 요즘은 좀 한가해졌어요. 그래서 시간을 냈죠. 아시리안 양이 보고 싶기도 하고 또 할 말도 있어서요."

"그래요? 할 말이 뭔데요?"

의아한 듯 묻는 내 말에 자카르가 웃었다.

"홋홋홋, 단도직입적인 건 여전하군요. 뭐, 저도 단도직입적으로 말하죠. 아시리안 양께 사과하고 싶어요."

"예? 자카르가 나에게 뭘 잘못했나요?"

더욱더 의아해져서 그를 바라보자 그가 약간 미안한 얼굴로 고개를 끄덕였다.

"예. 사실은… 아시리안 양이 자작의 작위를 받을 때쯤에 저희 아버지께서 제게 한 가지를 시키셨어요."

"그게 뭔데요?"

자카르는 잠깐 머뭇대다가 나를 보고는 배시시 웃었다.

"당신을 유혹하라는 거였죠. 당신의 아버지가 이 나라에서 중요한 요직에 계신 분이다 보니, 우리 쪽으로 끌어들이고 싶어하셨거든요."

"아아… 이해해요. 그래서 당신이 자주 우리 일행에 끼었군요."

그동안 이해가 가지 않았지만 그러려니 했던 일들이 이제야 모두 상황 파악이 됐다.

"예. 하지만 이건 꼭 말해 주고 싶은데, 난 억지로 그런 건 아니었어요. 아시리안 양에게 정말 호감이 갔거든요. 지금은 친구가 되어서 기쁘게 생각해요."

"나도 자카르와 친구가 되어서 기뻐요. 그런데 말예요……"

내가 말을 끝자 자카르가 걱정스런 표정으로 나를 바라보았다.
"예?"
"내가 생각하기에는 말이죠, 당신이 나에게 그다지 유혹의 손길을 뻗친 거 같지 않네요. 당신이 너무 고단수라서 내가 그렇게 생각한 건가요?"

그러자 자카르가 피식 웃었다.

"아니에요. 솔직히 제가 그동안 다른 여성들을 유혹할 때처럼 적극적이지 않았어요. 아시리안 양에게는 그러고 싶지 않았거든요. 아까 말했잖아요. 난 아시리안 양에게 호감이 있고 친구가 되어서 기쁘다고. 그런 존재에게 유혹하고 싶지는 않았어요."

"헤에, 그거 참 기분 좋은 말이네요. 하지만 그래서 아버지께 혼나지 않았어요?"

내가 기분 좋게 웃자 자카르도 크게 웃었다.

"하하하, 뭐, 닦달당하긴 했죠. 그래도 지금은 다 잘되었으니까 만족하시는 눈치세요."

"다행이네요. 이제 자카르도 정말 사랑하는 사람을 만날 수 있겠네요. 그쵸?"

나는 아무 생각 없이 말을 꺼냈는데 내 말에 자카르가 씁쓸한 표정이 되었다.

"후후, 그게……"

"엣? 설마, 벌써 있어요? 그게 누구예요? 내가 알면 안 되나요?"

그의 반응이 뭔가 이상하다 느낀 나는 솟구치는 호기심을 이기지 못하고 줄줄이 질문을 늘어놓았다. 그러자 자카르가 잠시 망설이더니 순순히 털어놨다.

"그냥… 혼자만의 짝사랑이에요."

"예? 정말이요? 누군데요?"

"루실… 왕녀님이요."

"오옷~!!"

내가 놀라움과 감탄이 어린 표정을 짓자 자카르가 약간 붉어진 얼굴로 진지하게 부탁했다.

"이건 비밀입니다?"

"예!"

나 또한 진지하게 고개를 끄덕이자 자카르가 너털웃음을 터뜨렸다.

"하하하, 이거 참… 사과와 감사를 하러 왔다가 엉뚱한 말만 늘어놨군요."

"감사요?"

'사과는 뭔지 알겠는데 또 뭐 감사받을 일을 했던가?'

의아해하는 나에게 자카르가 빙긋 웃었다.

"예. 이번에 왕녀님, 아, 아니… 이젠 폐하라고 해야 하죠? 그분이 왕이 되실 수 있었던 건 아시리안 양 덕이라고 들었습니다. 브랜 전하께서 다 말씀해 주셨죠."

"아아… 그거야 뭐… 루실 언니가 더 왕 자리에 잘 어울릴 것 같아서 그런 거니 너무 신경 쓰지 말아요."

"그래도 고마운 건 고마운 거죠. 폐하께서도 고마워하고 계십니다."

"대단한 일 한 거 아니니 신경 쓰지 말라고 전해줘요."

"훗, 겸손하시군요."

'그게 아닌데……'

라고 말하고 싶었지만, 너무 아니라고 하는 것도 뭐해서 그냥 가만히 있었다.

 자카르가 돌아간 뒤 그 다음날, 이번에는 애쉬가 잔뜩 긴장해서는 찾아왔다.

 "무슨 일 있어요?"

 그가 왔다고 해서 응접실로 내려가 보니 애쉬가 가만있지 못하고 응접실 안을 계속 서성거리고 있길래 인사 대신 물어보았다. 내가 등장하자 애쉬도 딱 멈춰 섰지만, 계속 머뭇머뭇대더니 한참 있다가 겨우 말을 꺼낸 것이 좀 황당했다.

 "같이… 산책 좀 하겠어요?"

 웬 뚱딴지 같은 소리인가 싶었지만 애쉬의 표정이 너무 간절해서 그냥 고개를 끄덕이고 같이 정원으로 나갔다. 하지만 이제 막 초겨울로 들어서는 정원이라 앙상한 가지만 있는 나무들과 마른 풀들뿐인 황량한 모습이라 좀 허탈했다.

 "하하… 시기가 시기인만큼 보여드릴 건 없네요."

 정원으로 들어서며 내가 김빠진 목소리로 말을 건네자 애쉬가 고개를 저었다.

 "괜찮습니다."

 그러면서 무작정 걷기만 하는 폼이 뭔가 말할 게 있는데 말하기가 무지 곤란한 듯했다.

 "애쉬, 정말 무슨 일 있는 거예요?"

 그의 뒤를 따라가다 못해 던진 나의 말에 애쉬가 갑자기 우뚝 서더니 놀란 눈으로 나를 바라보았다.

 "지금… 내 이름을 불러준 거요?"

 그의 반응에 얼떨떨해진 나는 순순히 고개를 끄덕여 줬다.

 "에… 안 되나요? 전에 애쉬라고 불러달라고 했잖아요."

그러자 애쉬가 천천히 미소를 지었는데 덕분에 긴장이 많이 풀린 듯했다.

"당신이 내 이름을 불러준 건 처음이에요."

"에… 그랬나요?"

그러면서 본론을 말하길 바라는 눈길로 그를 바라보자 그가 웃으며 시선을 돌렸다.

"훗, 이거… 처음 하는 거라서 그런지… 무지 긴장되는군요."

'도대체 뭘 가지고 그러는 건지……'

전혀 감을 잡지 못한 나는 어리둥절했지만 그가 말하길 기다리는 수밖에 없었다.

한참 동안 딴 곳만 바라보던 애쉬가 드디어 심호흡을 하더니 나를 바라보았다. 그런데 왠지 쑥스러워하는 모습이었다.

"험험, 아린… 괜찮다면… 음… 결혼을 전제로 나와 사귀어주겠소?"

한참 뜸 들이며 떠듬떠듬 말하던 애쉬는 끝에 가서는 **빠른 속도로** 숨도 쉬지 않고 말해 버렸다. 그리고는 무척이나 긴장된 표정으로 나를 살폈다.

의외로 순진한 그의 표정이 웃겼지만 웃을 기분은 나지 않았다.

'아! 이런… 설마 했었는데……'

설마가 사람 잡는다는 말이 사실일 줄이야…….

자꾸 허탈한 웃음만이 나왔다.

"저기… 애쉬, 한 가지 물어봐도 돼요?"

거절해야 했다. 그러기 위해 나는 천천히 포석을 깔기 시작했다. 나의 갑작스런 질문에 애쉬가 어리둥절한 표정으로 고개를 끄덕였다.

나는 조용히 심호흡을 하고 입을 열었다.

"당신은… 지금의 자리를… 그러니까 레드포드 공작 부부의 극진한 사랑을 받는 아들이고, 이름난 기사이며, 왕성 근위대 자리를 버릴 수 있나요?"

내 질문을 이해하지 못한 듯, 더 자세한 설명을 요구하는 애쉬의 시선에 나는 한숨을 내쉬었다.

"나는… 이곳을 떠날 겁니다. 나에게는 귀족이란 것이나 자작이란 직위는 필요없고 가지고 싶지도 않습니다. 맨 처음 아빠를 따라 이곳에 온 것도 이곳이 다급한 상황이라서 그걸 해결해 줄 때까지만 있기로 한 거예요."

"그럼… 이제 어디로 갈 겁니까?"

잔뜩 쉰 목소리가 애쉬의 입에서 흘러나왔다.

"글쎄요… 아직 정하지는 않았어요. 하지만 소르드 국내가 아니라는 건 확실하죠."

"재상 각하와 당신의 할아버지는?"

"그분들도 알고 계실걸요. 예전에도 여행을 하다가 아빠를 만난 거고… 이곳 일도 끝났으니 더 이상 여기 있을 필요는 없으니까요."

애쉬는 머뭇거리다가 다시 한 번 입을 열었다.

"나를 위해… 머물러줄 수는 없는 겁니까?"

나는 그에게 미안한 미소를 지어 보였다.

"나는 귀족의 생활이 답답하거든요. 그걸 참을 만큼 당신을 좋아하지는 않아요. 미안합니다."

내가 정식으로 그에게 고개를 숙이자 그가 허탈하게 웃었다.

"후후후, 확실한 거절이로군요. 알겠습니다. 대답해 주셔서 정말 감사합니다."

애쉬도 나에게 정중하게 고개를 숙여 보이고는 그 길로 저택 밖으로 가버렸다.

"괜찮을까?"

저택 안으로 들어오자 류미르가 보고 있었는지 말을 건네왔다.

"몰라. 그건 자신이 알아서 할 문제지 내가 상관할 건 아니라고 봐."

"냉정하긴."

내가 딱 잘라 말하자 어깨를 한번 으쓱해 보인 류미르는 다시 세이몬과 같이 여행 가고 싶은 곳을 찾으러 지도에 눈을 돌리며 나를 손짓해 불렀다.

"아린, 이리 와봐. 대충 다 표시한 거 같은데 너도 한번 봐야 하지 않아?"

그러자 각 나라의 관광 명소지 책과 지도를 번갈아 들여다보고 있던 세이몬이 고개를 들었다.

"아린, 이거 다하면 여행 가는 거지?"

"그래. 전에 다 못한 여행을 다시 시작해야지."

〈 10권에 계속 〉

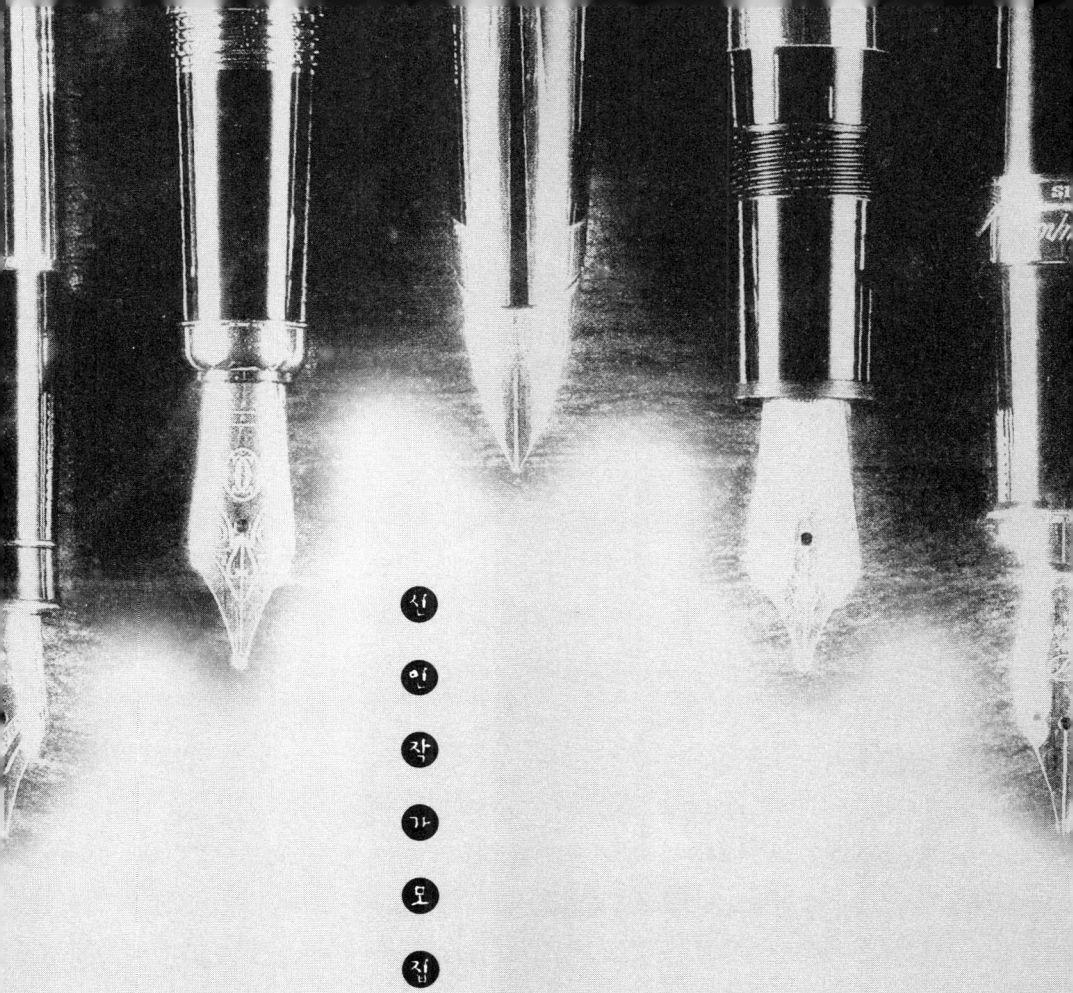

신인작가모집

**시작이 반이라고 했습니다.
작가의 길에 대한 보이지 않는 벽을 과감히 깨뜨리십시오!
청어람은 작가 지망생 여러분들의
멋진 방향타가 되어드리겠습니다.**

저희 도서출판 청어람에서는
소설 신인 작가분들을 모집합니다.
판타지와 무협을 사랑하시는 분들의 많은 참여를 바랍니다.
소정의 원고(A4용지 150매)를 메일이나 우편으로 보내주시면
검토 후 출판 여부를 알려드리겠습니다.

주소:경기도 부천시 원미구 심곡1동 350-1 남성B/D 3F 우편번호420-011
TEL:032-656-4452 · **FAX**:032-656-4453
http://www.chungeoram.com
e-mail:chungeoram@chungeoram.com

얀스크 산　　　소사막

테이킨 왕국

아르카스 해

켈튼 연합

마탈 산

레스틴

타이백 산맥

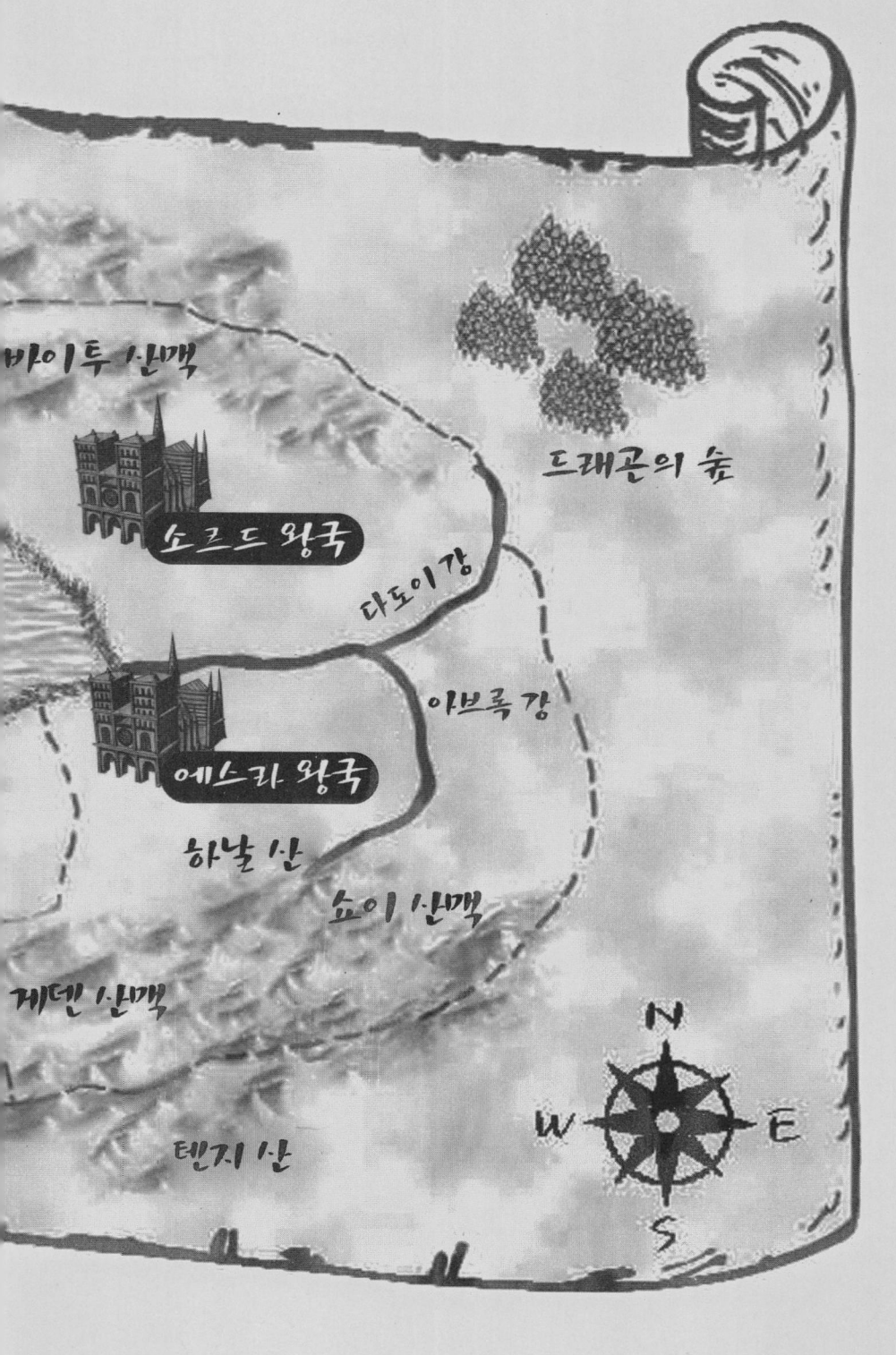